アーサー王ここに眠る

フィリップ・リーヴ

ブリテン島、紀元五百年頃。ひとりの司令官に率いられた、荒々しい騎馬の男たちの集団が農場を襲い火を放った。燃えさかる屋敷から、命からがら逃れたみなしごの少女グウィナは、奇妙な風体の男に救われる。鷹のような風貌の男の名はミルディン。ブリテン島の統一を目指す司令官、アーサーに仕える吟遊詩人だった。言葉を巧みに操り、人々の心を手玉に取る不思議な男。グウィナはミルディンのもとで、彼の企みに手をかすことになる。カーネギー賞受賞。『移動都市』の著者がアーサー王伝説を新たな視点から語り直した傑作ファンタジイ、文庫化。

登場人物

グウィナ（グウィン）……………………みなしごの少女
ミルディン……………………………………吟遊詩人
アーサー（アルトリアス・マグナス）……ブリテン島の司令官
クーナイド……………………………………アーサーの異教徒の妻
カイ……………………………………………アーサーの義兄《あに》
ベドウィル……………………………………アーサーの甥
メドロート……………………………………ベドウィルの兄
セレモン………………………………………カイの娘
メールワス……………………………………ダムノニアの王
ペレドゥル……………………………………アーサーの旧友の子
聖ポロック……………………………………聖者の老人
ヴァレリウス…………………………………アクエ・スリスの守備隊の隊長
グウェニファー………………………………ヴァレリウスの妻
ベドウィン……………………………………アクエ・スリスの司教
クノモラス……………………………………カーニューの王

アーサー王ここに眠る

フィリップ・リーヴ
井 辻 朱 美 訳

創元推理文庫

HERE LIES ARTHUR

by

Philip Reeve

This book is published in Japan
by TOKYO SOGENSHA Co., Ltd.
Japanese translation published by arranged with Scholastic Limited
through The English Agency (Japan)

ジェラルディン・マコックランに

イラスト　羽住都

アーサー王ここに眠る

ここにアーサー眠る　かつての王にして来たるべき王

サー・トーマス・マロリー『アーサー王の死』

ブリテン島南西部　紀元五百年ごろ

1

森までもが燃えていた。わたしはたいまつに照らされた牛小屋のそばをいちもくさんに走りすぎて、木々のあいだを埋めて肩の高さまでのびているイバラの中に飛びこんだが、火は後ろだけでなく、行く手にもせまっていた。そこなら逃げこめると思った丘のいただきの館は、すでに炎上している。獲物の匂いをかぎつけた猟犬さながらの男たちの怒号《どごう》、太鼓のように激しく冬の大地をたたきつける馬蹄《ばてい》の響き。騎馬勢の姿が見えるよりさきに、その長くのびた影が目に入ってきた。闇の指がぼろぼろの旗からのびて、木々の下を縫う煙の中にしのびいる。わたしは首を縮めて、イバラの生えたわきの窪地に飛びこみ、もぞもぞと奥へもぐりこんだ。棘《とげ》が服に刺さり、髪にからみつく。大地は霜がおりていた。膝と指の下の地面は固くて冷たい。こわくて、小さな声がもれた。狩りたてられる獣《けもの》の子のような、ひいひいという声が。

でも、騎馬勢が追っていたのはわたしではなかった。わたしなど眼中に入っていなかった。戦場の隅っこをちょろちょろしている、迷子の女の子など。男たちはわたしを見もせずに、雷のような音をたてて駆け去る。火明《ほあ》かりが槍や剣、籠手《こて》やぴかぴかの兜《かぶと》、楯《たて》の盛りあげ飾りや馬具の留め金に輝き、どうもうな顔がいくつもランタンのように浮かびあがる。ひとり前に出ているのが、白馬に乗った首領だ。大柄な男。銀の鱗《うろこ》をつづった甲冑《かっちゅう》は魚のようにきらきらしている。兜の頰当ては火明かりにさざなみを打ち、男はそのあいだに見える歯をむきだして、すさまじいおたけびをあげている。

聞いたことがあると思う。だれでも知っている。アーサーのことは。アルトリアス・マグナス。大いなる熊。ダックス・ベロラム（ローマの司令官）。かつての王にして来たるべき王。でも読者も、その真の姿について聞いたことはないだろう。そう、いまこの瞬間までは。わたしは知っているのだ。かれを見、匂いをかぎ、かれの言葉を聞いた。少年だったころ、わたしはアーサーの率いる手勢とともに世界じゅうを駆けめぐったし、かれのあらゆる物語の根っこのところ、始まりのところにいたのだ。

もちろんそれはのちのこと。いまのわたしは、鼻水を垂らしてイバラの中にうずくまった女の子にすぎない。馬のたてる音や匂いにおびえて動かないようすを見れば、この子は〈熊〉を見た瞬間に石になってしまったのだ、と思われてもしかたがない。

このときには、かれがだれであるかを知らなかったし、なぜこの恐ろしくもまばゆい男たちを率いて、わたしの故郷を焼き打ちしにきたのかもわからなかった。わたしにわかっていたのは、それがふつうではないということだけだ。夏の雪のように、あるいは真夜中の太陽のように、あるはずのないことだ。だって戦は秋のもの、収穫が終わったあと、雨で道がぬかるむ季節になる前にやるものだ。よその土地に侵入し、よその人の穀物や家畜を奪ってくるだけの人手のある季節のものだ。では、いったいなんだってこの男たちはやってきたのだろう。いまは暗い冬のさなか、木々もすっかり葉を落とし、まぐさ置き場は半分からになり、馬で駆けぬけてゆく水たまりにはうっすら氷が張っているのに。かれらは、黙示録の騎士のようだった。僧侶たちがバン卿の館で話していた、世界のはての四騎士。もちろん四人どころではなく、五、六、七、十、数えきれないくらいいた。坂の上をさして、大波のようにせりあがるたくましい馬体の上に乗っていた。

坂の上をさして、かれらはわたしのわきを通りすぎ、行ってしまった。その荒々しい声は、ぱちぱちはぜる茂みの音、家畜小屋から聞こえる牛のおびえた咆哮《ほうこう》に呑みこまれていった。煙に鼻をぐずつかせながら、わたしは動きだし、丘の中腹を這うように横ぎり、苔《こけ》にみっしりおおわれて並ぶ大きな花崗岩《かこうがん》を乗り越え、窪地に厚くたまった枯葉の中を抜けていった。どこへ行くつもりかわからなかった。とにかく火から離れたかった。あの怒れる騎士たちからも。とりあえずいまは離れるだけでいい。

でもやがて道に出た。そこは川をまたいでいる橋のたもとで、そこにも襲撃者がひとりいた。かれの馬は、橋の端の踏みあらされた泥の中に倒れていた。戦いに、自分だけ遅れてしまったらしい。かれはそこに立って、すさまじい形相で、馬をぴしゃぴしゃ剣の平でたたいていた。赤みを帯びた金髪の翼にふちどられた白い顔の若者で、わずかな顎ひげは、風にあおられてそこに吹きつけられた綿毛のようだった。目には怒りの涙がみなぎり、血を求めるくるおしい衝動にあふれている。少女の血でもいいのだろう、と悟ったときにはすでに遅く、わたしはいがいがする下草からとんぼを切って飛び出し、かれの前の小径にどさっと着地していた。かれは馬のことを忘れて、こっちに向かってきた。目の前に剣を突きつけられ、後ろには絶壁と火をせおったわたしは、逃げ道を探そうと首《こうべ》をめぐらした。

今夜は逃げ道ばかりを探している。主人の家で目をさましたときには、茅葺《かやぶ》き屋根が燃え、女衆は悲鳴をあげ、男衆はねぼけ眼《まなこ》で棹《さお》や槍や鎌を探していた。開いた戸口を、騎馬の影たちがびゅんと通りすぎたのを覚えている。ご主人さまはわめきながら外に飛び出して、頭上から一撃を浴びせられ、女衆の悲鳴がさらに高くなった。わたしは馬の足のあいだをもがきながら逃げて、豚たちが狂乱して踏み倒した塀を乗りこえた。わたしは〈ネズミのグウィナ〉と呼ばれていた。いつでもネズミのように、なんとかやっかいごとから逃げおおせるからだ。

でも今度ばかりは、わたしのすばしこさも目ざとさも裏目に出た。ここで行き止まりだ。わめきたてる若者の行く手をはばんでしまったのだ。

このときばかりは、こわさより怒りのほうが勝っていた。かれの前に飛び出してしまった自分に対する怒り、かれに対する怒り、そしてこんな馬鹿げた、季節はずれの戦をしでかしたかれの仲間に対する怒り。なぜ、この人たちは、どこだか知らないが自分の故郷におとなしくしていられなかったのだろう。わたしは若者に突進し、若者はわたしが襲ってくると思ったのか、びくっと下がった。でもネズミは戦ったりしない。わたしは身を沈めてかれのわきをすりぬけ、相手の刃風がひゅっと空気を切り裂きながら顔をかすめる音を聞いた。橋に向かって走った。そこにはおびえたかれの馬がはいあがろうとしており、狂ったように白目をむいて、ドラゴンのように真っ白な息を吐いていた。それを避けてわきを通ろうとして、つるりと氷に足をすべらせたわたしは、倒れ、そのまま落ちていった。

やがて火の手も物音もいっさいが遠くなり、わたしはただひとり闇を通りぬけて、暗い川の中に沈んでいった。

2

水の冷たさに、わたしは歯を食いしばり、肺がぎゅっと縮まった。橋の下のかげになっているところに浮かびあがると、上のほうから馬をののしっている若者の声がした。両手で水をかきながら、わたしはぐるぐる回った。このネズミは泳げるのだ。川のそばで育ったので、思いだせるかぎりの昔から、わたしは水に親しんでいた。夏には、近くの子どもらといっしょに、仕事の終わった夕方、川に下りていって、まっくらになるまで、きゃあきゃあと水をはねかけあって遊んだ。秋には主人に命じられて、魚とりの罠をしかけにもぐった。急流の下のごぼごぼいう渦の中で目をちゃんと見開いて、わたしは長い柳細工のびくを決まった場所にはめこみ、それが斑点《はんてん》のある太った魚でいっぱいになったころ、また引きあげにきたものだ。

だからいまわたしは深く息を吸ってもぐり、力いっぱい水を蹴って、川の流れに身をまかせ、剣を持った若者からできるだけ離れようとした。砂まじりの水が目に痛い。見えるのは闇ばかりだが、あちこちにオレンジ色の火明《ほあ》かりがななめにさしこんでいた。手探りのほうが目よりも役に立つ。わたしはぬらぬらの石を手でかくようにしながら、橋の下の最初の曲がり角にたどりつき、そこで空気を吸いに浮上し、急流と急流のぶつかるところで、ぷはっと息を吐いた。

流れに引きこまれながら、川にまつわるいろいろな妖怪のことを思いだした。無防備な子どもを長い緑色の手で引きずりこもうとするものたちのことを。妖怪はこわかったが、襲撃者のほうがもっとこわい。

水流が弱まる淵《ふち》へとすべりおり、底を歩くようにしながら、戦いの物音に耳を澄ましていた。川の音、森の音以外は何も聞こえない。ずっと遠くでは、わたしの育った農場が、落ちたたいまつのように燃えている。ご主人の身内も全部死んでしまったのだろうか。あの人たちとわたしのあいだに愛情はなかった――わたしはただの居候で、死んだ奴隷女の子どもにすぎない。でもあの農園屋敷しか、わたしの故郷と呼べるところはない。自分がかわいそうで、泣きに泣いて涙を川に注ぎこんでいるうちに、冷気がわたしをつかんでゆすぶり、歯ががたがた鳴りだした。

体を温めるために、わたしはやっとまた泳ぎだした。下流へと、水に身をまかせる。今度は水面に頭を出したままだ。岸からだれかが見ていたら、上流の戦いでおびえて巣穴から飛び出したカワウソが、もっと平穏な漁場をめざしてゆくところだと思ったかもしれない。泳いでゆくうちに、頭上で木々が分かれ、空があらわれ、川幅も広くなって深い淵のようになった。そこにもう一本の川が合流している。その川は荒野を出はずれ、月光に白く輝く、老人の顎ひげのような長大な滝を落ちて、この淵に注ぐのだ。

幽霊のように冷えきり、溺れかけた犬のようにぬれそぼったわたしは、その場所で、岸からのびているもつれた木の根にすがって体を持ちあげ、岸に上がった。そして木々のあいだにうずたかく積もったブナの実と枯葉の中にはまりこむと、ひきつったようにぶるぶるふるえる手足にいくらかでもぬくもりを取りもどそうと、体をまるめた。水音が頭いっぱいに響いていた。これからどこへ行こう？　何を食べよう？　だれに仕えよう？　わからない。それでもかまわない。わたしの中には、ひとつかみの冷たい灰のような感情しか残っていない。落ち葉をざかざかと踏んでくる足音が、そばで止まったとき、わたしは目をあげもせず、そこにうずくまってふるえつづけるだけだった。

3

　木立の下は暗かった。わたしを抱きあげ、水辺から遠くへ運んでゆく男の顔は見えない。馬が待っていたのも見えなかったが、巻いた毛布よろしく鞍つぼに投げあげられると、馬が鼻を鳴らし、足を踏みならすのがわかった。隠れ場所につくまで、男の顔は見えなかった。隠れ場所はローマ時代の古い建物で、たそがれどきの光の中に白く大きく浮かびあがり、半ばはハリエニシダと木立のあいだに沈んでいた。男は馬のまま中に入ってゆき、蹄《ひづめ》の下ではゆるんだ小さなタイルがすべったり、きしんだりした。まるでこの床は、歯か指の骨でできあがっているようだ。男は馬の背からわたしをおろして、隅っこに寝かせた。こわくて男の顔は見られなかった。男はしずかに動きまわって、火をつけた。壁に大きな影がゆらめく。しっくいには絵の具の名残が染みついている。頭の上を縦横に交差する腐りかけのたるきには、赤っぽい蔦《つた》がぶあつくまつわり、かさかさと音をたてている。わたしはぎゅっと目をつむった。自分がうんと小さかったら、そしてうんとしずかにしていたら、男がわたしのことを忘れてくれるかもしれないと思って。

「腹はへってるか」と、きかれた。

わたしは片目を開けた。男がわたしのそばにしゃがみこんでいる。みすぼらしい黒の旅用マントを、ぴかぴか光る、手のこんだ細工のブローチでとめている。首からは、いくつもの魔除けや護符がじゃらじゃらぶらさがっている。馬の護符、月の護符、ウサギの前足。魔法の品々。フードのかげになった顔からは、何も読みとれない。黄ばんだ肌、とがった鼻、顎ひげはない。司祭なのか。服装からはそうは思えないが、ひげをきれいに剃っている人間は、司祭か、身分の高い戦士しか見たことがなかったし、この男は戦士ではない。タカのような彫りの深い顔立ちだ。動きもすばやいし、どこか鳥を思わせる。目もタカの目だ。忍耐づよく、怜悧《れいり》そうな。

わたしをどうしようというのだろう。

「腹はへってるか」もう一度きかれた。掌《てのひら》をわたしに向けてさしだしたと思うと、突然、その指のあいだにパンのかけらがあらわれた。わたしはずりっと下がり、背骨を壁に押しつけた。男もこわいし、魔法のパンもこわかった。

男は笑った。「娘、いまのはただの手品だよ。よっく見な」男がパンに手をかぶせるようにしてつかみ、ぱっと手を開くと、パンはまた消えている。指をうごめかすと、パンがもどってきた。掌の上に、ひなどりのようにちょこんとのっている。それをもう一度わたしのほうにさしだしたが、わたしは口をきゅっと閉じて、顔をそむけた。ものを知らないわたしでも、魔法が恐ろしいことぐらいは知っているから。

また笑われた。最初の雪解けとともに流れだす水のように、さらさらさわやかな声。「食ったら千年も眠りつづける、とでも思ってるのか。それとも丘の下の、おれの妖精王国へつれて

いかれるとでも？」男はパンをまた服の中に突っこんで、自分の仕事にもどった。馬から鞍袋を外し、開けて、鍋や食べ物の袋やしみのある古い毛布を取り出し、毛布でわたしをくるみこんでくれた。そのあいだじゅう低い声で話しかけつづけた。蹄鉄工《ていてつ》がおびえた馬に話しかけるように。

「おれも、おまえと同じ人間だよ。ミルディンという。吟遊詩人のミルディンさまさ。吟遊詩人ってなんだか知ってるな。旅をして、話をして聞かせる仕事だ。こいつがおれの竪琴で、油布にくるんである。おれのほうこそ、おまえが別世界から来たのかと思ったさ。あんなふうに湖から這いあがってきたんだものな。魚みたいに泳ぎが達者なんだな。湖の精が水底の住みかから、おれの心を盗みに上がってきたのかと思っちまった。だけどおまえはまだ小さいから、盗むとすりゃ、リンゴや麦菓子ってとこか。いくつの夏を知ってる？　九つか、十か」

わたしはふるえながら、かろうじて肩をすくめてみせた。だれからも自分の年を聞かされたことはない。だれからもきかれたこともない。

「名前はあるのか」男はまた、たき火の向こうがわにしゃがみこんで、わたしをじっと見た。フードを後ろにはねのけると、短く刈った灰色の髪があらわれた。火明《ほあ》かりがその顔をなめ、目に光を点じた。男は、優しそうな、と言ってもいい表情をしていた。

「グウィナ」わたしは言った。

「ほう、しゃべれるんだ。で、グウィナはどこから来たんだ」

「ご主人の農場から。あっちの上流のほう」わたしは顎をしゃくった。出た声は、男のにくらべると、とても小さくて、生気がなく、川水にいっさいの抑揚が洗いながされてしまったかのようだった。でもその声を聞いて、男の目の光が、そよ風をとらえた熾火《おきび》のように輝きを増した。

「バン卿のところからか」

わたしはぼんやりうなずいた。バン卿はご主人さまのご主人さまだ。焼けてしまった家の上のほうに建つ城砦《じょうさい》の殿さまで、その丘から見わたせるかぎりの土地は、全部殿さまのものだ。

「でも、ここからは何マイルも離れてるはずだが……」

「川をつたっていけば、そんなに遠くないの。わたし、ずっと泳いできて……」

「魚みたいに？」男はいまや違った目でわたしを見ていた。だんだん気分が上向いてきた。わたしが何者か、何をしたかに関心を持ってくれたものは、これまでにだれもいなかったから。

「半分くらいは水中にもぐってきたの」（そのときは気がつかなかったが、わたしはこの愚かな自慢で、自分の運命を決定づけてしまっていたのだ）「落ち葉の季節に、梁簀《やなす》をしかけるのがわたしの仕事だから。冷たいのはこわくないの。水の中でも目を開けられるし、息を止めてられるし……」

「どのくらい長く？　やってみせてくれるか」

わたしはがばっと息を吸いこみ、きゅっと唇を結んだ。男を見つめ、男もこっちを見つめていた。首すじとうなじで血がどくどく鳴った。なんだか誇らしい気持ちがした。かんたんなことだ。なぜ、人が息を止めるのをむずかしいと言うのか、わからない。こんなにかんたんなのに。このミルディンという男はまだ、わたしをじっと見ている。しばらくたつと、吸いこんだ空気がわたしの中でよどんでくる。一部が鼻から抜けでる。唇のダムが決壊して、もっともれて出る。わたしはぜいぜいと息をつき、これでゲームは終わったが、男はまだわたしを見ている。

「いよいよ運が向いてきたか。湖の精霊どもが、おまえをおれのもとへよこしてくれたんだな」

「違います。火事になったのと、館が襲われたからで……」

わたしは言いやめた。男の起こした火のぬくもりのそばでは、戦いははるかかなたのよそよそしいことのように、あたかも夢を見たように思えた。でも、あれは夢ではなかった。外では枯れ木の上の空が、ほの白くなってゆく。鳥が起きだしはじめた。朝が来る。「あのう。あの人たちは火とたくさんの剣と馬を持ってきたんです！　殺して、火をかけて、めちゃくちゃにわめいて」

ミルディンは平気な顔をしていた。「グウィナ、それが世のならいだよ。ローマ軍が船出していってから、ずっとそうなんだ」

「でも、あの人たち、ここへ来るでしょ。隠れなきゃ。逃げなきゃ」

「おちつきなさい」と言って、男は笑った。もそもそと扉のほうへ逃げようとするわたしの両肩をつかんだ。馬がわたしの恐れを感じとって、低く鳴き、しっぽをふり動かし、糞の臭いをこっちへ送ってきた。ミルディンは言った。「こわがることはない。もう、だいじょうぶだ。おれさまがいっしょにいるかぎりはな」わたしをまた座らせ、なだめるように、低く優しい声をかけてくれた。「グウィナ、襲ってきたやつらがだれか知っているか。あれはアーサーの手勢だよ。アーサーの名前は聞いたことがあるね」

それはもちろんあった。まさか自分のうちの森で出会うとは思わなかった。アーサーは物語の中の人物だ。巨人と戦い、乙女たちを救い、悪魔を出しぬく。馬に乗って攻めてきて、人の牛小屋を焼きはらったりはしない。

「まさか。アーサーがここで、いったい何をしようっていうの」

ミルディンは笑って、顎をこすった。一番手軽な答えをはじきだそうとしているかのように。ようやくこう言った。「アーサーはな、おまえのところのバン卿を守ってやろうと申し出た。だから、代わりに黄金やいろいろな貢ぎ物をさしだせと。ところがバン卿はそれが多すぎると思って、断った。馬鹿なことをしたもんだ。それでアーサーはバンの領地を手に入れにきたのさ。そしておれもてつだうように頼まれた。おれはアーサーの軍と行動をともにしてる。アーサーのために、アーサーを主人公にした物語を作る。あいつと数日前に別れて、別の道をとって、こっちに来たのは、あたりを偵察するためだ。土地の地形や何かがわかれば、戦いは始まる前から、半分勝ったも同然なんだ。ときには全然戦わないですむこともある」

男の言ったことを理解するのに、少しかかった。理解できたとき、わたしは改めて男のことがこわくなった。神さま、わたしをなんのとがで、襲撃者の仲間の手に引きわたしたりなさったんですか。

「おまえ、おかゆよりも白い顔になったたな。だけど、おれをこわがることはないぞ。〈熊〉だってこわくはない。主人がだれであっても、下にいるものには大したかわりはないさ。だがな、もしもおれがアーサーをうんと強くできれば、また平和がやってくるかもしれん。ひいじいさんの時代、ローマ帝国がこの島を占領していたときのようにだ。アーサーが持ってるような力は、よいことのために使える。昔のローマの力がそうだった。グウィナよ、だからおれはあいつをてつだってる。どうやら、おまえにもてつだえることがあるような気がしてきたぞ」

4

わたしがたき火のそばで体を乾かしているあいだ、男はしゃべりにしゃべり、そのうちにしぶしぶという感じで、森の上の灰色の空が光を強めていった。この男は言葉と恋に落ちているのだ。自分の話がおもしろくてしかたがないので、しゃべっているのが自分だけだということに気がつかないらしい。わたしはただ座って、ながめ、耳を傾け、男のほうはわたしの聞いたこともない場所の話をする。エルメット、フレゲド、海の向こうのアイルランドに、シリアからの船が入るディーン・タジール。その言葉の奔流の中から、わたしは、聞いたことのある名前をいくつかひろいだした。たとえば異教徒のサクソン人を東方に定住させてしまった愚王グーオルシーガン。サクソン人たちは立ちあがって、ブリテン島のほかの部分も奪いとろうとした。それにアンブロジウス・アウレリアヌスの歌も、ひとつ知っていた。ブリトン人の軍勢を率いて戦いにつぐ戦いをくりひろげ、最後にはバドンの丘でサクソン人たちをたたきつぶした人だ。とはいえミルディンの言葉の大半は、水のようにわたしの耳を流れすぎていった。

「アンブロジウスが死んだときにはな、跡を継げるだけの力のあるものがいなかったんだ。あいつがサクソン人と戦うために作りあげた軍勢は、百もの戦団に分解しちまった。そしていまはお互いが小競り合いをくりかえして、そのあいだにサクソン人は、盗みとったブリテン島の東半分にしっかり根をおろしおえた。戦団のいくつかは丘陵地帯の小さな王たちに仕えている。ダムノニアやポウィスやカルクヴァニスの大王に仕えているものもある。または自分らの長にしか忠誠を誓わず、土地を持たない小さい集団もあって、そいつらはどこでも略奪し土地を荒らす。アーサーの一団もそんなやつらだ。だが、アーサーは一番すごい。おれがてつだえば、いつの日か、ほかのみんなを従える首領になる。そうしたらアンブロジウスが手をつけた仕事をやりとげられる。東征して、サクソン人を海へ追い落とすんだ」

わたしは半分しか聞いていなかった。ミルディンがしゃべりながらこしらえてくれたスープのほうが、重要だった。身分のある人が自炊するのを目のあたりにするなんて、思ったこともなかった。スープは薄くて、玉葱《たまねぎ》の香りしかしなくて、中に干し肉が浮き沈みしていた。わたしはおなかいっぱい食べ、眠りこんだ。隅っこにもたれ、かさぶたのできた両膝に頭を伏せて。

夢の中では森がまだ燃えつづけていた。

5

話し声に、わたしは飛び起きた。まる一日眠って過ごしてしまった。午後の光が、頭上の茅《かや》と虫食いのたるきごしにさしこみ、床にいくつも陽だまりをこしらえていた。馬は頭を垂れて、うとうとしている。外の木立の中で、男がふたりしゃべっていた。ひとりはわたしの新しい知り合い、というか、主人というか、まあ、そんなものだ。もうひとりは知らない男だ。

馬のそばをそっとすりぬけていって、のぞいてみた。古い家の戸口を取りまくように生えている木立のかげに、もう一頭馬がいた。古くなった雪のような色のたてがみの白馬だ。男が馬上から、ミルディンを見おろしている。この新しい客は戦士で、革製の胸甲《きょうこう》をつけ、腰に剣をさしている。ぶあつい赤いマントは雨にぬれて色落ちし、馬のお尻にぽたぽたピンクのしみをつけていた。兜《かぶと》は脱いでいて、砂色の髪が風にそよいでいる。

わたしは近づいてみた。気づかれるとは思っていなかった。えらい人はわたしのようなものを気にしたりしない。館のまわりをうろつくはぐれ犬や猫と同じようなものだからだ。新しく来た男がこう言った。「アイルランド人めが出発した。集められるだけの兵をつれてくるだろうに、こっちは戦のあとでへとへとだ。もし、戦いになったら……」

「そうはならんさ」ミルディンは受けあった。「カイ、おれが信じられないか」

「これっぽっちもな」男は笑った。ふと、かれがこっちに目をやり、ものかげから見つめているわたしの顔に気づいて、ぎょっとした。馬の腹を蹴って、向きを変えた。強くて足の速そうな馬だ。世話も行きとどいていて、ぶんどったまぐさをたっぷりあてがわれているといったふうだ。

「じゃ、川のところで?」馬上の男が叫ぶのが聞こえた。

「浅瀬の上の淵《ふち》のところでな」片手をふりながらミルディンが声をかけると、男は馬を駆って木立のあいだに消えてしまった。「滝のところだぜ」

蹄《ひづめ》の音が遠ざかると、ミルディンはこっちを向いて、わたしが見ているのを知った。にこにこしながら歩いてきて、わたしはそんなふうにほほえみかけられるのに慣れていなかったので、ただそこに突っ立って、かれがそばに来るまで、ぽかんとその笑顔に見とれていた。かれはわたしの片腕を取って、小屋の中へ押しもどした。「グウィナ、やらなきゃならんことがある」

馬が床に黒い塊を落としていた。それを片づけろ、と言われているのかと思った。

「おまえは、おれが〈熊〉をてつだうのをてつだうんだと言ったろ。アーサーはしるしをほしがってる。ここの南のしめった荒れ地一帯を治めているアイルランド人がいる。バン卿の家来で、そいつが殿さまの仇討ちをする気になったら、えらい戦いが起きて、立派な男がたくさん死ぬ。だからな、そいつがバン卿の代わりに、アーサーを殿さまと認めれば、八方まるくおさまるんだ。アーサーもここ西部に盟軍がいれば便利だ。おれはそのアイルランド人と話をつけてやって、相手は乗り気になった。でもその家来どもは、楯《たて》にキリストのしるしをつけてる男は信用しないだろう。新しい神のやりかたは、あいつの治める丘陵地帯にはまだ十分しみこんでいない。初雪みたいなもんだ。きれいなおおいにはなってるがな。ちょっと下を掘れば、古い習慣と古い神々が顔をのぞかせる」

わたしは身ぶるいした。神々のことをこんなにむぞうさに口にするなんて、不吉だ。わたしは十字を切り、厄払いをしようとした。どんな神々も怒らせたくはない。新しい神さまでも古い神さまでも。

「だからよ、古い神々がアーサーに贈り物をするわけだ」ミルディンはそう言葉を続けながら、鞍の後ろにあった毛皮と布の中をごそごそやってものを探していた。「神々もアーサーの味方だってことを示すしるしを見せる」

「どんなしるしですか」わたしはこわごわきいた。

「見せてやろうか」

男のすばやい手が、細長い油布の包みのひもをほどいた。何か金色のものがきらっと光った。剣の柄だ。剣をたくさん見てきたわけではないが、これが特別な剣だということはわかった。柄と鍔《つば》は赤みを帯びた黄金で、そこに渦巻きやうねりのもようが白っぽい金属でもって象嵌《ぞうがん》してあった。柄には銀の針金が巻きつけてある。刀身は布のひだの中で、水のように輝いていた。

「〈熊〉にとって剣はたいせつなものだ。ただの戦いの道具じゃない。何かのしるしさ。石を突き通した剣は、アルトリアス・カスタスにとってのしるしだった。昔、ピクト人やスコットランド人からおれたちを救ってくれた男だ。そしてわれらのアーサーはその血をひいてる。神は別世界からこの剣をアーサーにさずけることで、かつてアルトリアスを愛していたように、アーサーを愛しているあかしとするわけだ」

さわってみろ、というように、かれはこっちに剣をさしのばしていた。わたしはあとずさった。

「これには名前がある。カリバーンってんだ」

「ほんとうに別世界の剣なんですか」

「そんなわけないだろ。ディーン・タジールの商人からおれが買った。だけどおれたちは、これぞ神々からの賜《たまわ》りもの、と、みなに信じさせてやれる」

わたしが男だったら、いや、せめて少年だったら、「おれたちって、だれのことですか」ときいたかもしれない。でもわたしはただの〈ネズミのグウィナ〉だ。目上の人の言うことは、わけがわからなくても聞かなくてはならない。

ミルディンはわたしのぼさぼさの髪をかきまぜた。「もしかしたら、ほんとにどっかの神さまがおれたちに目をかけてくれてるのかもしれないな。何かがおまえをおれのもとによこした。そいつはたしかだ。もともとのおれの計画ではな、〈熊〉が舟をこぎつかれたころに、この剣をあそこの小さな滝の下の岩棚で見つけるって段取りだったんだ。あとでそれを説明するような物語を作ればいいと。だが、もっといい考えが浮かんだのよ。泳ぎのうまい小魚のおまえが、手に入ったんだから……」

6

男は馬をそこにつないだまま、わたしをせきたてて、森の中を通りぬけていった。持っているのは、布でぐるぐる巻きにした剣だけだ。空気がだんだん冷えてくる。ミルディンはうなずいて言った。「水面に霧が出るだろうよ」

なぜそんなことがわかるのだろう。どこの魔物から聞いたんだろう。

「おれがどうしてアーサーに仕えるようになったか、不思議に思っているんだろう？」かれはさきに立って、やぶの中を大股にかきわけてゆく。

そんなこと、不思議に思ったこともなかった。かれの人生がどうこうなんて、わたしの知ったことではない。でもそんなこととは関係なく、この男はわたしに話すつもりなのだ、ということはわかった。男は緊張していて、話すことで不安を追いはらいたいのだろう。

「いい話なんだぜ」森をずんずん歩いていきながら、肩ごしにふりかえって話しかける。冷たい空気の中に白く見える息が、煙のようにかれを取りまく。「たき火を囲んで男どもがその話をするのを、おまえもいまに聞くだろうよ。その話ではな、このおれさまはアンブロジウスの騎馬隊のかしらの悪党ウーサーに仕えてたことになってる。ウーサーは女に目がなくてな、ある春のこと、イガーナという女を見初《みそ》めた。カーニューの小領主の奥方だった。エニシダに火がつくように、ウーサーの頭は欲望に燃えあがった。耳から煙が出てんのが見えるほどにな。だが、どうすればいい？　イガーナの亭主は焼きもち焼きだ。奥方を砦《とりで》から一歩も出さず、だれも近づけないようにしてた。

　そこでウーサーはおれを呼んで、力を借りようとした。ある晩、恋敵が近くの牧場を襲いにいってるあいだに、おれは魔法でウーサーを亭主の姿に変えてやり、やつは砦に入りこみ、だれにも見とがめられずにイガーナのベッドにたどりついた。その夜、みごもった子どもがアーサーで、その名声は、太陽が月をしのぐように、ウーサーをはるかにしのぐってわけだ」

　魔法使いのあとについて、枯れたワラビの中をざかざか進んでゆきながら、こんな話を聞かされたわたしは、さっさとこの場から逃げ出したくなった。この木々の迷路の中にどんな野獣や悪霊がいるにせよ、そっちに運を託したほうがいい。これまでずっと、逃げることで命が助かってきた。けれどミルディンから逃げるのはむずかしそうだ。だれかを別人に見せかけるほどの力を持っているのなら、わたしをつかまえて、なんでも好きなものに変えてしまうだろう。アマガエルとか、ヒキガエルとか、石とか。

「もちろん、いまのはでたらめだぜ。グウィナ、肝《きも》に銘《めい》じておくんだな。だれかが、こうだ、という話をしても、ほんとうとはかぎらん。おれには魔力なんてない。旅の道中で、少々、手品をかじっただけだ」

「じゃ、どうやってウーサーを別人にできたんですか」

「いま、その話をしてるんだよ。そんなことは起きなかったんだ。ウーサーはその砦を攻めて奪いとり、ほかの戦利品もろともイガーナを手に入れた。女には一週間で飽きた。ウーサーの生ませたほかの私生児とアーサーのあいだには差なんてない。ただアーサーが、そんなような逸話をおれに作らせたってことだけだ。いいか、グウィナ、人間ってものは物語が好きなんだ。だから今日、そいつをおれとおまえとで、人さまに与えてやろうとしてるところだ。人が一生覚えてるような話、孫子の代まで語りつたえて、やがて世界じゅうが知るようになる物語を。アーサーが別世界からの剣を手に入れた、という話だ。おう、もうついた」

もう、淵《ふち》のところに来ていた。傾きかけた陽が、遠い対岸のオークの梢《こずえ》の列を照らしていたが、水面は影におおわれ、霧のかすかな銀色の吐息が上にかかっていた。ミルディンの言ったとおりだ。

どうしてわかっていたんだろう。魔力はない、と言っていたくせに。でも、魔力がないのに、どうして未来が見通せるんだろう。

角笛の音が、はるか下流のほうから響いた。ミルディンは岸ぞいにわたしを急がせた。下生えをかきわけて進んだ。ヒイラギの痛い葉が、顔をひっかく。せまい岩棚のさきに滝がある。そこにはシダがびっしり生えていた。しぶきがその葉にふりかかる。みずみずしくとがったシダは、緑の舌のようだった。その中にほとんどまぎれかけた一本の細い小径が、水の白い幕の後ろにうねうねと這いこんでいるのが見えた。

ミルディンはふりかえり、布にくるまれてずっしり重い剣を、わたしの手にあずけた。それからわたしの両肩をつかんで、身をかがめ、目線を合わせた。豊かな大地のように黒い目、蠟《ろう》燭《そく》の炎が躍るようにあちらこちらに光がきらめく、そんな目でわたしの顔を探るように、期待するように見つめた。

「いまにみんなが来る。おまえにやってもらうことを言うからな。よっく聞けよ、小さな魚」

太陽は西に傾き、対岸の木々の影がうつろってゆく。わたしはひとり、滝の裏がわの、じっとりとぬれたせまい岩棚にしゃがみこんでいた。水音で頭がいっぱいになっていたが、しぶきはほとんどかからない。ここは魔法の場所だ。数歩離れただけで、だれからも見えなくなる。でも、こっちからは水の幕ごしに外が透けて、ミルディンが東の岸で、明るいところをゆきつもどりつしているのがよく見えた。

その顔がふいにこっちを見た。遠すぎて表情までは見わけられないが、いまだ、という目つきなのはわかった。かれの後ろの木立に目をやると、一瞬のちに金属が光って、馬上の男たちの姿が見えた。一列になって、あたりを警戒しながら、木立から出てくる。まるい白い楯《たて》には、キリストのしるしが赤く捺《お》されている。アーサーの手勢だ。前にミルディンのところにやってきたカイという砂色の髪の男を目で探したが、どれだかわからなかった。みんな兜《かぶと》をかぶって、白い馬にまたがり、赤いマントをつけていた。

でも見た瞬間に、アーサーはわかった。兜に赤い馬の尾をなびかせ、頬当てのあいだから、真っ白な歯を見せてにやりと笑うや、馬を砂利の上に進め、浅瀬へと近づいてきた。ミルディンに何か話していたが、声は聞こえない。それからだれかが淵の西岸を指さした。そこのけわしい崖をまた何人もの騎馬の男たちが下りてきて、そのあいだを徒歩のものが身軽く走りまわる。槍や狩りの弓を持っている。先頭は黒い顎ひげの大男だ。かれが馬を止めると、みんなも止まった。そしてアーサーの手勢のほうを見る。だれかが武器をふって声をあげた。侮辱の言葉らしく、わたしには思い当たることがあった。実際の戦いが始まる前に、両軍が何時間も相手をやじりあう習慣があったっけ。

でも、戦いにはならないようだ。ミルディンが両腕をあげ、水をへだてて対岸から何かを叫んでよこした。片手で水面をさししめし、アイルランド人の部下たちにここは魔法の場所、異世界への通路なのだと、改めて言って聞かせていた。だからアーサーはここに来たのだ、神々に敬意を捧げに来たのだ、と。

そこでアーサーは馬を下り、後ろから走ってきた少年に手綱を渡した。両岸の男たちが驚きの顔を見合わせる中、アーサーは淵へと入っていった。

わたしは口の中で短いお祈りを唱えてから、古い毛織りの服を脱ぎ、後ろの岩の割れ目に押しこんだ。油布にくるまれたカリバーンとかいう剣をつかみ、何度か深呼吸をした。ミルディンに命じられたことをするだけの勇気が自分にあるとは思っていなかったが、さからう勇気のほうもなかったのだ。あたりは冷えてきていた。水はもっと冷たいだろう。わたしは岩棚の端にお尻をもぞもぞすりつけてから、泡の渦巻く滝壺へと飛びこんだ。

「みんな〈熊〉のほうを見てるはずだからな」ミルディンはさっきそう言った。「強い武将が具足一式まとった姿で水浴びするなんて、めったに見られないながめだ。まあ、それを言うなら、裸で水浴びするところもだが。だれもおまえのほうなど見やしないさ」

霧の予測が正しかったように、その言葉も当たっているといいのだが。

わたしはそろそろと滝の下へ浮かびあがった。水面がうがたれて、まわりじゅうが真っ白になっている。その渦巻くさまと轟音《ごうおん》に、一瞬、自分がどちらを向いているのかわからなくなった。そのときアーサーが淵の中を、わたしのほうへ近づいてくるのが見えた。胸まで水につかっている。やがて水は肩まで来た。湖の真ん中からは半ば泳がなければならなくなったが、甲《かっ》冑《ちゅう》が重いので動きはぎごちなく、赤いマントが背後の水面に広がっていた。やがて滝の下からわきかえる水が広がっているあたりに来ると、水はふたたび浅くなったので、かれは立ちあがり、その胸板を波がひたひたと洗っていた。ミルディンが言ったとおりだ。

わたしは命令どおり、水に身を沈めた。両手に握った剣は重かったし、浮力のつくはずの服もまとっていなかったので、それはたやすかった。はだしの足が水底の、腐った葉が積もってやわらかくなったものの中に沈みこんだ。目を開いて、大昔に朽ちた木の梢のあいだを必死にかきわけていった。ぬらぬらの腐った樹皮を体がかすめ、かさなりあった泥炭の薄片が舞いあがって、一瞬何も見えなくなった。それからいきなり目の前に、アーサーのベルトの四角い留め金が光り、甲冑の上半身がそびえたっているのが見えた。まばたいて砂粒をふりはらい、目をあげると、かれの頭と肩がはるか上の空中に出ているのがわかった。一瞬、目と目が合った。かれの目は、兜の鉄のまびさしの下で大きく見開かれていた。驚きと、それからわたしにはわからない何かの思いでいっぱいになった目。わからないと言うのは、わたしはこれまでに、だれかにこわがられた経験がなかったからだ。そのとき、わたしの長い髪が頭上にゆらりと巻きあがって、かれの姿が見えなくなった。わたしの肺は太鼓の皮のよう、心臓がそれを激しくたたきつける。

「ゆっくりとお上品に、やってのけろよ」ミルディンの指示はそうだった。でも、剣をくるんでいる油布を引き裂くと、それがふわりと浮きあがりかけたので、あわてて引きおろし、膝のあいだにはさんで、空いた手で剣をさしあげた。剣が水面を割って宙に出るのがわかった。空中にある自分の手は、体のどの部分より冷たいような気がした。剣はあまりにも重い。ぐらぐら揺れてしまう。指がしびれて、ぬれた柄をこれ以上つかんでいられない。なぜ、この男はこれを取ってくれないのだろう。口の端から泡がじわりと出てきた。なぜ、取ってくれないの。

男は取った。わたしはからっぽの手をさっと魚たちの世界にひっこめ、その手で鼻をきつくつまみ、滝壺の裏がわに泳ぎもどるまで、空気を外に逃がさないようにした。そこでやっと水面に浮かびあがった。空気と水のまじったものをごぼりと吸いこみ、岩棚に這いのぼる。魚やカワウソやそのほかの水の生き物とは似ても似つかぬ、見苦しい必死の姿で。だれかに見られているかどうかなんて、寒すぎて気にするゆとりもないままに、隠れ場所に這いあがった。でも水の幕ごしにふりかえると、男たちはみな、アーサーが陽光に燃えあがるカリバーンを頭上に高々とかかげて、ざぶざぶと岸に上がってゆくのを見つめていた。自分の武器をふるうものもいた。走りまわるものもいた。みんな顎ひげの顔に大口を開けて、ここまでは聞こえない言葉

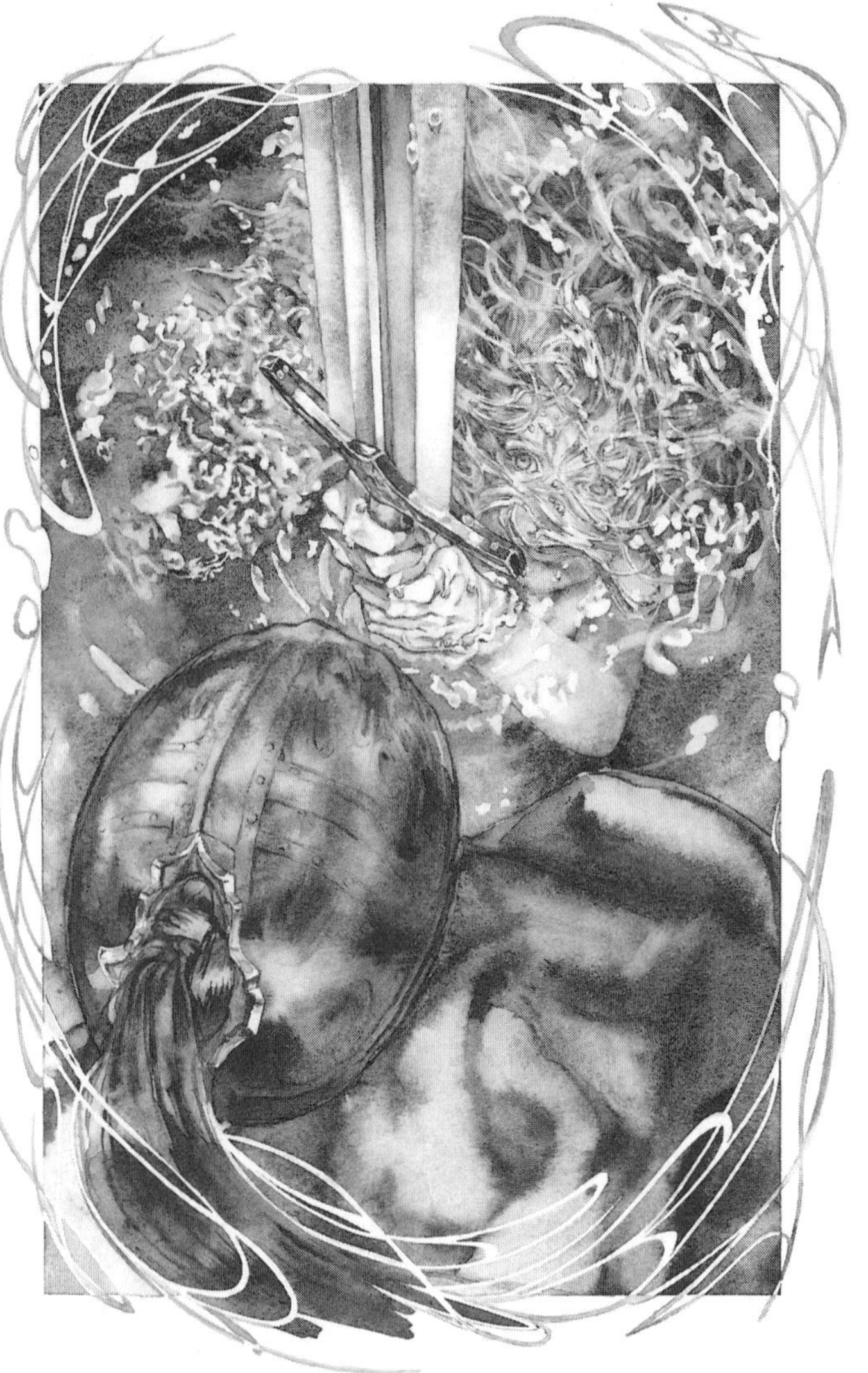

を叫んでいた。

　服が見つかったので、その中へもぐりこんだが、暖かさはまるで感じない。わたしは、滝の裏がわのしめった石の上に横になり、体を抱きしめ、ふるえていた。歯ががちがちと鳴りつづけて、止まらなかった。

7

わたしはふるえているうちに眠りこんだのだと思う。目がさめると、滝の向こうがわの光はほとんど失せて、だれかがシダのあいだの隠れた小径を、かなりの勢いでこちらへやってくるところだった。

低い声がかかった。「娘、いるか?」

またミルディンに会えるとは、思ってもいなかった。この男は、役割を終えたわたしのことを、どうして思いだしたりしたのだろう。しかしともかく、かれはいまここにいる。わたしの新たな使い道を思いついたのか。

「ここで寒いままに放っておいて悪かったな。それもこんなに長くだ! おまえはよくやってくれた。おまえの耳にも入るだろうが、たいそうな噂になってる。こっちの仲間もアイルランド人の家来どもも口にしてる。湖の底に住む妖精の貴婦人が、アーサーに魔法の剣をさずけたとか……水面に出てきた手のこととか……事情を知らなかったら、おれだって、そうなのかと思うぜ……そのとき一瞬、岩々の暗い影の中に剣が輝いて……アーサーでさえ、信じた! おれの手品には慣れてるはずなんだが、どうやら本気で信じてるらしい。おれが、自分のために水の精を呼び出してくれたんだと」
わたしは眠たい頭でもって考えた。この汚れたふるえる手が、重すぎる剣をかろうじて持ちあげていたあの状態を見て、いったいどうすれば、そんなふうに信じられるんだろう。当時のわたしは、人間は見えるはずだと言われたものを見てしまうのだということを、まだ知らなかった。

かれはマントの中にわたしをつつみこんで抱きあげ、危なっかしい小径を岸まで運んでいってくれた。そこに馬が待っていた。優しく扱われるのに慣れていなかったわたしは、ほっと力を抜いた。馬の背に抱えあげられたときには、半分眠りこんでいた。かれは荷物のようにわたしを前にのせ、森の小径を走らせていった。目がさめたときには、焼けただれた材木と化したわたしの農場を通りすぎて、アーサーが昨夜攻め落とした城砦《じょうさい》へと丘をのぼってゆくところだった。城砦を囲んでいた小屋は全部なくなっていた。黒い骨組みだけが残り、たそがれの中に煙の名残をくすぶらせている。門はぶち壊されて開いていた。見なれない人たちが城壁の上に立っている。教会も、修道僧たちの住んでいた建物も、焼かれ、壊されて、石は火勢にひびわれ、ぼろぼろになっていた。あちこちに死体が散乱している。バン卿の館の外には、コウモリのちらちら飛ぶ空を背景に、ドラゴンの旗が黒くひるがえっていた。開いた扉からは、叫び声と笑い声が流れてくる。ミルディンが馬を下りると、少年たちが馬を受け取りに出てきた。抱きおろされるわたしには気づかない。すっぽりくるまれていたので、きっと袋か毛布だと思ったのだろう。

ミルディンはわたしを両腕に抱いて、館のわきを回っていった。それは細長い建物で、その前の石塀は両端が低くなり、上にはきつくとがった茅葺《かやぶ》き屋根がそびえている。中からは野獣の吠えたけるような声が聞こえてきた。アーサーと家来たちが、勝利を祝って、バン卿の財宝や女たちを分配しているのだろう。

建物の端っこには細い通路があり、そのさきは小さな部屋が蜂の巣のように集まった場所へ続いている。うす暗がりの中、ミルディンはわたしをやわらかな寝具の上にどさっとおろしてから、戸口のカーテンを閉めて出ていった。高い小窓から一番星が見えはじめる。カーテンのへりの向こうから、火明《ほあ》かりが流れこんでくる。わたしは体を起こして、あたりを見回した。体を動かすと、ふっくらしたマットの中で藁《わら》ががさがさ鳴る。ここは、昨夜までバン卿の奥方の部屋だったのにちがいない。奥方の美しい持ち物のいくらかは、まだそこにあった。ただし嵐の強風になぎはらわれたかのように、ひっくりかえったり、倒れたりしていた。

戸口近くの床に、光のたまりがあった。そこへ這っていってみると、それはぴかぴかの青銅製の鏡だった。わたしに向かってまばたきかける、わたしの目。精霊が、水の中からこちらを見ているようだ。鏡を見たのは初めてだ。平たい丸顔にずんぐりした鼻。ふだんは冬のワラビのようにどうしようもない茶色をしている髪が、湖水に黒ずんで、ずるずるべったりと肌にはりついている。どうしようもなく平凡な、見た次の瞬間に忘れてしまいそうな娘だ。なぜミルディンは、わたしの身のふりかたを考えてくれるんだろう。もしかしたら殺すつもりなのか。水中からあらわれた剣の秘密を知っているのは、わたしひとりだし……

逃げよう、と思いかけたちょうどそのとき、カーテンの下からもれる光をいくつもの影が横切り、外で、はっきりとした男の声が怒りもあらわに言った。「おまえ、その娘をここにつれてきたのか」

わたしはベッドにふたたび身を投げ、眠っているふりをした。半開きにした目のすきまから、カーテンが開いて、またしゃっと閉まり、ふたりの男が入ってきたのが見えた。新しく来た男はたしかあのカイと呼ばれていた人だ。油のランプを手にしている。わたしのそばに膝をついたが、ミルディンのほうは戸口のそばから離れない。

「ではこれがおぬしの手品の種なのだな」カイが言った。ランプの明かりに浮かぶ醜い顔が、ミルディンのほうをふりむく。

「絶妙な手品だろ？　おまえだって、剣とこの娘を前に見ていなかったら、信じていたと思うぜ」

カイはまだ仏頂面だ。ミルディンがこっそりつかまえてきた野生の猫か何かを見るような目で、わたしのことをしげしげと見ている。「ミルディンよ、アーサー殿でさえ、川で起きたことを信じているんだぞ。いまごろはまた水辺に行かれて、湖の女に出会ったくだりをだれかれかまわず語り聞かせておられるだろうよ。その正体がこの子だと知れたら、おまえは殺されるぞ。もしあのアイルランド人めが知ったら……」

「だからさ、おれたちはアーサー殿にもあのアイルランド人にもぜったいにばれないようにするんじゃないか。でもこの娘をどうにかしなくちゃな。子猫じゃあるまいし、殺すわけにもゆかん。よくやってくれたんだから」

カイがひとつ肩をすくめる。甲冑《かっちゅう》がきしむ。「それなら、どこかで放してやれば。なんでもない娘っ子ひとりだ。たとえ、しゃべっても、だれも信じやせん」

「それはひどいんじゃないか」ミルディンはきっぱり言った。「あれだけのことをしてくれたんだ。湖の精の役だぞ。アイルランド人の一党が、アーサー殿を見たあの目つき、おまえも見たろう。まるで半神でも見たようだった」

「じゃ、この子をどうするつもりだ」

「つれてくさ。身のまわりの世話でもしてもらう」

「男どもが言うぞ。『手品師ミルディンが、あまっ子を弟子にした』と。そしたらみんな、湖に出てきた白い手や渦巻く長い髪のことを思いだすし、そのうち、頭の回るものが、あれやこれやを考えあわせて、今日の奇跡も手品の一種だったと、はじきだすかもしれん。おまえは、おしまいだ。そしてアーサー殿も」

「それなら、こいつが娘っ子じゃなかったらどうだ」ミルディンはふりかえってこっちを見た。わたしの寝たふりに、かれははなからだまされてなんかいなかったのだ。「おまえ、どうだ？偉大なミルディンさまに男の子に変えてもらうってのは？」

わたしは体を起こし、かれをまじまじと見つめた。〈熊〉の父親を変身させたように、ほんとうに魔法でわたしを変身させるのか。でも、あれはただのお話だったはず。

かれは近づいてきて、カイの手からランプを取り、わたしの顔を照らした。「ほら、めめしいところなんかない顔だ。服なら死者の持ちものがいくらでもある。髪を短くして、脚絆にチュニックを着せたら、アーサー殿の取りまきの少年たちと変わらんだろう。名前だってほとんどそのままでいい。グウィンにすれば」

「おまえは、それでいいかね」カイにきかれた。

どう答えたらいいのだろう。カエルや、石みたいに冷たい死体にされるよりは、男の子になったほうがましだ。わたしはそう計算した。

「もちろん」とカイがミルディンを見あげて、「夏がいくつか過ぎたら、娘にしか見えなくなるだろうがな」

ミルディンはブヨか何かを追いはらうように、その言葉を手でいなした。新しい手品を思いついたのがうれしいのだ。キツネのような狡猾《こうかつ》さでもって、だれでもだましてしまうことが。

「いくつか夏が過ぎたら、湖の剣の話はしっかり根づいて、もう揺るがなくなる。そうしたら若者グウィンは、またグウィナにもどれるさ。またはそのころには、あんたの弟殿も運を使いはたして、おれたちもみんな墓の下になってるか、はたまた、あんたのキリスト教の神さまが栄光につつまれて再臨し、地上に天国ができあがってるかもしれん。だからいま、ばあさんみたいにぶつぶつ言っていても始まらんだろ？　この子のために、男の子の服を調達してきてくれ」

神をも恐れぬ香具師《やし》なんぞに命令されるすじあいはないわ、とカイはぼやきながら出ていったが、本心ではなかったと思う。かれとミルディンがお互い悪口を言いあうのは、昔からの友だちだからだ。カイが出ていくと、ミルディンが言った。「カイは、いいやつだよ。アーサーの義兄《あに》だ。だけどアーサーみたいな野心は持ってない。ウーサー王の血は、あいつの血管にはそれほど強く燃えさかっていない。あいつは従うものであって、率いるものじゃない」

わたしは何も言わなかった。わたしのかかわることではない。代わりに、自分の心の声に耳を傾けた。心はせわしなくわたしに問いかけていた。男の子になるってどんな感じだろう。戦わなければいけないのか、馬に乗らなくてはいけないのか、立ったまま用を足さなければならないのか、とか。どれも無理に決まっている。だから、だれもわたしを男の子だとは思わないだろう。

8

　でも、みんなは信じた。カイが毛織りのチュニック（大麦色で、赤いふちどりがついている）と、くるぶしまで届くちくちくする手織りのズボンを持ってきてくれた。ふくらはぎのところで、やわらかな皮リボンを巻きつけて締めるズボンだ。靴も革でできていた。わたしにとって初めての靴。それぞれの足が、罠にかかった魚になったような気がする。それからミルディンがいかがわしい感じのナイフを取り出して、わたしの長い髪を切り、ハリネズミの棘《とげ》のようにつんつん突っ立つようにした。切った毛を肩からはらいおとしてもらって、わたしはかれといっしょに広間へ入っていった。

　中はあまりにうるさく、煙が充満して、人でいっぱいだったので、最初は何も見えなかった。アーサー殿の〈楯《たて》の友〉たちが、アイルランド人の配下の戦士といっしょに飲み食いしていた。どこに目を向けても、目に入るのは男の広い背中ばかり、聞こえるのは牡牛のように吠えたける声ばかりだ。でもミルディンが来たのを見て、みんなは道を開けてくれ、じきにわたしたちは、バン卿のものだった牛の肉があぶられている、大きな暖炉のそばに座ることができた。そこにはナイフを手にしたアーサーがいて、チュニックを脂で汚しながら、取りまきたちにふさわしい名誉の部位を切り分け、軽口まじりに笑いながら、肉を放りなげてやっていた。

兜《かぶと》をかぶらず、魚の鱗《うろこ》のような鎧《よろい》をつけていないかれを見たのは初めてだ。思ったほど神々しくはない。肉づきのよい顔にたくましい首をした、骨太の頑丈そうな男だ。短く刈りこんだ黒髪は前頭部が薄くなりかけていて、火明《ほあ》かりに汗でてらてら光っていた。目は黒く小さく、落ちくぼんでいて、眠そうだったが、それがいきなり、ずるそうにも賢そうにもなり、少年のように楽しげにきらめいたりもした。怒ったら、てきめんにこの目が細まるのだろう。危険な男だ、と思った。熊のような男だ。

「ミルディンか！」かれは、煙ごしにわたしの主人を見つけ、肉切りナイフをふった。「どこに行ってた？　竪琴を取ってこい。われらの勝利の物語をやってくれ」

ミルディンは笑みを向けた。「よい物語は、よい蜜酒や、よいビールのようなものでして。醸造《じょうぞう》に少々時間がかかるのです」

男たちがこっちを見て、何人かがやはり「ミルディン」と呼んで、杯や肉の塊をふったり、両手をあげて招いたりした。その人たちがミルディンを見る目つきからして、この男は、いないところでは冗談の種にされているが、同時に恐れられてもいるのだ、とわかった。なんと言っても、今日の午後、水の精を呼び出した男なのだ。

「そいつは？」ナイフでわたしをさして、アーサーがきいた。「おまえ、息子がいたのに、黙ってたのか」まわりから笑い声があがる。アーサーも笑い、みなに負けない大声で言った。

「おじいさんに似ないことを祈ろうな」

ミルディンは吟遊詩人の息子だと称していたが、別の噂もあるのだった。つまり母親は尼僧で、父親は悪魔そのものだという話だ。わたしは、そのときはその噂を知らなかった。だから、かれらのがさつな笑い声は、自分に向けられたものかと思ってしまった。嵐の強風をくらったように、わたしはその声に後ろへ突きとばされ、主人のローブに押しつけられた。

ミルディンがわたしの肩に手をかけた。「グウィンは身内で、わたしの従者になりにきたんですよ。ディーン・タジールからいっしょに来たところでね。戦士のみなさんがたと同じように、わたしにだって、ものを取ってきたり運んだりしてくれる者があってもいいでしょう」

アーサーの明るい目はじっとわたしを見つめながら、さっきたたいた自分の軽口のおかしさに涙をこぼしていた。わたしは正体を悟られたかと思い、いまに「そいつは男の子じゃないな」とどなられそうで、体がすくみ、顔が赤くなった。でも、わたしは従者にすぎない。わたしなんかに、アーサーが関心を持つわけがない。わずかな間をおいて、アイルランド人の配下の族長のひとりが、苔《こけ》のようにぶあつくこびりついた荒れ地のなまりで「そいつがミルディンか。魔術師の？」と言った。

アーサーはそちらに顔を向け、わたしのことは忘れた。「ブリテン島最大の魔術師だ。この剣をもらったとき、おれはあの精霊の顔をこの目で見たんだぞ。湖の精だ。この男が呼び出した。おれが下女を呼び出すように、呼び出したのだ。おお、あの顔！　いい女だった！　金髪がこう、渦巻いていてな……」

アーサー殿は言葉に詰まった。両手を動かし、煙の中に白っぽい金髪の渦を描きだそうとした。聞き手はみな、引きこまれた。だれがかれの話を疑えよう？　ミルディンならうそをつくかもしれないが、アーサーはあけっぴろげな人間だ。この男を好いていようといまいと、その大きな顔には真実が輝いているのがわかる。「裸だった。水の中で。そして鳩の羽根のように白くて……」

男たちがかれのまわりに群がってきた。かれのそばにいるミルディンのまわりにも。わたしはしめだされた。ずらりと並んだ背中の塀。太いベルトと吊るした剣。わたしが背を向けると、ほかの男たちの声が頭上を流れすぎていった。知らない名前、粗暴な笑い、死んだ敵のこと、盗んできた女のこと。木の幹のように太い足のあいだをかきわけていくわたしは、かれらにとっては、床のイグサの上の食べこぼしをあさっている犬と同じに、いてもいないような存在だ。そのとき手がわたしの手にふれてきて、ふりかえると、同じ目の高さにひとつの顔があった。

ぎょっとして下がるはずみに、踏んづけてしまった犬がキャンと言い、低くうなった。一瞬、目の前にいる人間が、森で会ったあの若者、馬が倒れてしまった赤毛の怒りっぽい男かと思った。でもよく見ると、いまの相手のほうが年下で、年もわたしと近い感じでにこにこ笑っている。

「おれ、ベドウィル。カイ伯父さんが、きみに友だちがいるだろうからって」

わたしはおちつかなくうなずいた。カイの親切はうれしかったが、この少年なら、大人よりもかんたんにわたしの正体を見抜くのではないかと、心配でもあった。

「行こう。馬がつないであるところへつれてくから」

「なんで？」

「ご主人の馬が夜のあいだ無事でいるように、見張るんだ」やはり親切に言ってくれたが、わたしがものを知らないのに驚いているようでもあった。「ミルディンの仕事をするのは初めてかい？　でも馬の手入れは知ってるよね……」

　わたしはまたうなずいたが、実は知らなかった。馬のいっぽうの端から食べ物が入ると、別の端から糞が出てくることくらいしか、馬という種族については知らなかったのだ。

「ぼく、海の向こうのアルモリカから来たんだ。小ブリテンって言われてるところ。父さんが金持ちで、なんでも召し使いがしてくれてた。でもこの前の春に、サクソン人の海賊が来て皆殺しにされちゃった。だから、いまはただの従者なんだ」

　いったいどこからこの言葉が出てきたのか、自分でもわからない。しばらく前からわたしの頭の中に待機していて、いざというときに出てきたとしか思えない。こんな露骨なうそをついて、突然、口がきけなくなるかもしれない、死ぬか狂うかするかもしれないと、不安だったことを覚えている。ベドウィルにはうそを見抜かれた、と思った。でも、わたしは死にもせず、ベドウィルはきき返しもしなかった。それどころか気の毒に思ったのか、目に涙を浮かべていた。兄のようにわたしを抱きしめてくれた。戦士たちから学んだらしい熊みたいな抱きしめかたで。「それじゃあ、サクソン人が憎いよな。おれもそうだ。大きくなって兄さんみたいな戦士になったら、きっと、何百人も殺してやるんだ」

　ベドウィルはわたしを引っぱって、男たちの輪のそばを通りぬけ、油煙《ゆえん》の向こうを指さした。

森でわたしを殺しかけた若者が、年上の男の言った冗談に大きすぎる声をたてて笑っている。

「あれが、兄さんのメドロートさ。おれたちの母さんはカイの妹で、アーサー殿の異母姉なんだ。メドロートはいずれ、アーサー殿の一隊を率いることになる。うまくゆけば、おれもね。いまんところ、おれはメドロートの部下で、馬と武器の世話をまかされてる。メドロートはきのうの夜、戦場で、バン卿の家来を一ダースも殺したんだ」

自分自身について物語を作りあげる人間は、わたしだけではないのだと思ったが、とりあえず驚いて感心した顔をしてみせた。ベドウィルがそれを望んでいたから。こうしてふたりを並べてみると、あまり似ていない。共通点は、赤みがかった金髪と青白い肌くらいだ。ベドウィルはがっしりしてそばかすがあり、人なつこい笑顔を持っていたが、メドロートのほうは、ごく最近、一気に背がのびたばかりで、まだ新しい身体をうまく使いこなせないといった感じだ。

ベドウィルにもういっぺん抱きしめられた。わたしはその感触に、なんとか身を引くまいとした。いままでめったに人にふれられたことがなかったのだ。ふれられたと言えば、もとの主人の長靴に蹴られるか、その奥方の平手打ちかしかなかった。「いっしょに仇討ちしようぜ」ベドウィルは言った。たったいまでっちあげたばかりの、あわれな皆殺しにされた家族のことを、わたしがまだ気に病んでいると思っている。「来年の夏になったら、きみとおれで馬を並べてさ、剣をサクソン人の血に染めるんだ。グウィン、兄弟になろうぜ」

「兄弟に」わたしはうなずいて、兄弟というより兄妹だということを気づかれたらどうなるだろうと思った。かれのあとについて、広間の端の大きな扉まで行った。このへんてこな着心地の悪い服でも、せいぜいへんな歩きかたにならないよう気をつけながら。一隊を率いて馬を進めたいとも、剣をだれかの血に染めたいとも思わなかったが、ベドウィルの存在はありがたいと思った。

外のぬかるみには氷が張り、空は満天の星だった。歩哨《ほしょう》どうしが塀ぎわでしずかに話をしている。館の外に積みあげてある兜の白い毛や楯に、霜がおりている。バン卿とその腹心の首を突き刺し、石突きを下にしてびっしり立て並べてある槍のそばを通りすぎた。わが主人がこんなふうに殺され、〈楯の友〉たちが住む家を失い、館がアーサーの手勢に占領されているのを見たら、きっと悲しい気持ちになる、とわたしは思っていた。でも、わたしは何も感じなかった。感じたのは、脚絆《きゃはん》が足にこすれることと、新しい靴が足指を締めつけることだけだった。

わたしは兄であるベドウィルにくっついて、暗い中で丘をくだり、馬をつないであるところへ下りていった。

9

男の子でいるのは、だいたいにおいて悪いものではなかった。男の子のやることは——雑用でさえ——女の仕事よりおもしろい。着るものも慣れてしまえば、こちらのほうが楽だ。

もちろん男の子になるということは、ズボンをはいたり、髪を切ったり、だれにも正体を悟られてはならないという当たり前のことだけではすまない。動きかたや立っている姿勢も気をつけなければならない。ほんとうはすごく気になっていることも、どうでもいいんだという顔で見るふりも必要だ。言葉よりもっと多くを語るのは、ちぇっとか、なんだよ、というつぶやきだ。男の子たちの中ではいろいろな約束事がある。犬の群れみたいだ。だれが音頭を取って、だれが従うかの決まりごと。そういう決まりは改めて話にのぼるようなものではなく、男の子たちにとっては生まれながらに知っていることのようだ。わたしはベドウィルやほかの子たちを見ていて、できるだけがんばって、それを取り入れるようにした。

アーサーの手勢には四十人ほどの少年がいて、従者や馬丁をつとめ、年長者から戦のあれこれを学んでいた。少年たちは、わたしのことは最初からどこか違うと感づいていたようだが、わたしがミルディンの従者だからという理由で何も言わなかったのだと思う。ミルディンは、ほかの男の子たちの主人のように戦士ではなくて、詩人で魔術師でもあったから。かれがこわいので、わたしをいじめなかったのだ。それはありがたいと思う。そしてベドウィルはわたしの友だちになる、と固く心に決めてくれていて、それはもっとありがたかった。ベドウィルは少年たちの中で一番の年長でもなければ、一番腕が立つわけでもなかったが、ほかの子たちからは、アーサーの甥だし、兄がもうすでにアーサーの部下だということで、一目おかれていた。だからみんなはわたしのことも、ベドウィルに免じて受け入れてくれた。わたしは並んで立ち小便をするのを恥ずかしがって、ひとりでやぶの中に這いこむことをからかわれたが、からかいは少年どうしの会話のほとんどを占めているようなものだ。だれも、まさかわたしが女の子だとは思わなかった。ミルディンの言ったとおりだ。人は自分が見えると思うものだけを見て、信じるように言われたことだけを信じる。

アーサー勢は一ヶ月ほどのあいだ、バン卿の城砦《じょうさい》で、イースター・リリーの緑の槍先が道のわきの泥の中からつんつん突き出てくるまで待っていた。それからアーサー殿は、自分の名において統治するようにと、バン卿の領土をアイルランド人にまかせ、かれから誓いによって託された一ダースの百戦錬磨の勇士を率いて、さきに馬を進めた。アイルランド人はその勇士たちに加えて毎年、アーサー殿に貢ぎ物を届けることを約束していた。領地の山の鉱脈から出るスズの鉱石を三塊、肘から手首までの長さと同じ幅のあるパンを三つ、手の幅三つ分のさしわたしと高さのあるバターの塊、刃の部分が指三本分の厚みのある鋸《のこぎり》。バン卿が主君だったときには、それ以上をおさめていた。でもかれはしたたかなアイルランド人だ。門のかげで主人ミルディンが馬に乗るのを助けていたわたしは、そんな貢ぎ物には決してお目にかかれないだろうがな、とアーサー殿のぼやく声を聞いた。

ミルディンはおだやかに、「それでもかまわないでしょう。少なくともアイルランド人は敵には回らない。だから、今後は東部から低地へ目を向けてもだいじょうぶだし、低地の人間なら、自分たちを守ってもらえるとなれば、バターではなく黄金で貢ぎ物をおさめますよ」と言った。

アーサー殿はもの思うように流し目にかれを見た。アーサー殿は頭の切れる男ではないが、わたしの主人の判断を信じるくらいの利発さはある。

丘をくだって、川ぞいに東へ折れてゆくと、ほどなく、城砦とそれの建っている丘は、森の緑の枝々の背後に見えなくなった。旗持ちふたりが、アーサーの旗をかかげて先頭に立つ。旗の一枚は、靴下をはいた足の形を切り抜いたみたいに細長い、ブリテンの赤いドラゴンの旗、もう一枚はアーサー自身の旗で、四角い中に、石に刺さった剣のしるしが縫いとってある。その旗の後ろから、アーサーと配下の武将が馬を進め、さらに六十人の兵が続くが、みな幽霊のように白い馬にまたがり、真っ赤なマントをひるがえした華麗な姿だった。わたしたち少年組は荷馬と予備の馬に乗って続く。昼には、生まれて初めてというほど故郷から遠いところまで来てしまったが、それでも進軍は止まらない。ブリテンはわたしの想像よりずっと広いのだ。

何日も過ぎた。わたしは馬上から世界を見るのに慣れた。わたしが乗っているのは、バン卿の牧草地から略奪されたデューイという名前のポニーだ。アーサーはこれをミルディンに下賜し、ミルディンがわたしにくれた。最初に乗ったときは、そのままごろんと向こうがわの糞だまりに落ちて、ほかの少年たちにやんやとはやしたてられたものだ。でもわたしは覚えが早かった。次には、揺れながらもちゃんと体を起こして乗っていられるようになり、気の毒がったベドウィルが手綱の握りかたや、手綱を引っぱればデューイが頭の向いた方向に向きを変えてくれることや、ふさふさ毛の生えた横腹に膝とかかとを食いこませて制御するやりかたとかを教えてくれた。

デューイのように大きくて美しくて生き生きしたものを所有しているなんて、不思議な感じだ。全体は白いが、お尻のほうには灰色がかった青色の斑点が浮き、足は強く、しっかりと筋肉がついている。そのたてがみが揺れるさま、木が燃えるときの煙のような体色、はみをつけようとすると、大きな頭を垂れて鼻をすりよせてくるさま、そんなものがわたしは好きになった。長い鼻面の角ばったふちは楯《たて》のように固い。危なげない足取り、その秘めた力。デューイの背に乗っていると、ミルディンが一度話してくれたギリシアの半人半馬の生き物になったような気がする。わたしは鞍の上から、アーサーの一群が通りすぎるのを突っ立ってながめているふつうの人たちを見おろすのが好きになった。ときどき、膝にかさぶたをこしらえたうす汚い女の子が目に入ると、つくづく不思議な気持ちになる。「ミルディンが変えてくれるまで、わたしはああだったんだ」と思う。

それが真実だとわかってはいても、信じるほうはだんだんむずかしくなった。新しい生活はあまりに昔のとは違って、昔の生活などまったくなかったかのような気分になる。そう、いまのわたしは、自分のことを少年だ、と思うようにさえなっていた。

小領主がそれぞれ勢力を誇って、いくつもの領土が寄り集まっている土地を通りすぎた。強いものたちが、古いブリタニア王国の残骸を切りくずして、それぞれ強引に自分の領地にしてしまった。それから息子が生まれ、孫が生まれ、息子たちは父親の土地を分割して受け継ぎ、やがて無数の小王国の集まりになってしまったというわけだ。力ある領主の傘下に統合されたものもある。たとえば南方のダムノニアのメールワス王とか、はるか西方のカーニューのクノモラス王とか、北方のグウェントやカルクヴァニスの王たちの傘下に。だが、小王国群や辺境地帯にはまだまだ、自分の領土をきずく余地があった。

この春、旅している土地は、正確にはアーサー殿のものではないけれど、領主である人間たちにそれほど力があるわけではない。そう、アーサー殿が手勢をひきつれ、かたわらにはわたしの主人ミルディンを従えて砦《とりで》に乗りつけていって、旗におとらず派手派手しく、「アルトリアス将軍に道を空けよ。ブリテン島の司令官に道を空けよ。偉大なるアーサーが、そなたらをサクソン人から守ってくれようぞ」と叫ばせれば、四の五の言えるような大物はいなかった。

正直な話、サクソン人は昔、アンブロジウスの手で完膚《かんぷ》なきまでにたたかれたあと、東の領地にほそぼそとしがみついているばかりで、たまにその領地境を越えて略奪にくるわずかな部隊も決して、これほど西のほうまでやってきたことはなかった。けれど、もしだれかが、そんなふうに抗弁しようものなら、ミルディンはフクロウのようなしかめつらをして、言うのだ。

「なんと忘れっぽい民よな。サクソン人の戦の恐怖を忘れたか。おなごどもが奴隷としてつれてゆかれたではないか。通りには、葡萄搾《ぶどうしぼ》り器でつぶされたごとく、血まみれの死体があふれていたではないか。そのときわれらを守ってくれたのは、アーサー殿のようなもののふだ。そうとも、サクソン人どもがもどってきたら、アーサー殿こそわれらを守ってくれるのだ。やつらが西部に押しよせて、おまえらを皆殺しにせぬのは、ひとえにアーサー殿を恐れておるからよ。アーサー殿のささやかな求めに応じ、剛勇の手兵に衣食と馬を与えねば、おぬしの館や子どもに何がふりかかるかわかっておるのか」

ミルディンは自分がサクソン人について言った言葉を信じていたと思う。かれがブリテンの将来への憂慮《ゆうりょ》を述べるとき、その目は真剣だった。声にもそれが感じられた。でもアーサー殿がどう思っていたか、わたしは知らない。ときには、サクソン人うんぬんの話は、相手に品物をさしださせるおどしにすぎないようにも思えた。わたしの主人が熱弁をふるっているあいだ、アーサー殿は白馬にまたがったままで、人々はそれを見、後ろの一団を見て、あわてて貢ぎ物を取りにいき、館に泊め、わたしたちと飢えた馬たちに食糧を提供しようとするのだった。

やはり自分を（ローマ帝国の）司令官と豪語する別の男の率いる隊に出くわしたときには、浅瀬で一戦まじえた。わたしは見ていなかった。というのも馬車といっしょに後衛にしりぞいていたからだ。はるか遠くで荒れくるう嵐のような咆哮《ほうこう》や、ものが砕ける音がし、一度、傷ついた馬の甲高い悲鳴が聞こえた。わたしは最初、何が起きているのかわからなかったが、ベドウィルは狩猟の物音を間近にした猟犬のように、身を硬くしていた。その後、浅瀬を渡ったときには、両岸近くの水中には死体が打ち重なり、血がリボンのように下流に流れていた。

その戦いでメドロートは敵をひとり殺した。ひきつった笑い声が、その体からあふれてやまない。そのままベドウィルのところにきて、抱きしめ、死んだ敵から奪ったものを分けてやると約束した。かれが弟に対してそんな親切心を見せたのは初めてだ。ふだんは一人前の男らしくふるまうことに頭がいっぱいで、少年たちには目も向けない。例外は、ベドウィルに向かって、武具をきよめておけとか、馬の世話をしろとか、もっと食べ物を持ってこい、というときだけだった。でもベドウィルは兄を愛していて、ふたりがいっしょに笑っているときにはその理由がわかった。

「こいつ、友だちのグウィン」ベドウィルはメドロートをわたしのほうへ引っぱってきながら言った。「グウィンはミルディンの従者でさ、おれたち、戦いの兄弟になったんだ」

「グウィンか」メドロートはぼんやりと言い、わたしを上から下までながめた。一瞬その顔にかすかな混乱が走ったような気がした。わたしを見たことがあるが、だれだか思いだせない、といったような。やがてその表情は消えた。わたしはただの少年、弟の友だちにもどり、メドロートは敵を殺したことでたいそう上機嫌だったので、その手首から取った鉄の腕輪をわたしに投げてよこした。

アーサーは、この司令官の首を、臭いがひどくなってハエがたかるようになるまで、鞍袋に吊るしていた。それから、道のわきの池にそれを突っこんだ。ただそれをやっかいばらいしたかっただけだと思うが、家来たちはそれを喜んだ。古い神々への捧げものととったのだ。

そのころには、アーサー殿の手勢を守っているさまざまな神々や精霊のありかたもわかってきた。外から見れば、ほぼ全員がキリスト教徒で、楯の赤いしるしがそれを示している。十字架と、キリストのアルファとオメガの印をつけたスズのメダルを首にかけているのは、神がおん目をとめ、戦場で敵の刃をかわしてくださるように、というわけだ。本気のものもいた。毎晩お祈りをするカイは、アーサーが敵の首級を水に投げこんだのを見て、いやそうに顔をゆがめた。だが、たいていのものは古い神々にも気をつかっている。霧と川だらけのこの土地で、神々の存在を感じずに暮らせるわけはない。湖には湖の精がいて、木々や石を司る小さき神々もいる。新しい神は、これら古い神々を黙らせ、萎縮《いしゅく》させてしまったが、完全に追いはらうことはできない。荒々しいグウイネスの高地からきた赤毛のグウリの一隊のように、キリストをせせら笑っているものもある。自分たちの神である狩人神ナッドにくらべれば、めめしくて弱い神だと思えるからだ。

ではミルディンは？　かれは神など信じていない。頭の中には魔法や奇跡の物語があふれかえっているけれども、心ではどれひとつ信じていない。一度こう言ったことがある。「グウィンよ、神なんぞいない。幽霊も、精霊もだ。自分たちの恐怖と希望があるだけだ。神々は、子どものためのおとぎ話さ。そんなものは、人生にいくらかでも意味があると思いたいために、おれたちが自分で自分にしかける手品なんだ」

「でも、ご主人さまも何かは信じているんでしょう?」かれの首にじゃらじゃらぶらさがっているお守りや護符を見つめながら、わたしは言った。

かれは笑った。「これのことを言ってるのか。これは見せかけさ。単純なやつらはこれを見て、おれがほかのものより神さまに近いと思いこむ。道中で会う人間は、おれからものを盗んだらやばいと思うしな。だけど信じてるかって? この世界を最初に動かしたやつはいると思うね。でも、神がおれを見守ってくれているとは思わない。おれがちゃんとした犠牲を捧げたら助けてくれて、そうしなければぺしゃんこにのしてしまう、そんな神は信じちゃいない。信じるよりも、自由がだいじだ。自由があるからこそ、おれはほかのやつらが信じてる物事をくもりなく明らかに見抜いて、それを利用して操ってやれるんだ」

たしかに、そのとおりだ、という証拠は見た。でも、そういう自由をわたしは好きだとは思わない。神さまなしで世間を生きてゆくのは、外套なしで真冬の雪の中を歩くようなものだ。わたしはキリストや聖人たちにお祈りを欠かさず、こたえてもらえないときは、たまに古い神神にも祈ってみる。でもそのことはわたしだけの秘密だ。主人は自分の冷徹な考えかたに、従者も感化されたと見て喜んでいた。

わたしは一度きいてみた。「では、アーサー殿は? アーサー殿は何を信じているんでしょう」

「アーサー殿は別だな。あいつは古いのも新しいのもとりまぜて、神さまを信じてる。助けが来るならなんでも歓迎だ。でも、来なくても文句は言わない。自分は神々と同等で、そのたいていのものより上等だと信じてるんだ」

ようやくアーサーの根城である古い城砦にたどりついた。うんと高い木ほどもある胸壁、そしてその上にそびえる壁、そしてさらにその上には矢来があって、高い門のついた物見の塔がある。馬を進めていきながら、わたしはすっかり魅了された。こんな大きなもの、どうやって建てられたんだろう。

城壁の中には、何十もの小屋やちょっと大きな舟形の建物が、宴会の広間のまわりを押しあいへしあいしながら囲むようにして建っている。料理の火の燃える匂い、建物のあいだを行き来する犬の匂い。そこに妻や家族を抱えている男たちもいるのだ。カイの妻は背が低く、明るくて樽のように太った女性で、セレモンという娘を生んでいる。カイのいかめしい顔が一気にゆるみ、女の子を抱きあげ、抱っこしてふりまわしているのには驚いた。アーサーにも妻がいる。クーナイドという、夏のように美しい赤毛の女だ。わたしは、彼女が身につけているふんだんな黄金細工をまじまじと見たのを覚えている。わたしよりあまり年上とも思えないのに。

わたしの主人にも妻か愛人か、少なくとも家があるだろうと思っていたが、何もなかった。そこに滞在していたあいだじゅう、わたしたちは道中と同じように、アーサーの炉端で毛布にくるまって寝た。どうやらミルディンの財産は、馬の鞍袋に詰めているものと、わたしのポニーだけらしい。「身軽に世界を旅したいからよ」わたしのがっかりした顔を見て、かれはそう言った。「何も持ってなきゃ、奪われるものもないしな」

10

そこからわたしたちは隊と別れて、ふたりだけの旅を始め、村々や、丘のいただきの館に泊めてもらった。わが主人としては、アーサー殿の手勢がいないほうが、ほかの領主の土地を旅しやすいらしい。竪琴ひきはどこでも引っ張りだこだ。新雪のように、花が生け垣の上に白く咲く〈サンザシの冬〉といわれる、春のころだった。陽光がわたしたちをまだらに染めた。頭上の木々が新たに、おずおずとした緑の葉をふきはじめていた。

ときおり、神が作ったかのように思われるローマ帝国時代の街道を歩いた。あんなにまっすぐで幅の広い道路は、神でもなければ作れるわけがない。敷石のあいだから雑草が生え、茂みもできていたが、それでも歩きやすかった。たまに、まだローマ市民ぶろうとする人々の住む古い街に入った。通りにはにょきにょきと木が生え、風が吹くたびに屋根のタイルは飛びそうになっているのに。ミルディンは毎晩、竪琴を取り出して、アーサー殿の物語を語った。

かれは、竪琴ひきとしてはそんなに上等の部類ではなかった。公正を期すために言うと、竪琴がそんなに上等ではなかったのだ。わたしにはそれがわかるようになった。弦を締めたり、新しいペグを刻んだり、木枠に油を塗ったり、道中は子羊皮と油をひいたリネンにきっちりと竪琴をつつむのも、わたしの役目のうちだったから。でもどれほどうまくつつんでも、道中の湿気がどこからか入りこむし、竪琴は傷んでぼろぼろで、木はそり、古くて音もひびわれていた。ミルディンがかなでる音は美しくはなかったし、美しくひこうともしていなかった。ただ言葉をその上にのせて流すための音の流れにすぎなかった。

けれどその言葉ときたら！　生まれた谷を離れたことのない人々に、ミルディンは広い世界の知らせをもたらし、ブリテンのさまざまの不思議の物語を運んできた。ブレヒニオグには湖があって、アーサーはそこで、同じ場所に二度とはとどまらない浮き島の群れを見かけた。スズの出る丘陵地帯には、夜明けになると、すべての面を朝日にぬくめようとみずから回転する石が立っていたが、アーサー殿にきつく抱きすくめられて動けなくなり、秘密を明かすまで放してもらえなかった。アーサー殿はアイルランド王から決してからになることのない魔法の釜をもらった。そこにはつねに、自分が一番食べたいと思うものがたっぷり入っているのだという。

人々がかれの一言一句を信じて、聞きほれるのを見ているのはおかしかった。かれが湖の話、水面から出てきてアーサーにすばらしい剣をさずけた手の話をするときは、もっとおかしかった。一番おかしいのは、たとえわたしがその人たちに真相を明かしても、それでもなおかつミルディンの説明のほうが信じられやすいだろうと思えたことだ。「だれでも物語が好きなんだ」かれはいつも言い言いした。アーサー殿が何をしようとも、ミルディンはそれを単純ですっきりした、だれもが聞きたがり、心にとめておき、ときおり思いだしては磨きあげて、光らせ、友人や子孫に伝えてゆくような物語に変えてしまう。「人間のやることで、物語にできないものは何もないさ」夏の丘々を越えて、館から館へ馬を進めてゆくとちゅうで、かれはわたしに言った。「アーサー殿のやったことの中で、おれがつむいで黄金に変えてやり、アーサー殿をもっと有名にし、もっと恐れられるものにするのが無理なできごとなんかないね。物語のできがよけりゃあ、アーサー殿に貢ぎ物をおさめて腹ぺこになってる貧乏人でも、アーサー殿を好きになる。おれはあいつの名声をいい健康状態に保ってやってる語り部の医者ってとこだな」

物語はたえず変わっていったが、それは大したことではないらしい。剣について、違う話を知っていた人もいた。手勢の戦旗に縫いとられたしるしを見たものの中では、石に刺さった剣の話が勝手にできあがっていった。自分がウーサーの子、大昔のアンブロジウスの跡継ぎであることをあかしだてるために、アーサー殿がそれを石から引き抜いたのだと。だれかがウスク近くの館で、ある夜その話をしたとき、ミルディンは言ったものだ。「ああ、それはな。その剣は、アーサー殿がバノウグの巨人と戦ったときに砕けちまったのよ。それで湖の精が新しい剣をさずけた。わかったか。なに、バノウグの戦いの話を聞いてない?」そうしてかれはとほうもなく裕福でどうもうな巨人たちの物語をでっちあげはじめ、聞き手は、石から抜いた剣が壊れ、アーサー殿が新しい剣を手に入れる必要があったという話など初耳であったのを忘れてしまう。

なんだかふたりのアーサー殿がいるような感じになってきた。わたしの故郷を焼きはらった冷酷な男と、ミルディンの物語の中に住んでいて、魔法の鹿を狩ったり、巨人や山賊と戦ったりする別の男と。物語の中のアーサー殿のほうが好きだったが、そのいさおしや神秘のいくらかが現実の男のほうにもふりかけられて、収穫の季節に砦《とりで》にもどってアーサー殿に会ったときには、わたしはどうしても、この男がアイルランド海でガラスの城を手に入れたり、〈黒い魔女〉を桶のように真っぷたつにしたりしたときのことを考えてしまった。

ミルディンは自分のことを魔法使いではないと言うが、たしかに魔法を使っているのだ。わたしを少年に変えたり、アーサーを英雄に変えたりしたのだから。

11

これはミルディンがその年、わたしと再会したベドウィルや、そのほかのアーサー軍の少年や男たちもまじえて、広間の火のまわりに座っていたときに語ってくれた物語だ。ミルディンは、以前に例のアイルランド人の身内たちと話をしていて、かれらの祖父が海のかなたのレンスターから持ってきてくれた話を聞き出していた。それは古いアイルランドの神についての話だったが、ミルディンはその神を省いて、そこにアーサー殿をはめこみ、炉端で新しくそれを語りなおしたときには、くだんのアイルランド人たちでさえ、初めて聞く話のように熱心に耳を傾けていた。

ミルディンの話はこうだ。あるクリスマスに、アーサーはまさにこの広間で、忠実な家臣たちのために宴をもよおした。飲み食いをしていると、大扉が風にあおられて開き、荒々しい西風、雪をいっぱいにはらんだ風がごうっと吹きこみ、その風とともに緑の服の巨人が入ってきた。緑のマント、緑のチュニック、緑の長靴、緑の脚絆《きゃはん》、そして月桂樹の葉のような、細長い緑の輪をつづってできた鎖かたびらを身につけていた。腰には緑の剣を下げ、髪もひげも緑で、緑の頭部には夏のトウモロコシのような緑の歯があった。「ここにおるものたちのかしらはだれか」と言って見わたした（その声もほかの部分と同じように緑色だった、とわたしは思う）。アーサーが立ちあがると、巨人はこう言った。「アーサーよ、おぬしの武勇伝は聞いておる。おぬしの〈楯《たて》の友〉らの勇猛は世に鳴り響いておるぞ。ローマ皇帝もそれを耳にされ、いまにアーサーの軍勢が襲いきて、腐った帝国をリンゴのごとくもいでしまうのでは、と夜中にふるえておられたのだ」（このくだりで、当然喝采《かっさい》があがる）。「ついては」緑の男は言った（ミルディンの使う声色だけが喝采と笑い声をしずめ、人々は目をまるくし、かたずを呑んで身を乗り出すのだった）。「ついては、わしはおぬしの名だたる武勇とやらを試しにまいったのだ」

そうして大きな斧を取り出した。柄にはぶあつく苔《こけ》が生え、刃はブナの若葉を映す春さきの湖のように、銀緑色に輝いていた。巨人はそれを火のそばの板石の上に置いた。ガチャン、と音がした。緑の目が、居並ぶ客たちを見回す。「だれでもよい、わしの首を切りおとせ。ほれ、切りやすいようにしてやろう……」巨人は片膝を落とし、首をさしのべ、緑の髪をわきにのけて、緑のうなじをあらわした。

いつも力と勇気を誇示したがるメドロートがとびたった。「その挑戦、おれが受けて立つ。おまえの老いぼれた緑の頭を一撃にてかっ飛ばし、おまえが不作法にも開けっぱなしたあの扉から向こうへ、はるか海のかなたなるアイルランドへと送ってくれん！」こうしてかれは膝をついた緑の男のそばに足場を定め、斧をふりあげ、その刃が炉の明かりに鋭くきらりと光った。「ただし、ひとつ条件がある」刃がふりおろされる前に、緑の巨人は言った。「今日、おまえがわが首を切りおとすなら、明日はわしがおまえのを切りおとす。それでこそ公平というものだ」

メドロートはためらった（ここで聴衆は若者の顔に浮かんだ表情を想像して、くすくす笑いあった）。こいつは罠だ、と思った。物語では、こういう条件は罠に決まっていて、必ず裏があることになっている。別世界から持ちかえった黄金は一夜にして枯葉になる。美女は、鬼婆が化けていたのにすぎない。メドロートは斧をおろした。かれの顔は巨人と同じくらい緑色になっていた（話を聞きながら、かれはきまり悪げに笑い、仲間の親しみのこもった一撃や笑い声を甘受していた。自分が物語に登場したことはうれしかったが、もっと勇敢な役割だったらよかったのにと思った）。

するとアーサーがつかつかと歩みより、聴衆はまたしずかになった。物語の真骨頂はこれからだ、とわかったのだ。「おれはおのれが立ち向かえないような危難に、家臣を立ち向かわせるつもりはない」物語中のアーサーがそう言う。そして、メドロートの手から斧を取り、稲《いな》妻《ずま》のごときすばやさで、緑の男の首を切りとばした。ドスン。首は床を転がってゆく。樹液のようにねっとりとした緑の血が切り口から流れ出た。

それから首なしの胴体が身じろぎした。身をのばし、立ちあがる。一同はかたずを呑み、恐怖に目をみはった（ミルディンの聴衆もかたずを呑み、かれらとともに目をみはった）。胴体は首のところへ行って、首をひろいあげた。その緑の目があたりを見回す。緑の口がにんまりする。「明日の夜はわしの番だな。また来るぞ」首が言う。それからもう片手に斧をひろいあげると、緑の男は広間からのしのしと出て、雪のちらつく真冬の闇の中へと消えていった。

不安な長い一日が過ぎた。次の夜、門も扉もすべて閂《かんぬき》がおろされ、砦《とりで》のまわりには警備隊がおかれた。だが、真夜中になると、緑の男はアーサーの広間に、きのうと同様、五体満足な姿であらわれた。アーサーの家来たちは怒号《どごう》し、妾《めかけ》たちは泣いて嘆いたが、アーサーは最後まで勇気を失わず、立ちあがった。「おれは取引をした。それを守ってやる」（ミルディンはもっとうまい言い回しをし、その中にはアーサーがいかに家臣の身を気遣っているか、いかにかれらとの別れが心残りかを語った部分がふんだんに盛りこまれていた）。それからかれは膝をつき、うなじをあらわにし、緑の男が斧をふりあげた。

ガツン！　刃は敷石を真っぷたつに割った（その石だ、サグラナス、あんたの足のあいだのな）。アーサーは無傷だった。五体満足なまま、ぱっと立ちあがる。緑の男がそばに膝をついた。「偉大なるアルトリアスよ。おぬしは噂どおりの勇者であった。わしは国に帰り、ブリテンの英雄たるおぬしの勇武を語りつたえん」

物語が終わったあとの沈黙の中で、わたしはあたりを見回した。かれらの顔を見、自分の顔にも同じ表情があるのを感じた。魅入られたような表情だ。それはみんなが物語を信じたということではない。緑の男がほんとうにここにやってきたり、腕に首を抱えて歩きまわったりしたことがないのは、みんなわかっていた。でも、ある種の真実を聞いた、と思ったのだ。アーサーでさえ、クーナイドをかたわらにし、足もとに猟犬カバルを従え、大きな椅子にゆったりとくつろぎながらも、それを感じていた。しばしのあいだ、本物のアーサーと物語のアーサーが同じひとりの人物になり、わたしたちみんなが、その物語の一部になったのだ。

12

一年以上が過ぎた。少年としての二度目の夏だ。昔、女の子だったことなどもう忘れかけていた。城砦《じょうさい》の下の峡谷に生えているオークの梢《こずえ》は緑の海のように風にざわめき、波打って、その向こうの丘は緑と蒼のおぼろなヴェールの中に溶けこみながら、ほんとうの海へつながってゆく。それは世界と空が出合う、遠い銀色の一線だ。ほんとうの海を近くで見たことのなかったわたしが、これからそれを見るのだ。アーサーが手勢を率いて、南のほうの肥えふとった農民たちから貢ぎ物を取りたてにいく。ミルディンも同行する。つまりわたしもだ。

思いだす。馬たちのしたくをし、荷物を荷物用のポニーに積み、鞍には、帰りに金貨でいっぱいになっているはずの袋をぶらさげた。思いだす。毎晩、壁の厚い館に泊まると、むっつり顔の長たちが、しぶしぶアーサーに貢ぎ物をさしだしながら、わたしたちをにらんでいたっけ。空は青く、太陽は金色で、道のわきにはシモツケソウやキツネノテブクロが生えていた。農民たちは、アーサーが太陽をつれてきてくれたのだと言い、アーサーはそれを喜んだ。あの人たちは戦士をひきつれて道を通るおえらい殿さまを見れば、だれにでもそう言うのだけれど。

低い山あいに、ローマふうの屋敷があった。そこではまだ奴隷が使われ、太った赤牛が牧場で草を食んでいた。そこへ向かって、蹄《ひづめ》から煙のような埃を舞いあげながら、白い道を進んでゆくと、エニシダがつんつんあちこちから顔を出している。タカが高空に縫いとめられたように見える。屋敷のあるじは、ミルディンに、偉大なアーサーが土地をサクソン人から守ってくださるのだ、と聞かされたとき、いままでのあるじたちにも増していやな顔をした。ここはダムノニアの王メールワスの領土で、もうすでに、王に貢ぎ物をおさめているから、と言った。

「ここがメールワス王の領土だというなら、肝心の王さまはどこなんだ」けげんそうな笑顔で、アーサーがたずねる。後ろに従う男たちがどっと笑った。メールワスは自分には広すぎる領土を治めている老王として、かれらのあいだでは笑い話の種になっているのだ。アーサーもその尻馬に乗り、自分も笑いながらこう続けた。「メールワス王はこのあたりにはおられないようだが。われらはこの領土に入って何日もたつのに、一度も、よく来たなと挨拶されたことがないぞ。メールワスの領土は、老いぼれの頭のはげ残った部分のように、日々縮小しておるのであろう。だから、サクソン人からそちたちを守ってくれるだれかが必要だと思ったのだが」

地主は渋い顔をし、もう貢ぎ物はおさめたのだ、と言った。

「ならもう一度おさめるがよい」アーサーは馬から飛びおりて、ミルディンのそばを通りすぎ、男をなぐりたおした。剣を抜きはせず、男の顔を蹴ったり踏みつけたりして、その顔が血みどろになり、エニシダのように黄色い歯がぼろぼろと、乾いた草の中に散らばるまで痛めつけた。

男の召し使いや家族はひとことも出せず、止めようともせず、ただながめていた。子どもたちは母親のスカートに身をすりよせる。アーサーの気がすむと、奴隷が何人か出てきて、主人を引きずって去った。「サクソン人がくれば、こういうことが起きるかもしれないというのがわかったか」アーサーはマントのへりで、顔に飛んだ血しぶきをぬぐいながら、他のものにきいた。「いつ、このような戦士の一団がやってきて、そちたちの小屋を燃やし、家畜や女や黄金を奪ってゆくかもしれん。そのような面倒が起きぬよう、力のある味方が必要であろう」

話のあいだに、ベドウィルとわたしが袋を持ってまわり、召し使いたちは屋内に駆けこんで、金貨やシロメの皿や、柄にキリストのしるしのついた銀のスプーンの一式を持ってきた。さっきのタカはまだ中空を旋回している。

そのあとでアーサーは、とある裕福な教会を略奪すべく東へ進路を取った。けれど道のわきの浅瀬で、メールワス王が送ってきた戦士たちに遭遇した。わたしたちが来たことをようやく聞きつけたらしい。むしむしする一日じゅう、川をはさんで罵声《ばせい》と矢が飛びかったが、戦うには暑すぎたし、日が沈むころには、わたしたちは川のこちらがわの森に退却し、ダムノニア人たちも向こう岸の奥にひっこんだ。「アーサーはメールワス軍と戦うまでもないな」とミルディンが言った。「あの老王の注目をひいた。それがまずはとっかかりよ」

で、わたしたちは川にそって海へとくだってゆくことにし、アーサーのかつての〈楯《たて》の友〉である、〈長ナイフのペレドゥル〉という男の領地をめざした。この〈長ナイフ〉は息子たちもろとも十年前に亡くなっていたが、後家殿がまだ土地を掌握《しょうあく》しているようだったので、ミルディンはこの奥方なら、アーサーに土地を守ってもらうために金を出すだろうと踏んでいた。

夕刻、わたしたちは細長い谷をくだり、ワラビやビルベリーや紫色をしたいがいがのギョリュウモドキのあいだをうねうねと走る羊径をたどっていった。やがてぴかぴか輝くシロメのような海、世界と同じほど広い海があらわれた。きっと大きな池のようになめらかで透明だろうと思っていたのに、実際は黒っぽい色で波が立ち、ゆらゆら揺れて、波頭が白く砕けていた。わたしは驚きを隠さなければならなかった。ベドウィルとほかの少年たちにとっては、わたしはアルモリカから船で海を越えてやってきて主人の従者になったことになっているのだし。こんなふうにしずまることを知らない灰色のものの上を、だれであれ船で越えてこられるなんて、ちょっと信じられない。でも、ついちらちらと見てしまう。こちらが見ていないすきに、波がもりあがって、土地を呑みこんでしまいそうでこわいからだ。海なんて、ほんの少しも信用がならない。

馬のままで浜に下りると、馬たちは潮くさい空気に鼻を鳴らし、頭をふりたてた。空はぬれた石板のようで、それを一面にぎしぎしひっかくのは、舞う海鳥の鋭い声だ。潮汐線《ちょうせきせん》からは腐ったような臭いがし、斜面にはまるい小屋の並ぶ村落が、崖のいただきの城砦のあたりまで広がっている。わたしたちの一行がそこを通ってゆくと、しめった風に戸口のカーテンがはためき、漁師の子どもらが数人、あわてて、干してある網のあいだに隠れる。

「貧しそうだな」石壁の館に通じる小径まできたところで、アーサー殿がぼやく。「無駄足だったかな」

「それでも新兵ぐらいは手に入るかもしれませんぞ」ミルディンが答えた。

「こんなところで新兵を探すのは、からっぽの財布の中に銅貨を探すようなもんだ」

館の胸壁を囲むように、ぎざぎざの矢来がめぐらされ、上には海鳥の死骸がずらりと飾ってあった。仲間の鳥を追いはらうための見せしめだろうが、仲間のほうは鳴きながら中空に輪をかいて、ぼたぼたと白い糞を落として建物を汚していた。塀の内がわには、急ごしらえめいた小屋がいくつも生え出ていた。教会堂がひとつ、館の風下に身を縮めるようにして、後ろがわを雨風にさらしている。そこから、頭を半分剃りあげ、カラスよろしく黒いローブをはためかせた男たちがわらわらと出てきて、衛兵のいない門をわたしたちの馬が入ってくるのを見つめていた。そった板でつづられた馬道に、蹄がぱかぱかと音をたてる。一番背の高い男が行く手をさえぎった。アザミのように突っ立った髪に、すごい眼力の持ち主だ。骨っぽい体にはローブを巻きつけているが、布地が薄いので、白い皮膚が透けて見えそうだ。ただし鼻は赤くて、言葉は酒好きの男のようによどみなく流れでる。ふるえる両手をあげて、アーサーの馬の前に立ちふさがった。

「もどりなされい。そなたらは剣を取る者じゃが、剣はそなたらを滅ぼすぞよ。そなたらの手は血で赤い。わし、聖ポロックが七つの天国のあるじの名において命じる。馬を返して、立ち去りなされい」

海風がすぐに男の言葉をさらってゆき、城壁を越えて乾いた砂丘のほうへ、そしてふるえるハマナスのあいだへと吹きながしていった。でも、わたしたちの耳に入るひまはあった。一列に並んだ馬の上で、みんなが剣に手をのばした。アーサーに向かって、引き返そうと言う人間はだれもいない。そんなことを言えば、首が飛ぶかもしれない。

「でも、この人は聖者です」わたしはおずおずと言った。

「自称、聖者だ」ミルディンは見下すような軽い笑い声をたてた。「ブリテン島にはそんなやつらがうようよいるぜ」

列の先頭にいたアーサー殿は馬上から身をかがめ、にやっと笑ってみせる。「この地所の奥方殿が、おぬしとそこな物乞いどもを雇いあげて、番兵にしたのか」

(わたしは館に目を向けた。戸口にはひとりの女性が幽霊みたいにたたずんで、こっちを見ていた)

「神が、この場所を守りたもうのじゃ」馬道にいた老人が大声を出した。「わしは神のしもべである。ここには戦士はおらぬ。剣も武器もない。あるのは神の愛のみじゃ」

いつカリバーンが鞘走って、細くすじばったその首すじに切りこむかと、わたしはびくびくした。でもアーサー殿が何を考えているかは、たいてい読めない。かれはただ笑っただけだった。

「ご老人、場所を空けられよ」

僧の黒い集団の中から、もやもやと不満げな声があがった。聖ポロックが金切り声で叫ぶ。「もし、わしを殺せば、神さまがわしを天国へあげてくださる。そしてそなたらは永遠に地獄の業火にあぶられて、七転八倒するであろうよ」ただし本人は、殉教の機会を得たのを喜ぶ顔ではなかった。アーサーが馬を進めると、男はぎごちなくそれをよけ、喉に詰まった悲鳴をもらした。たたらを踏み、砂利まじりの石に盛大な尻餅をつくなり、両腕をさしあげ、ラテン語を叫びはじめた。ほかの僧たちもそれにならい、祈りの声と唾がしおからい海風に乗って飛んでくるのを後目に、わたしたちは進んでいって、館の外で馬を下りた。

〈長ナイフのペレドゥル〉の後家殿は小柄な女で、おびえた目をしていた。流木で作った大きな十字架を粗末なひもで首に下げ、それがこすれて赤い跡になっていた。そこ以外はどこもかしこも灰色で、背の君とせがれたちのために流した涙で、全身から色彩が洗いながされてしまったといったふうだった。それでも彼女はアーサーの前に膝をついて、マントのへりにキスした。この前、丘でつれない挨拶を受けたあとだったから、かれはこれに気をよくしたようだ。

「あなたさまにさしあげる黄金も戦士もございませぬ」女は小声でそう言った。「ここには女しかおりません。男はみな戦に出ていって、神さまの思し召しで二度ともどってまいりませなんだ。いまではせがれもみななくし、いるのは娘ひとり。聖ポロックさまが、わたしらをお守りくださっておりまする。ご親切に、わが土地に庵を結んでくださいまして。ポロックさまのお祈りが、海賊や山賊からわたしらをお守りくださっているのでございまする」

アーサーは、ずっと後ろのほうに立っている娘にちらと目をやった。娘は、守るようにいならぶ腰元たちの後ろから、まじまじとこちらを見つめていた。きれいだが、まだ子どもで、年はわたしとほとんど変わらない。アーサーの目は水が金属の上を流れすぎるように、彼女を流れすぎ、もっと年上のもっと美しい女たちを物色しはじめた。

「ここから黄金をとろうとは思わん」かれは奥方に言ったが、その目は腰元のひとりに釘づけだった。「一夜の宿と、馬のかいば、それに一日狩りをすることを許されい。〈長ナイフのペレドゥル〉の後家殿に対する望みはそれのみだ」

〈長ナイフのペレドゥル〉の後家の目は、アーサーを通りこして、助けを求めるように聖者を見つめた。助けは来ない。奥方はしばらく戸口の柱にもたれて気を取りなおし、もののふを迎えるときの正しい言葉や作法を思いだそうとしていた。はかないほほえみを浮かべながら、こう言った。「ようおいでなさいました、アーサーさま」

その夜は宴がもよおされた。おそらくはそんな余裕もないだろうに、豚を一匹殺してあぶってくれた（ただし、聖ポロックに従う僧たちのほうは、小さな教会堂の後ろの囲いにたくさん豚を飼っていることに、わたしは気づいていた）。奥方はしんそこアーサー殿が恐ろしいらしく、目を向けることさえつらそうだった。アーサー殿は考えるまでもなく、彼女に取ってかわることができるはずで、館のだれもがそれを知っていた。煙ごしにアーサーを見つめている隙のない目つきに、それがあらわれていた。外にいる僧たちもそれを知っていた。わたしが用を足すために外へ出ると、十人あまりの僧が自分たちのぼろ小屋の外に立って、館にじっと目を注いでいた。アーサーがここを占領したら、怒れる聖者も自分たちも、いっさいがっさいを巻きあげられるだろう。

しかしアーサー殿は、自分のほかの領地から遠く離れてもいる、こんなしようもないつまらぬ砦《とりで》には用がなかった。とにかくかれは寛大な気分だった。すじっぽい豚を食べ、うまい、と言い、〈長ナイフのペレドゥル〉の思い出にひたりながら、喉ごしの悪いすっぱいワインを飲んだ。後家殿の娘が顔を赤らめながら、竪琴を手に取り、なさけなく頼りなげな音をかなでたときには、上手だというようにうなずいてやった。さきに目をひいた腰元をひっつかんで、膝に座らせると、わたしの主人に向かって、おい、物語をやれ、と声をかけた。

明日の狩りにそなえて槍が研がれているさまを見ていたミルディンは、アーサーが企てた別の狩りの話をした。すると現実の狩りが、魔法の狩りと夢うつつにまじりあい、アーサー率いる一団がいにしえの勇者の群れとなり、獲物のイノシシはブリテン島の大イノシシ、トゥールク・トロイスとなって、いにしえの物語のほの暗い茂みの奥まで、みんなはそれを追ってゆく。最後にアーサーはイノシシを刺しつらぬき、ふたつの耳のあいだから魔法のくしを抜き取る。

その晩は火のそばでマントにくるまって眠り、いにしえの森の中を馬を駆ってゆく夢を見た。目の前には、トゥールク・トロイスの白いしっぽがひるがえり、わたしたちが右手に握る槍の鋭さといったら、穂先が風を切り裂く音がひゅうひゅう聞こえるほどだった。

潮騒のとどろきに目をさますと、明るい朝だった。広間の扉はみな開いており、海風が暖炉の灰をひゅっと舞いあげる。突然、すうっと暗くなるのは、太陽が雲に隠れたからで、またすぐに雲を破ってあらわれると、金色の光が世界を満たす。海鳥の声さえ、楽しそうになる。アーサー殿の配下の男や少年たちが、わたしのまわりで目をさまし、ごそごそと立ちあがっては、頭をふって、酒のもやをはらいおとそうとしていた。ぼさぼさ頭のベドウィルが、狩りにそなえて主人たちの馬のしたくをするために、わたしを引っぱっていった。ベドウィルも、今日の狩りが楽しみでうずうずしていた。「狩りってさ、戦いとは違うんだ」言葉には熱がこもっている。「狩りのときは、おれたちも大人と対等なんだ。うまくすばやく立ちまわれば、獲物が獲れる。体重や腕力は関係ない。もっと小さかったころ、父さんの土地でよく狩りをしたもんさ」

わたしはうなずいた。このでこぼこの多い草ぼうぼうの崖のいただきで、やせた小さなポニーを駆るなんて、あまりぞっとしないが、そんな顔は見せられなかった。わたしも狩りの経験がある顔をしようとした。柳池にハヤをとりにもぐっていたのではなくて、いくつもの夏、大イノシシ、トゥールク・トロイスを狩りたてたのだという顔を。ミルディンが火明《ほあ》かりに照らされながら語ってくれた、かずかずの物語のことを思いだすと、自分が名だたる狩人だと想像するのも、それほどむずかしくないのがわかった。ベドウィルの顔にも、したくがすんで、槍を持ってこいとか、犬ども、ここへ来いとか叫んでいるほかの男たちの顔にも、同じ表情があった。物語の魔力はまだまだわたしたちを虜《とりこ》にしていて、わたしたちはみんな、自分たちが勇者であることを証明したくてならなかった。

ところが主人は、まぶしげに朝日にまばたきしながら出てきて、わたしの想像力に冷水を浴びせた。「グウィン、おまえはここに残るんだ。おれといっしょに」

「でもご主人さま、馬のしたくはできてますよ」

「じゃ、馬具を外してやれ」ミルディンはきっぱり言った。「あんな枝や草のもつれた森の中を走りまわって、首を折るなんて、おれはまっぴらごめんだぜ。狩りは騎馬隊にまかせとけばいい。それにな、この浜にはドラゴンの歯だの巨人の骨だのがあるって噂も聞いた。だからそいつを探しにいくさ。袋を取ってきて、おれについてこい」

わたしは真っ赤になった。半ばはほっとしていたが、半ばは狩りに行けないことが恥ずかしくもあった。わたしがとぼとぼと広間にもどると、ほかの少年たちは笑った。ひとりの男――オーウェインだったか――が、「ミルディン、その子も行かせてやれよ」と叫んだが、もちろん主人は折れなかった。主人が何を心配していたのか、よくわかる。猟場にけがはつきものだ。わたしが倒れて、だれかが手当てしようとして、正体がばれてしまったら？

ミルディンが陣取っていた部屋（アーサー殿の魔法使いさまだから、ただの暖炉ぎわの席に毛布ではない）に通じる階段をのぼっていると、角笛が次々に鳴りわたった。かれにとってこいと言われた袋を探して、荷物をかきまわしているあいだに、高らかに蹄の音が響いて、馬たちが出ていった。あの人たちがわたしの一部を持っていってしまうような気がした。エニシダの中を抜け、崖っぷちの道を駆ってゆくかれらが。

下りていくと、主人の気配がない。もう海岸に出かけた、とひとりの女が教えてくれた。広間の角を曲がったとき、〈長ナイフのペレドゥル〉の娘がひとりぼっちで、だれかが塀の風下にこしらえた小さなみすぼらしい庭に立っているのが見えた。潮風にしなびかけた数本の灌木を、白い流木が囲むように取りまいているさまは、溺れた水夫のあばら骨が砂まじりの土から突き出ているかのようだった。

そのまま通りすぎてもよかったのだが、何かがわたしを彼女のほうへ引きよせた。どこか、わたしと似ているような気がしたのだと思う。ほかのみんなからひとり離れているのも同じだ。彼女のことを知りたくなって、そちらへ歩いていった。まだわたしには気づかない。片手を顔にかざしながら、狩りの一行がはるかな緑の崖をのぼってハリエニシダの中に消えてゆくのを見つめている。

「ああいう人たち、見るのは初めて？」わたしはきいた。昨夜、彼女が一行を穴の開くほど見つめていたのを覚えていたからだ。

彼女はふりかえって、わたしを見つけてびっくりし、それからにっこりした。「初めてよ！　あんなにぴかぴかして！　ほんとにきれい！　アーサー殿って噂どおりに勇ましい人？　そう見えるわ。あなたたちがきのう、みんなして丘を駆けあがってくるのを見たとき、神さまの天使の群れが地上に舞い降りたのかと思った……」

「でも父上や兄上たちも戦士だったのでしょう？」

「そうなの？　そうなのかな？　わたしは見たことがないの。きいてみようとも思わなかった。母さまはそんな話をなさらないから。わたしが生まれる前に、父上も兄上たちも亡くなったの。小さいときには、海賊にそなえて、槍を持ったお年寄りが何人か、ここにいてくれたわ。でも聖ポロックさまがいらして、母さまに勧めて、その人たちを追いはらって、槍を燃やさせたの。神さまがわたしたちを守ってくださるから、だいじょうぶだって」彼女の視線はわたしの上にとどまってはいられないようだ。たえず崖のいただきのほう、遠く馬を駆るものたちのまばゆいマントのほうに引きもどされてゆく。「聖ポロックさまは、アーサー殿のような人たちは、神から追放されたものだから、自分に手を出すことはできないっておっしゃる。でもアーサー殿はかんたんに聖ポロックさまを押しのけた。聖者さまにさからうようなまねをした人、初めて見たわ」

　聖ポロックと僧たちのことを、わたしはすっかり忘れていた。昨夜の広間でのわたしたちの宴には加わりにこなかったし、朝、目がさめたときには、教会堂の中に隠れてしまい、不愉快げにぶつぶつと、蜂がうなるようにお祈りを唱えていた。

「あのポロックさまってどういうかた？」わたしはきいた。

　少女は驚いた顔をした。「聖ポロックさまよ！」勢いづいて、「神さまからつかわされた偉大なかた。夏がふたつ過ぎる前にお弟子さんをつれて、ここにいらした。わたしたちの館を選んでくださって、ほんとうに光栄だったわ。ほら、神さまにとても近いかただから。ありとあらゆる方法でお体を痛めつけて、聖なる身でありつづけようとなさっているの。イバラの枝で体をたたいて、ぜったいにベッドでは寝ないで、取りたてのイラクサを積みあげた上でおやすみになるの」

「それ、実際に見たんですか」

「いいえ。でも母上にそうおっしゃってたわ」

　わたしはにやっとした。この聖者がどんな人間か、もう見当はついていた。ミルディンと同じ穴のむじなだ。ただひとつの違いは、聖者は、アーサー殿ではなく自分についての物語をつむぎだす、というだけで。

「何もお持ちにならないの。母さまにも同じようになさいと勧められるのよ。そうすれば神に近づけますからって。で、母さまは豪華なものは全部やっておしまいになったの。父さまの生きてらした時代にあった金銀細工を全部。それに地下室のいいワインも全部よ」

「それを、だれにやっておしまいになったんですか」

そんなことを考えたのは初めてだ、というように、彼女は顔をしかめた。「わからない。聖ポロックさまとお弟子さまがたが持っていったわ。神さまのみ栄えのために使うのですって」

わたしは目を細めて、館のわきをながめやった。狩りの一行が出かけたので、聖ポロックの坊さんたちが、胸壁の下にある、みじめななさけない畑での日課にもどろうとしている。

「聖ポロックさまはごいっしょじゃないんですね」

「お祈りで忙しいのよ」

「ご自分の教会堂にずっと閉じこもって?」

「違うわ！　聖ポロックさまはご自分のだなんて決してお認めにならないわ。そこで神さまや天使たちとお話しになるのよ」

教会堂の裏手の溝で目にしたワインのつぼのことを、わたしは考えた。ポロックがおしゃべりしている相手が、どんなたぐいの天使だか、わたしには想像がついた。弟子たちは豆畑の草むしりをしているというのに。

「のぞいてみましょう」

「なんですって」娘は一歩下がった。わたしの上にいまにも雷撃がくだり、その巻き添えになるのはごめんだというように。不安げに空をながめたが、空は青いままだ。わたしのたきつけた悪事が、彼女を興奮させたのがわかった。これまで、こんな窮屈《きゅうくつ》きわまりない場所で、清く正しく過ごしてきた彼女にとって、悪事という考えは、蜂蜜のように甘いものだった。でも口に出してはこう言った。「え、そんなの、だめよ。ぜったい……」

　わたしはきかなかった。少年として過ごしたこの一年あまりで、わたしは悪さをするのが平気になっていた。また、ミルディンといっしょに過ごしたおかげで、ポロックのような人間をこわがることはないのもわかっていた。ミルディンがわたしを狩りに出してくれるつもりがないのなら、勝手に狩りをして、ポロックの秘密をあばいてやろう。わたしは新しくできた友だちの手をつかんだ。「なんてお名前ですか？」

　彼女はちょっとためらって、恥ずかしそうに頬を染めた。「ペリ」

「じゃあ、ペリさん。ありがたい聖者のポロックさまに、話し相手の天使をあげませんか」

13

天使役はペリだ。天使は髪が長いもの。それに彼女のように背が高くて優雅だから。まさか、彼女の前でわたしが服を脱ぐわけにはいかない。聖ポロックと同じように、わたしにも秘密があるのだ。

「でも、わたしだってこと、ばれてしまうわ」計画を説明すると、ペリは言った。

「あの人は、目なんてあまり見えてませんよ」前日、ポロックが目をすがめてこっちをうかがったようすを思いだして、わたしは言ってやった。「それに、あなたの顔なんて見えません。太陽が背になるから。神さまの栄光に輝かされたあなたですよ」

「神さまのことをそんなふうに言わないで！　ああ、やっぱりこんなこと……」

彼女もおびえていた。わたしがミルディンに説きつけられて、湖の精のふりをさせられた日のように。彼女がびくついているので、わたしはいっそう大胆な気分になった。彼女が脱いだドレスをひっつかんで、心変わりされる前にと、ミルディンの袋に突っこんだ。袋を肩にななめにかける。ペリはドレスの下に、袖なしの長い白いシフトドレスをつけていた。わたしはおさげをほどいて、髪を長く垂らしてやった。みずみずしい黒い髪は、陽のあたるへりのところが生姜色《しょうがいろ》に見える。わたしがまだ女の子だったら、うらやましく思う髪だ。彼女にはそれ以外、娘らしいところはなかった。白い服の下の胸は板のように平らだった。顎の線は男の子のようにしっかりしていた。でもこのほうが天使らしい。天使は少女ではないから。

とはいえ、翼があるはずだ。わたしは胸壁に吊るしてある海鳥を一羽取ってきて、ナイフで大きな白い翼を切り取った。それほどの時間もかけずに、それを自分のベルトに取りつけ、ベルトをペリの両腕に回し、前の部分はシフトドレスの下に隠した。翼は串刺しになっていたし、後ろがわではベルトもひもも丸見えだったが、前から見れば、白い羽のとんがったさきが肩の上からのぞいていて、ペリは……そう、いかにも天使らしく見えた。

ふたりで教会堂へと下りていった。わたしはだれか通らないかと目を光らせ、ペリは風の冷たさに両腕でわが身をかき抱いている。興奮のあまり、おちつかなげにくすくす笑っている。こんなにぞくぞくすることは初めてなのだろう。しずかにしてくださいね、とわたしは釘を刺した。「天使はくすくす笑いなんかしないから」

「どうして知ってるの」

「聖ポロックさまが考えているような天使は、笑ったりしないから、そういうまじめな天使を見せてあげるんです。口をきいたらだめ。あなたの声を知ってるでしょうから。でもぼくの声は聞いたことがないから」

聖ポロックはこの教会堂を窓なしに作ったが、扉の上の壁の高いところに、煙だしと明かりとりの穴があった。わたしは屋根をよじのぼり、茅葺《かやぶ》きの端に身を乗り出して、そこから穴をのぞいた。教会堂のうす暗い内部が上下さかさまに見える。赤っぽい布を背後に飾りつけた祭壇があり、ポロックはその前にひざまずいている。

わたしは驚いた。ポロックのことは、単純明快なお芝居屋だと思っていたのだ。やわらかなソファに座って、ワインをすすっているものだとばかり。やっぱり、かれの信じている宗教にもいくらかの真理があるのか。かれは本心から、自分を神のしもべと思っている。かつてはかれもまじめな人間だったのだろう。お祈りや苦行で、暮らしがたてられると知る前には。

それで一瞬、わたしはいまからしようとしていることに大きな危険を感じた。もしも神さまがいまわたしを見おろしておられて、これを冗談だと取ってくださらなかったら？　でもいまになって引き返したら、ペリには馬鹿みたいに思われるだろうし、それはいやだった。ミルディンの言ったことを思いだしてみた。ポロックは詐欺師だ。神さまはわたしたちが詐欺師を罠にかけてもお怒りにはならない。

見おろすと下では、作りものの天使が扉の外に立っていて、はだしの足から長い影がのびている。心配そうな目がわたしを見あげた。わたしがうなずいてすっぱい顔をしてみせると、彼女は勇気と気力を取りもどしたところで、打ち合わせどおり、扉を押し開いた。

聖ポロックは祈りの姿勢から顔をあげ、酒杯をどこか後ろのほうに突っこんだ。ふりむいた顔はしかめつらだったが、開いた戸口からの光が顔に当たると、しかめつらはうそのように消えうせた。

かれの目には何が映っているんだろう。まばゆい陽の光と、そしてその中心にある白いローブ、突き出たふたつの白い羽を透かして輝く光。聖ポロックの顔がうつろになり、驚きの色が浮かんだ。手をあげて目を守ろうとした。わたしはのぞき穴に身を寄せ、両手を口に当てて「ポロックよ」と叫んだ。

天井の高いこの場所に、声はよく響いた。いたるところから、名前を呼ばれたような気がしただろう。ポロックはなさけない声をあげて、平伏した。

「ポロックよ、神はなんじに愛想をつかされた！」わたしは大声を出した。あまり天使的ではないけれど、そういう言葉しか思いつかなかったし、効果はてきめんだった。ポロックの身もだえるようすは、細長い黒い蛇が敷石の床に這いこもうとしているかのようだった。「なんじは祈りよりも酒を愛しておる。そうして、宿を貸してくれた貧しいやもめを食い物にしたな！」

これだけ叫んだので、咳が出そうになった。わたしがひと息入れて、ごくりと唾を飲んでいるあいだに、ポロックは床に向かって、みじめたらしいわびの言葉を垂れ流していた。

わたしは叫んだ。「ここから出てゆけ、ポロックよ。身体を罰せよ！　冷たい海に行って、身をきよめよ！」

わたしはペリを見おろし、わきにのいているようにささやいた。彼女は戸口から身をずらし、身軽に教会堂の角の向こうに身をひそめた。ほとんどあいだをおかずに、聖ポロックが開いた戸口から飛び出してきた。神さまご自身に、お尻をけっとばされたような勢いだ。泣きわめきながら、かれは胸壁の門を飛び出し、板道を浜辺へと駆け下りていった。畑にいた弟子の僧たちが仕事を打ちすてて、あわててかれのあとを追った。

わたしは茅をすべりおり、ペリの隣りに下りたった。咳きこみながら大笑いした。ペリは、いまだに、神さまの指が下りてきて、わたしたちを二匹の羽虫のように地面に押しつぶすのではないかという疑いを捨てきれない顔をしている。

「行きましょう」咳が止まると、わたしは言った。「これで邪魔者はいなくなった。あいつが自分の穴に何を隠しているか、見ませんか」

ペリはかぶりをふった。勇気をきれいさっぱり使いはたしてしまった顔だ。ベルトをいじくり、にせものの翼を引き抜こうとしている。

「じゃ、見張っててください」わたしはそう言って、教会堂の暗がりに駆けこんだ。さんさんと陽のさす外から入ったので、穴の中のように暗い。あわれなポロックが、いきなり扉が開いて目をくらまされたのも無理はない。かれの酒杯が床を転がってゆき、祭壇の後ろのカーテンがそよ風に揺れた。わたしはその隅を持ちあげ、後ろをのぞいた。もちろんそこには蜘蛛の巣にまじって、ペリの母親が、不滅の魂のために手放しなさい、と言われたものがすべてそろっていた。みごとな黄金の皿、いかにもお金がいっぱい詰まっていそうな袋がいくつも、そして立派な籠に入った黄金の首飾りやその他の宝飾品、そして、隅っこにはゴール地方の背の高い酒瓶が何本か、酔っぱらいのように身を寄せあっていた。

なんて自分は頭がいいんだろうと思って高笑いしながら、わたしは外へ出た。ペリは海鳥の翼をなんとか外し終えていたが、うろたえた顔で自分の服を見つめ、ポロックの宝物についての話にも耳を貸そうとしなかった。翼には血がまだ残っていて、翼を外そうとしたときに、その血が白いシフトドレスの胸を少々汚してしまったのだ。「召し使いにばれるわ。お母さまに知られちゃう。ああ、どうしよう」彼女は泣き声をたてた。

「脱いで」わたしは命じた。

彼女はぞっとしたようだ。「見ないで」

わたしは背を向け、さっきの袋からまるめた彼女のドレスを引っぱり出した。後ろでは、汚れた服を頭から脱ぎながら、寒さに鼻を鳴らす声が聞こえた。「だれにもぜったいに裸を見せちゃだめって、お母さまに言われたの」

わたしはいったいなぜふりかえったのだろう。ちょっとした出来心だったのかもしれない。ペリが神さまみたいに思う母親の言葉に、ちょっとさからってみたかったのかもしれない。とにかくもわたしは肩ごしにふりかえり、彼女の裸をちらっと見た。稲妻《いなずま》があたりを照らしだすように、ほんの一瞬だけ。でもそれで十分だった。聖ポロックとその横領のことは、わたしの頭の中からたちまちにして追い出され、風に乗って飛びさった。

彼女にどこかおかしなところがあるのは、ずっと前から知っていた。なぜ、彼女の顔にいつも目がいってしまうのか、なぜ、顎の線や目鼻立ちを見つめてしまうのか、いままでわかっていなかった。でもいま、わかった。わかった以上、これまで気づかなかった自分がなんてまぬけだったのだろうと思うばかりだ。

ペリは女の子なんかではなかった。

ペリに気づかれる前に、わたしはさっと顔をそむけ、後ろに手をのばしてドレスをさしだした。ふりかえったときには、もうちゃんとそれを着こんでいた。それはなんとも似合わなく見えた。彼女の、いやかれの秘密を知ってしまったいまは。

「なぜ、そんなかっこうをしてるんですか」わたしはきいた。

「そんなって？」

本人が知らないなんてことがあるだろうか。まつげの長い目には、純粋な困惑しか浮かんでいない。これは今回あわてててした変装なんかじゃない。母親は、客が来たのを見て、「せがれや、早くドレスを着るのよ。でないと戦士仲間にされてしまうよ」などと言ったわけではない。上に座れるほど長い髪は、急にのびるものではない。ペリが、生まれのいいお嬢さまの物腰をまねるさまは、なまはんかな役者よりずっとうまい。目を伏せたり、はにかみがちに首をかしげたりするさまは。この少年は生まれてからずっと女の子扱いされてきて、自分がそうでないかもしれない、などとは夢にも思ったことがなかったのだ。

わたしは血のついたシフトドレスを、かれに向かってふってみせた。なんと言っていいかわからなかった。「主人の洗濯物といっしょに洗っておきます。あとで返しにきますよ」

「聖ポロックはどうするの」

「主人のミルディンなら、どうすればいいかわかってると思いますから」

わたしたちは並んで、でも少しあいだをあけて、館のほうへもどっていった。わたしは言った。「あなたのお名前ですが……」

「ペレドゥル。ほんとうの名前はペレドゥル。男の名前だって知ってるけど、父さまの名前で、それを受け継ぐ男の子がいないから、母さまはわたしにつけたって」

「いい名前ですよ」わたしは言って、主人を探してきますね、と口の中でつぶやき、その場を離れた。頭の中を質問でいっぱいにして、海岸に飛んでいった。ペレドゥルの母親はなぜそんなことをしたんだろう。それにあとどのくらい、息子に女の子の生きかたをさせるつもりなんだろう。

14

灰色の波の砕ける海岸で、聖ポロックは冷たい白い波頭に流木のように揺られている。僧たちは砂浜に立って、お祈りの言葉を叫び、師匠が聖者であることの新たなみしるしをお示しになった神をたたえていた。わたしはそのわきの小石まじりの土手の上をざくざくと走って、崖の下へ向かった。もうひとつの黒い人影が風にもたれているところへ。

わたしが近づくと、ミルディンはきっとふりかえった。「ずいぶん遅かったが、いったいどんないたずらをしてたんだ」

言いたくなかった。わたしが聖ポロックを罠にかけたぺてんを知られたら、嵐が頭上にはじけることは十分予想がついた。でもとにかくわたしの心には、別の問題がのしかかっていた。

「後家殿の娘さんは実は男の子です」わたしは言った。

「それに気づくのにいままでかかったのか。おれはずっとおまえに教えてきたろう？　アーサー殿とその手下の目には、後家殿が意図した以上のものが見えるとは思わんが、おまえまでだまされるとは意外だったな」ミルディンはくすくす笑い、臭いのひどい海藻がもつれあっている中をけちらしてゆく。「あの奥方もあれだけの変身術をやってのけるとは、おれにおとらぬ大魔術師だな」

「それは違う！」わたしは叫んでいた。「わたしはペレドゥルとは違います！　わたしはただ男の子の服を着ているだけ。でもあの子は、自分が女の子だと信じているんです。生まれてからずっと、お母さんにそう信じこまされて」

ミルディンは聞いていないようだった。とある石のそばにしゃがみこんで、そこにもりあがった形をなぞっている。固い渦巻きもようだ。「こいつはなんだ。いったいなんだろう」

「わかりません、ご主人。羊の角みたいですね。またはカタツムリか」

「石のカタツムリってことか」かれは首をふった。「創造主はわれらにいくつも秘密を隠しておられるのだな、グウィン」

かれは顔をあげて、わたしを見た。ちゃんとわたしの問いは耳に入っていたのだ。「やもめ殿の気持ちはわかるだろう、え？　あの女の身になってみるといい。一生のあいだ、息子たちはぼろぼろとおなかから生まれては、戦いに出ていった。ひとり、またひとりと命を落として、次にはその父親だ。その死の知らせでぼうっとなっているあいだに、おなかに次の子どもがいるのに気づいた。おまえが後家殿だったら、この最後の子どもだけは、兄たちのように死に急ぐのをやめさせたいと思うだろう。馬術も武術も狩猟も、若者の好むどんな競争も知らずに育ってもらいたいと。いつまでも無事で自分のそばにいてもらいたいと」

「でも、うまくいかないでしょう。ずうっとなんて無理です。いまは人目をあざむけるかもしれないけれど、ひげが生えてきて、声変わりしたら、人がへんに思うでしょう。自分だって、ほかの女の子と違うことに気がつく。だからほんとのことを言ってあげなければ」

主人は首をふった。「グウィナ、それは違うな」(かれはいまでもときどき、ふたりきりのときはわたしをグウィナと呼ぶ。わたしがほんとうは何者かを思いださせるかのように)「後家殿があの子を戦争から遠ざけておける唯一のみちは、われわれが戦争を終わらせることだ。このくだらぬいさかいを終わらせられる強い男をひとり育てることだ。平和がもどれば、男の子もお互いを殺しあうことなぞ知らずに、一人前の男に育つことができる。そして知恵のある大人の男は、その知恵をもっと偉大なことがらにふりむけることができるのさ。たとえば、海の石に封じられたカタツムリのようなことがらにな」

かれは館のほうをふりかえって、顔をしかめた。ペレドゥルのことも、自然の生んだひとつの変わり種、石のカタツムリと同じようなものだと考えているんだろうか。「そう。あの子の前にはふつうでない道が開けているが、その道はひとりで見いださねばならん」

わたしたちは浜辺をもどっていった。ポロックはまだ海の中だ。「聖ポロックは教会堂のカーテンの中に、この館の宝物を全部、隠しています」わたしは言った。

ミルディンの目がこっちを向いたのがわかった。「どうやってそれを知った?」

わたしは肩をすくめた。ミルディンはわたしを見つめ、それから波間を浮きつ沈みつしている隠者に目を向けた。声には笑いがあった。「ふふん、おまえもなにがしかのことはおれから学んだようだな……」

その夜、館に帰ると、ペレドゥルの母親が不安げにわたしを見つめていた。アーサーその人と同じほど、わたしもこわい存在になったかのようだ。ペレドゥルはよい娘だから、ミルディンに仕える少年にきかれた奇妙な問いのことも全部、母親に話したのだろう。その夜、ペレドゥルは、アーサー一党が持ちかえった鹿肉をみんなで食べている場に出てこなかった。

翌朝、わたしが主人と自分の馬に鞍を置いていると、アーサーと何人かの男が聖ポロックの教会堂に入っていった。聖者と僧たちがかれらを罵倒《ばとう》し、ポロックさまはきのう、主なる神から啓示を送られたのだから、隠者の聖なる住みかを荒らせば、すぐに大地が割れて、アーサーを肩まで呑みこんでしまうだろう、とおどしをかけていた。アーサーは耳も貸さない。両手にいっぱいの黄金を抱えて出てきた。従う男たちも同じだった。アーサーは言った。「こいつは貢ぎ物としていただいてゆく。だから、今後はこの場所も、われらが守護してやろうぞ」

出発のとき、わたしは目をあげて、ペレドゥルが窓からこっちを見ているのを知った。目をまるくして、わたしたちのマントや馬やぴかぴかの剣の華麗な光景を見つめている。わたしは手をふり、かれもふりかえした。わたしは馬を進めた。この世で自分はひとりっきりではないのだと思うと、うれしかった。

15

故郷までの長い道のりを馬に揺られながら、わたしはときどきペレドゥルのことを考えていたが、アーサーの砦《とりで》に帰りつくと、ほどなく忘れてしまった。わたしたち少年は胸壁の下の畑で働かねばならず、冬にそなえてまぐさを刈り取ったり積みあげたり、また麦を収穫したり、脱穀したりした。収穫物が納屋におさまるとまもなく、使者がやってきた。おどおどした覇気《はき》のない男で、いまだに昔ながらのローマ流を守りとおしているのを誇るアクエ・スリスという街から送られたのだ。アーサー殿に援助を求めにきたという。

その男がアーサーやミルディンに意見を述べている現場に、わたしは居合わせなかったが、なんのために来たかは、すぐにみなに知れわたった。サクソン人の襲撃隊が、略奪三昧に、火を放ちながら西進中だという。傭兵たちがアクエ・スリスを捨てて逃げたので、街は無防備になった。議会はメールワス王に助力を求めた。この街はメールワス王の領土の辺境にあるからだが、助けは来なかった。それでアーサー軍に、自分たちを救いにきてほしいというわけなのだった。

これこそアーサーが待ち望んでいた機会だった。ブリテン島の小王たちの中でぬきんでようと思うなら、街をひとつ庇護下におさめることが必要だ。アクエ・スリスは大きな街ではないが、かつては重要な拠点であり、いまでも富みさかえている。

男たちがその話をしているのを、わたしやベドウィルやほかの子たちは、馬や武器のしたくをしながら聞いた。だが、その話しっぷりを聞くと、気の毒な古い街の住民にとっては、むしろサクソン人を街に入れたほうがましなのではないか、という気もしないではなかった。

秋の光を浴びて、一行は古い街道を北西に向かって進んでいった。頭上には埃っぽい青空が広がり、地平線には決して砕けない波頭のように、一列の白雲が並んでいた。夜には黄金に色づいた森の中、野外で眠る。ミルディンはアーサーのたき火のそばに竪琴を持ち出し、過ぎし日の勝ち戦の物語を語って聞かせ、父祖の時代にアンブロジウスがサクソン人を根こそぎにしたのが、アクエ・スリスの近くであることを思いださせてくれた。

アクエ・スリスは銀色の川にぐるりを抱かれるような形で、緑の草地の鉢の底にあった。街の主要部を取りまいている壁は、サクソン人との戦いのあいだに急遽きずかれたもので、煉瓦《れんが》の中には、もっと昔の異教徒の墓の破片がまじりこんでいる。あちこちに門があり、人が出入りしている。入ってくるものが大半で、噂の飛びかった郊外から人が逃げこんでくるのだ。衛兵は、ローマふうの具足をつけている。四角い大きな楯《たて》にはキリストのしるしが描かれている。さびついた甲冑《かっちゅう》には、あちこちにつぎや修理のあとがある。隊長は葦毛の馬に乗って、門のかげでアーサーに向かいあうべく馬を進めてきた。「それがしはヴァレリウス。この街の守備隊を指揮しているものだ」

「こちらはブリトン人の司令官アルトリアアス・マグナス殿だ」ミルディンがいつものように馬を前に進め、主君を紹介する。

ヴァレリウスは長い鼻ごしに、えらそうにアーサー殿を見おろした。アーサーは城壁をながめた。下の溝からお粗末に積みあげられた石積みで、胸壁にはアザミが生え、みすぼらしい槍兵が数人で門を守っている。アーサーはにっと笑った。「そなたらを蛮族から守ってやりにきたのだ」

ヴァレリウスはじっとアーサー殿から目を離さない。きっとわたしと同じことを考えているにちがいなかった。アクエ・スリスはアーサー殿がおためごかしに割りこんだりしないほうがうまくゆくのだ、と。でもそのときアーサー殿が、気にさわるような笑みを浮かべたので、ヴァレリウスの部下たちはわきにのいた。アーサー殿はかれのそばを通りすぎ、街に入っていった。わたしたちをぞろぞろと従えて。

城壁の中は、一見、外と変わりがないようだった。街はずれのいくつかの建物はあまりに大きくて、森の中に頭をのぞかせている苔《こけ》むした岩のようだった。そのすきまに、市の立つ庭や小さな畑が作られている。通りの石のあいだに生える草を、牛がのどかに食んでいる。あるところでは、石灰釜で蜂の巣を煮立てていて、もわっとした煙が吹きあがっていた。手押し車やそりを扱う男たちが、大理石の石や柱、古いローマ時代の建物からはがした敷石を運んでいる。畑の石灰肥料にするためだ。かれらは足を止めて、アーサー殿の一行を、その甲冑や、旗さしものや、穂先にきらめく陽光をながめた。大昔のローマの軍団の幽霊が、西方から凱旋してきたところだ、と思ったかもしれない。

街のこのあたりの、やや田舎めいた緑の濃い地域で野営をすることになり、馬をつなぐ場所を作り、わたしたち少年は馬のために水やかいばを探しにいった。でもアーサーとわが主人と隊の数人は、ヴァレリウスといっしょに街の中心部に入っていった。

奥に行くほど、街はきれいだった。壁に這う蔦《つた》がへり、屋根のタイルが増え、舗石の馬の糞はきちんと片づけられていた。しかし川のほうへ下りてゆくと、朝霧のかかった、廃墟の集合みたいなものがある。「あそこで何があった?」アーサーがヴァレリウスにきいた。すでに襲撃で城壁が突破されたのだと思ったのだ。

「昔、あそこには神殿があった。異教徒どもが温泉に入ったり、偶像に捧げものをしたりしていた。だがこの地の司教が大いなる祈りを捧げると、神さまが大水を起こして神殿を呑みこませた。いまはもうあそこに行くものはいない」

一行は広場と呼ばれる場所を横切った。そこには雑草がまったくなく、干あがった噴水があり、市がにぎわっていた。木を編んでこしらえた囲いの中で、豚がきいきい鳴いたり押しあったりしている。シロメ細工師が店さきで、見えるように仕事をしている。家畜をさばく場所になっている、柱のある建物からは、血の匂いがしてくる。はらわたを抜かれた死骸が、柱廊のかげにぶらさがっている。屋台や食べ物を売る店のうす青い料理の煙の後ろに、海辺の断崖のごとく石壁が高々とそびえていた。ここにはみごとな建物がいくつかあり、一部はいまでも修理して使われている。ひとつは大きな古い教会だが、それほど注意深く見るまでもなく、昔は神殿で、神のひとりでもあったローマ皇帝をまつってあった場所だとすぐにわかる。

アーサーは当然考えた。かつていにしえの皇帝像が見張りに立っていたからっぽの龕《がん》に、今度は自分の像が飾られることを。この場所がほしい、と思った。いままでのかれは、丘陵地帯に小さな王国をようやくかちえ、それで上出来だと思っていた。自分に貢ぎ物をおさめるあれこれの農園屋敷のことを考えただけで、誇らしい気分になった。だが、いまになってみると、あんなものはなんでもない。しめっぽい丘々に、廃墟だ。西にある自分の城砦《じょうさい》に帰っても、もう心楽しくはないだろう。アクエ・スリスを見てしまったいまとなっては。一ヶ月のあいだ街道を旅した人間が、食べ物や宿を求めるように、かれはこの場所を求めた。街がひとつほしい。ここが自分の領土になれば、アレクサンダー大王のように、名前も変えよう。アーサロポリスと。

教会の階段上に、街の議員たちが待ちかまえていた。自分たちはオルドである、と名のった。ローマ貴族の身なりをまねようとしていたが、実態はベッドのシーツをトーガのように体に巻きつけた愚かしい老人の群れだ。かれらのむきだしの膝は、秋の冷えこみの中で、かたかたと火打ち石の鳴るような音をたてていた。西風が蜘蛛《くも》の巣のように髪をはためかせる。

「救いたまえ、偉大な領袖よ」アーサーが馬からひらりと下りると、議長が片腕をあげて叫んだ。「救いたまえ、司令官にして、サクソン人の殺戮者よ！　新たなる徳をふるまい、不滅の道にいたりたまえ！」

アーサーは兜《かぶと》をまっすぐに直し、男を横目でちらと見た。自分のことをローマ帝国の後継者だと名のりたいのはやまやまだったが、ローマ人たちの言い回しにはまだあまりくわしくなかった。うむと言い、背後のミルディンをふりかえって、いまの老人の言葉は侮辱ではないのだろうな、という目を向けた。

「ようこそ、おいでくださいました」議長が言った。きげんをとろうと必死だ。せいいっぱいのラテン語での挨拶に無表情を返され、あわててとりつくろおうとしたのは、これが初めてではない。アーサーのところまで、ぱたぱたと階段を下りてきた。「救い主キリストはわれらの祈りを聞き入れたまい、この危急存亡のときに、われらを守るため、あなたをおつかわしになりました！　あと二日もせぬうちに、サクソン人どもがやってまいりまする……」

アーサーはかれを押しのけ、ずかずかと階段をのぼってゆきながら、教会の内部の、古きブリタニアの色あせた栄光に目をこらした。オルドたちはしりぞいて、期待ありげに見守った。扉の外の柱列のあいだには、女たちがおずおずと身を隠している。ほとんどは、ヴァレリウスの奥方をとりかこむ侍女だ。アーサーの目が一瞬、奥方の目と合ったが、かれはすぐに目を転じて、自分の新しい街をながめわたした。背を向けたとたんに、彼女のことは忘れていた。かれの好みではない。背が高く、骨っぽく、きまじめそうで、白く長いうなじをしていた。白鷺《しらさぎ》のようだ。

あとで、その名前が、グウェニファーと言うのだと知った。

16

大きな灰色の雲が西からいくつもやってくる。冷たい雨がひとしきりぱらぱらと、まるで物乞いに投げる硬貨のようにアクエ・スリスに降りそそぐ。わたしたちは街に泊まることにして、市民がいやそうに出してくれるものを食べ、足りないときは、もっと取りあげた。わたしたちが囲いから豚を、小屋からメンドリを引きずりだし、食糧庫をひっかきまわしてパンとワインとリンゴをかっぱらい、麦の倉庫をからにするのを、みんなは仏頂面で見ていた。

その夜、接収した屋敷の火のまわりでみんなが眠っているあいだに、ベドウィルとわたしはこの街の名前のもととなった古い温泉を見に出かけた。ミルディンがその場所の話をしていたから興味があったし、ベドウィルを誘ったのは、ひとりで行くのは気が進まなかったからだ。ここの人たちはおおむねわたしたちを恨んでいる。大の大人の家臣には、アーサー殿がこわくて手を出せないが、相手が少年ひとりなら、大胆になって、この古い石の迷路に追いつめにかかるかもしれない。

ベドウィルはわたしたちがどれほど恨まれているか、もちろん気づいていない。こんなに見目がよくて勇気がある自分のような若者が、剣を吊るし、メドロートのおさがりの古い赤マントをひるがえして闊歩する姿が憎まれるわけがない、と思っている。かれが恐れているのは幽霊だけだ。このしめっぽい灰色の光の中に建ちならぶ建物は霊の住みかのようで、アーサー殿の家来たちが陣取っているあちこちの建物から流れ出てくる酒の席の歌や喚声や笑い声も、ローマ兵の幽鬼が忘却のかなたとなった栄光を祝っているかのように気味わるく響いた。

ヴァレリウスは、だれも泉には行かない、と言ったが、それはうそだった。泉は、この丘がまだ若かったころから力と魔法の場所であって、司教がいかに神の道を説こうとも、かれの羊の群れはあいかわらず泉のところへ行って祈りを捧げたり、病気平癒を祈願したりしていた。十本以上の細い道が、葦《あし》や草やハンノキの若木のあいだをひかえめにうねってゆき、その行く手には石の建物がいくつもそびえている。浴場や半ば倒壊した神殿だ。入り口は封鎖され、石が積みあげられているが、壁自体がくずれかけているので、少年ならいくらでも通りぬけられそうな穴があちこちに開いている。

ベドウィルとわたしはほどなく大きな館の中に入った。かつてはローマ人の聖なる浴槽であったろう、小さな泥池のそばに行く。四角く切られた柱が、木のようにすっくりと高く、その水の中から抜けだして立っている。泥と苔におおわれた床は、実際は石で舗装されていた。歩くとその固さがわかり、ところどころ、その石の白さも透けて見える。屋根はほとんど崩落して、タイルや瓦礫《がれき》が水中に環礁を作っていた。水はニンニクスープのような緑色で、小便と酢の臭いがした。その中へ下りてゆく石段は、水面下に黄色っぽくうっすらと見える。

「こんなとこ、来るんじゃなかったな」ベドウィルの声は、恐怖にうわずって硬い。

「こわいのかい」わたしは自分はこわくないかのようにきいた。
「ここ、幽霊がいるんだぜ」
「ミルディンは、そんなものいないって言ってた」わたしだっておじけづいてはいたが、逃げたい気持ちより、好奇心がまさった。空中には妙な暖かさが漂い、手をのばして水にふれてみると、水も温かかった。火もないのにどうして暖かいんだろう？　わたしは目で火のありかを探したが、どこにも炎や煙は見えず、水面から湯気がたちのぼって、くずれかけた柱のあいだにふんわりと白いヴェールをかけわたしていた。

池のへりにそって、ばしゃばしゃと這うように泥の中を進んだ。せまい戸口がいくつかあり、そのさきには、影におおわれ、身の丈ほどのイラクサでいっぱいの部屋がいくつもある。その戸口のひとつに入って、せまい苔《こけ》むした場所を横切り、窓のようなものから向こうをのぞくと、そこにはまた池があって、水面には霧が濃くわだかまり、シダや灌木が壁から生え出て、いくすじもの黄金の槍のように、夕光が高い丸屋根の裂け目からさしこんでいるのが見えた。

ミルディンの言ったとおり、ここにはやはり幽霊などいないのかもしれない。でもミルディンと似たような人間が、大昔にこんな建物を作り、幽霊や神々や、神秘的な温泉という謎に思いを馳せられるよう、仕組んだのだ。水面は揺れて泡立っている。霧が渦巻く。壁や屋根の草むした穴からついと飛びこむ鳥が、水面をかすめる。池の向こうがわには、壁の一部がくずれた瓦礫がうずたかくなっていたが、そこには立つことができるくらいの空き場所があった。兜《かぶと》をかぶった女の像が台座から落ちて倒れていたが、石が落ちてきてそうなったのか、キリスト教徒が怒りにまかせてそうしたのかはわからない。わたしは首をかしげて、その顔を見ようとした。かつては彩色されていた顔。はげ残った色彩が頬や髪に見てとれる。この女神像が新しくて色あざやかだったころ、あの霧の中につつまれて立っていたら、さぞ美しかったにちがいない。わたしなんかより、ずっときれいな女神。

「ここが中心なんだな。聖なる泉か……」わたしは言った。

ここへ来たのはわたしたちが初めてではなかった。見たこともないほどたくさんの護符や捧げものが、壁から生えた若木にぶらさがっていたり、水面下の壇の数々に鱗《うろこ》のようにきらめきながら落ちていたりした。このあたりの人々はまだ、司教の神よりこの泉のほうを信じているらしく、わたしはその人たちを責めることはできなかった。この場所にはたしかに魔力がある。

ベドウィルが水中に硬貨を投げいれると、ちゃぷんという音が古い壁にこだました。「これで水の女神さまが、サクソン人たちと戦うおれたちを見守ってくださるさ」とかれはつぶやいた。「水の女神はアーサー殿の味方だ。カリバーンをさずけてくださったんだしな。あの日は、おれもあそこにいたんだ。剣が光り輝きながら、水中から上がってきた。アーサー殿は、あとで、水の女神のお顔を取りまく金髪が水面に広がってたって、言われた」

違う、と言ってやりたかった。言いかけた。このあやしげな場所にふたりきりで立っていると、お互いの距離が縮まるような気がした。かれならわたしの秘密を言わないでおいてくれると思った。でもかれの表情が見たことのないようなものだったので、けっきょくその物語をかれから取りあげるのはしのびなかった。そう、かれは信じていたのだ。古き神々がアーサーの味方だと。秋が深まると冬になることを信じ、太陽が明日ものぼることを信じるのと同じように。そう信じることが、いざ戦いになったときに、かれに力と勇気と幸運を与えるだろうし、それがなければ、殺されるか、背を向けて逃げだすかだろう。逃げるのは、殺されるよりもっと悪い。で、わたしは口をつぐむことにし、魔法の水はいつまでも池のへりにひたひたと打ちよせていた。

「サクソン人どもをやっつけてやる。ブリテンはまたひとつの王国になって、アーサー殿がわれらの皇帝になるんだ」ベドウィルが言った。

そのとき何かが背後の廃墟の中で甲高い声をあげたので、こっちも悲鳴まじりに、影と柱と若木の迷路をめちゃくちゃに突っ走って逃げた。笑い、息を切らし、お互いをおどしながらもようやく、窓に灯の入った通りに出たあとは、老いたフクロウなんぞにおびえた自分たちを笑いながら、ふらつく足で宿へと帰った。

17

二日後の夜が白みはじめたころ、わたしはぽたぽたしずくの落ちる森の中で、ポニーのそばに座っていた。だんだん明るくなってくる中、まわりでもほかの少年たちが同じように待っていた。ときにだれかが口を開くが、たいていは黙ってしずかにしていた。キリスト教の信仰のあついものは、両腕を広げ、ぬれた大地にうつぶせて、落ちたツバメのようなかっこうで祈っている。ほかのものは護符をいじくりながら、頭上の枝からの露の落ちぐあいで、吉凶を占おうとしていた。みんな武器を持っている。自分のナイフや槍だけでなく、アクエ・スリスの腰ぬけ傭兵がそこを出るとき忘れていった古い剣やさびたあいくちも手にしていた。この新しいおもちゃをなでまわしたくてしかたがなかった。すりへった剣の柄の革を巻きつけた部分をなでさすり、槍の柄のさきのささくれをはがしたり、無骨な重たい楯《たて》の革おおいを軽くたたいたりしていた。馬たちは白い息を噴きだし、ブナの実の落ちた地面を蹄《ひづめ》でこつこつやりながら、灰色にしずまりかえった木々のあいだに草はないかとむなしく鼻面を動かしていた。

いきさつはこうだ。サクソン人の賊は、アクエ・スリスに逃げこんだ農民たちの話では、百ストロングほどの距離にせまっている。街をめざしてはいるが、とちゅうの農家や村を略奪しながらだし、東からの征服途上で奪ったものをのせた馬車の列や、集めた奴隷の列をひきつれているから、ほとんど歩くのと変わらない速度だ。でも、アクエ・スリスの市民は黄金でいっぱいの宝物倉を持っている、と聞きこんだらしい。

アーサーは、この街までの長旅で、自軍も馬も疲れきっているのを知っていたので、数日待って、街を囲む壁から一マイルのところで賊を迎えうつつもりだった。旧街道が川を越えているところだ。だがわたしの主人はもっといい案を出した。古い地図をながめて、サクソン人がどちらの方角から来るかを考えた。一番よい道は、バドン丘の下にある浅瀬に通じている。アーサーが、そこでかれらを待ちうけるのはどうだろう。父のウーサーやアンブロジウス・アウレリアヌスが過ぐる年に偉大な勝利をおさめた場所だ。バドンでの新たな勝利はアーサーの伝説をいやましに輝かせるだろう。だれもろくすっぽ聞いたこともないような廃れかけた街のそばでの小競り合いよりずっといい。

ミルディンはもちろん戦線には出ない。「おれさまの頭は、サクソンの斧兵の研ぎ石以上の値打ちがあるんだぜ」と言った。安全な場所から戦いのもようをながめているつもりだ。浅瀬の西のこんもりとした尾根からになるだろう。かれはわたしもそこにとどめておくつもりだった。でもわたしは、もしベドウィルたち少年勢といっしょに戦いに出なかったら、いつまでもそのことをからかわれるだろう、と言った。するとミルディンは「あいつらは馬鹿だ。おれはおまえをそばにおいておきたい。グウィン、もしもおまえが殺されたら、どうなると思う？　もしも、けがでもしたら？　だれかがあとで戦場でおまえを見つけて、服をはいで、何があって、何がないかを見たら？　だめだ、おまえはおれのそばにいて、危険な場所には近づくな」

　だが少年というものはやっぱり少年なのだ。たとえ正体がほんとうは少女であっても。それは動かない事実だ。そしてもうひとつ動かない事実とは、従者は主人より早起きするものだということ。だから夜明け前の闇の中、ミルディンがまだいびきをかいているうちに、わたしはそこを抜けだして、みんなの長い列に加わって無言で馬を進めてゆき、浅瀬を渡り、バドン丘のふもと近くの茂った森に入っていった。主人の命令にそむくのはこわいことだが、ほかの子たちに腰ぬけ呼ばわりされるのにくらべたらましだ。

　というわけで、わたしたちはこのしめっぽい森で待っている。戦闘部隊は浅瀬の西、わたしたちから見えないところに集結している。数はあまり多くない。アーサー殿はサクソン人たちに、こちらの隊は負け戦《いくさ》覚悟でアクエ・スリスから形ばかりの防衛に出てきた少数に過ぎない、と思わせるつもりだ。昔ながらのローマ軍の甲冑《かっちゅう》姿のヴァレリウスが浅瀬の指揮をとることになった。アーサーは背後の木々のかげで待機だ。サクソン人たちが川を渡りはじめたところへ、アーサーの騎馬隊が襲いかかる寸法だ。敵が多いので、アーサーは少年勢をも戦いに投入することを決めた。わたしたちはまだ戦士ではないが、相手の背後の木立からいきなり打って出たら、サクソン人にはそんなことはわかるまい。わたしたちの勢いで、敵を本物の戦闘部隊の剣のところへ押しもどす。

　だんだん明るくなってくる。一頭の馬が丘をのぼってくる足音に、わたしたちは立ちあがった。ベドウィル、友だちのベドウィルだ。革兜《かぶと》のふちの下に藁《わら》を押しこんで、兜が目にかぶさってこないようにしている。かれを見て胸がいっぱいになった。このさきいつなんどき友だちを失うかもしれない、と思ったときには、その相手がこのうえなくいとおしくなるものだ。ほかの少年たちに対しても、自分のポニーのデューイに対しても、木々に対しても、顔に落ちるしずくに対しても、ほとんど愛情に近いような感情を抱いたとき、ベドウィルがすぐそばでぐっと手綱を引いたので、泥水がはねかかった。

「あいつらが来るぞ」小声でささやく。「斥候が夜明けに来た。こっちが浅瀬にいるのを見て、鬨の声も聞いて、数が少ないのを見て、笑ってた。で、今度は全軍が馬車も何もかも、いっせいに近づいてきてる……」

かれの背後の木立の向こうから、わめく声がかすかに聞こえてきた。浅瀬をはさんでのやじりあいだ。わたしたちは聞き耳を立てた。耳に手を当て、わずかな音も聞きもらすまいとした。言葉までは聞きとれなかったが、たとえ聞きとれたとしても、サクソン人の言葉はわたしたちとは違う。だが、どなり声がわあっという喚声にとけて、寄せ手が浅瀬に突っこんできたのはわかった。いつもの戦闘の音、怒号《どごう》と耳を弄する馬蹄《ばてい》の音と、剣の響きから織りなされる醜い音楽だ。やっぱり主人のところにいたらよかった、とわたしは思いはじめた。それから高らかな角笛が鳴り響き、アーサーが隠していた騎馬隊が森から躍りでた。

「騎乗！」アーサーから、わたしたちの指揮をまかされていたメドロートが叫ぶ。かれは、少年たちのこんな寄せ集め部隊の指揮に回されたことを恥じていたので、近くにいた子たちの頭をぴしゃぴしゃたたきながら、景気づけに大声を出した。「行くぞう！」

もうこわがったり祈ったりしているひまはない。わたしたちは鞍によじのぼって、馬の横腹に膝とかかとをたたきこみ、馬たちが向きを変えたり、じれたりするはずみで、お互いぶつかりあった。でも最後にはそろって走りだし、勢いを増して、枝に棍棒よろしく頭をぶんなぐられ、小枝に帽子やマントを取られながらも、木々のあいだを走りぬけた。世界は、空と木々と蹄の渦巻きと化し、馬の熱い匂いと化した。わたしは新しい剣に手をのばそうとしたが、デューイがすごい勢いで走っており、また地面がひどくでこぼこだったので、手綱を放すやいなや体は鞍の上で横すべりし、剣どころではなく、ポニーのたてがみをひっつかまなければならなくなった。太い枝が顔をなぎはらいにきて、ひょいと首を縮めると、突然木々がなくなり、わたしたちは開けた場所を突っ走っていた。そこは水辺の草地で、溝の上には霧が毛織りのリボンのようにふんわりとかかっている。ほかの馬たちも泡を噴きながら、猛然とかたわらを突っ走っていた。少年たちはわめき、先頭をゆくメドロートは槍を高々とふりかざし、さらにその先には、たくさんの人間がいた。兜の下の白い顔がいっせいにこっちをふりむいたのが、ぱっと光って見える。

「サクソン人だ」と思うまもなく、馬たちは戦闘のまっただなかに突入していった。片隅のほうに、アーサーの赤い旗がひるがえっているのが見えた。サクソン人は浅瀬へくだる道の上で動きがとれなくなっている。わたしたちがそばを駆けぬけた馬車は、傾いて溝にはまりこみ、鍋釜や、布にくるんだものや、悲鳴をあげる女がひとり、そこからこぼれ出た。恐怖に白目をむいた牝牛たちが行く手をふさぎ、うろうろしてわたしたちの勢いをそいだ。デューイが棹立《さお》ちになったはずみに、たてがみをつかんだ手が離れ、わたしはポニーのお尻から後ろへすべり落ち、ぬれたワラビの中にどさりと落ちた。

すさまじい剣戟《けんげき》の音と匂いがわたしをつつみこむ。馬に蹴られて死にたくないから、あわて立ちあがる。デューイはどこ？　これはミルディンが言っていたような戦い、勇猛な戦士どうしが一騎打ちをくりひろげる戦いではない。まるで、こみあった市場をむりやり通りぬけているようだ。わたしは味方にも敵にもぶつかった。鋼《はがね》が楯の木の部分にぶちあたる音で、耳がわんわん鳴る。だれかが薪を割っているような、ばさっばさっという小気味のよい音。顔が、ひとりのサクソン人の脇腹に押しつけられた。チュニックのごわごわした織りを舌に感じ、汗の匂いをかいだ。幸い、相手はまだ馬に乗ったままのベドウィルに剣をふりおろすのに忙しくて、気づかない。だれかの楯の端がわたしをかすめ、わきへと引きよせる。黄色の髪をした男がわたしに何かをわめきかけ、大斧をふりまわしてきたので、これでわたしを殺《や》るつもりなんだ、とびくっとした。だが、一撃は来なかった。戦いの波にさらわれて、お互いが引き離された。乗り手をなくしたポニーにぶつかられて、ひっくりかえる。わたしは一本の溝のへりの葦《あし》群《むら》に倒れこみ、水中にすべり落ちた。葦は槍ほどの丈があり、てっぺんには青白いまばらな穂が旗よろしくそよいでいた。茎のあいだの水は茶色くしおからく、表面は死んだハエにびっしりとおおわれている。ハエの羽は、数千、数万の小さな窓のようだった。葦の向こうでは男たちがわめきちらし、馬が甲高い悲鳴をあげていた。

この男たちはほんとうにサクソン人だったんだろうか。それほど数はいなかった。百人にも満たない。こんな小勢でどうやって、ブリテン島のブリトン人の支配する領域の奥まで入りこめたんだろう。おそらくカルクヴァニスのほうには、もともと外国人のフェデレートつまり、街の警備に雇われた傭兵の一団しかいなかったのではないか。それが支払いを待つのにじれて、みずから賊徒化しただけではないのか。サクソン人は剛勇の戦士だと聞いている。サクソン人なら、高地に陣取って、楯で壁を作り、アーサーの騎馬隊でも破れない木と鋼の防御壁を打ちたてるはずだ。でもこの男たちは、人馬がやってくるのを見るなり、ちりぢりばらばらになった。あちこち逃げまどい、騎馬隊に追いつめられてゆく。小さなやぶに集結し、あっという間に切りくずされる。これでは戦いではなく、狩りだ。

あたりがしずかになったところで、ようやくわたしは葦をかきわけ、もぞもぞと這い出した。どこにいたのかときかれるのがこわかった。わたしはうまいうそを考えだすことにした。気絶して、溝の中で気がついてみたら、戦いは終わっていた、と。でもだれもたずねてこなかった。みな死者の山を相手にするのに忙しく、倒れた味方を中から引っぱり出したり、サクソン人の所持品を奪いとったりしていた。カラスが旋回している。はるか上には、バドンの緑の丘陵地帯がこんもりした森からぬきんでてそびえていた。アーサーは白馬にまたがり、メドロートは男たちの一団に囲まれていた。浅瀬のそばの泥の中にはヴァレリウスが倒れており、背後から槍で刺されたことはひと目見ればわかった。

「グウィン！」だれかが呼んでいる。「グウィン！」

ベドウィルが、デューイを引いてやってきた。味方の男たちがサクソン人の荷馬車の中をあさっている東がわの草地をさまよっているところを見つけてきてくれたのだ。ベドウィルは駆けよってきて、わたしを抱きしめた。「勝ったんだな」と言ったが、勝ち誇った声ではなかった。それは味方がひとりでも生き残っていることが信じられなくて、問いかけている言葉のように聞こえた。「おれ、ひとり殺した。おれが殺したんだ、グウィン。勝ったんだ」

かれはわたしをきつく抱きしめた。汗と他人の血の匂いがした。顔が相手の顔にぎゅっと押しつけられたとき、ちくちくするものを感じて、気がつくと、少年らしく細い、初めてのひげがかれの顔に生えはじめていた。

18

バドンの戦いが転機となった。流れが変わった。アーサーもまわりの人間も何かとバドンの戦いを引き合いに出し、戦いや酒盛りのときも、おりにふれてその話が出た。そこにいなかった者たちもやがて、アーサーが賊の一団を制圧した小さな勝利を、かつてのバドン丘の戦いとごっちゃにしはじめた。かつてアンブロジウスが勝利をおさめた意味深い大戦と。それこそ、あの場所を戦場に選んだわたしの主人の思うつぼだった。

わたしに関していえば、ミルディンはわたしが五体満足で戦いを生きのびたのを見て、こう言っただけだった。「なるほど、無事だったか。戦は楽しかったかね」

わたしはもちろんうなずいたが、かれにはちゃんと見透かされていた。「ぜったいに、二度と、戦いには行かない」わたしは自分に誓った。ベドウィルたち少年のことが気の毒に思えた。かれらもわたしと同じようにおびえていたはずなのに、もうじき一人前の男になって、あんなふうに何度も戦いに突っこんでゆくはめになり、いつかはその中で死ぬのだ。わたしは剣を引き抜いてながめ、投げすてたい気持ちになった。自分で使いこそしなかったが、わたしのものになる前にはだれかが使っていた剣で、だからこそ柄の溝とひびわれた象牙の握りには乾いた血の跡がいまだにこびりついているのだ。

ミルディンはもったいをつけて、戦場から仲間に引きずってこられたけが人の手当てをてつだうために出ていった。いにしえの偉大な癒し手の名前が、よくかれの口から出た。たとえばヒポクラテスとかガレヌスとか。ミルディンは戦いのあと、傷を縛ったり、薬草や蜘蛛《くも》の巣の湿布を当てたり、敗血症の熱を下げるため、死んだ鳩をけが人の足にくくりつけたりした。そういうことが効くのかどうか、わたしにはわからない。でも、かすり傷以上の傷を負ったら、たいていは助からないような気がする。そして神がそれをお望みの場合は、わたしの主人がいかに包帯をしたり、薬を塗ったり、長々とお祈りをしたりしてもどうにもならないように思う。

川下では、ベドウィルやほかの友だちが、死者のあいだを歩きまわって、サクソン人の長靴や剣帯をはぎとっていた。


わたしたちは浅瀬から撤退し、バドン丘に野営した。古い城砦《じょうさい》のなだらかな緑の斜面に。その夜、たき火のまわりでは、いつもほど戦いの話題は出なかった。現実の物事の記憶がまだだれの心にもなまなましすぎて、いにしえの勲や詩の魔法にひたりきれないかのようだった。アーサー殿でさえ神妙な考えこむような顔をして、闇に躍る火花に見入っていた。わたしたちはみんな、火に近々と身を寄せていた。火の輪の外の闇をさまよう幽霊たちにつかまらないようにだ。だが、食事が終わったころ、ミルディンが竪琴を取り出し、昼間の戦闘を物語につむぎはじめた。みんなの勇ましい行いを、ベドウィルのさえ、ひとつももらさず並べあげた。物語にユーモアをひとつまみ加えて、どんな敵もオーウェインに立ち向かえなかったのは、かれがあまりに美しかったので、アーサー殿を助けにつかわされた天使だと思われたからだ、敵がカイの前から逃げ去ったのは、かれがあまりに醜かったので、アーサー殿を助けにきた悪魔だと思われたからだ、と述べた。耳を傾けているうちに、わたしたちはどれだけ自分がおびえていたかを徐々に忘れ、かれの話したとおりの内容を記憶していった。アーサー殿の光り輝く勝利の物語を。

物語が終わって、毛布にくるまり、おのおのが眠りにつきかけたとき、アーサー殿とカイがやってきて、わが主人を見つけ、三人してアーサーの天幕に入っていった。

わたしはなかなか寝つけなかった。固い地面に横になり、戦いでなぐられたりぶつかられたりした打ち身が、じんわり痛みだすのを感じていた。そのあいだじゅう、アーサー殿とカイとミルディンの低い話し声が聞こえていた。いったい何を計画しているんだろう、次はどうなるんだろう、と思ったことを覚えている。

19

夜が明ける前に、主人の爪先につつかれて目がさめた。急いで立ちあがり、主人のあとについて、芝土の胸壁のあいだを通りぬけ、馬をつないだところへ行った。東空の下のほうに、満潮線のような光の線があった。輝きながら川が眼下をうねっていて、その向こうの暗い土地にはぼんやりと、カラスやキツネの餌にするべく放置しておいた敵の死骸の山が浮かびあがって見える。

「ご主人さま、これからどこへ行くんですか」ふたりして馬に鞍を置いているときに、きいてみた。

「アクエ・スリスにもどる」

「わたしたちだけですか」

「ほかのものはあとから来る。アーサー殿がおれをさきぶれにした。ひと足さきに街に知らせを持っていく」

「どんな知らせですか」

「おまえほど無遠慮な召し使いもめずらしいな。おまえの知ったことではない、と言っておこうか。馬鹿な質問をしすぎて石になっちまったぼうずの話を聞いたことはないか」
歩哨《ほしょう》以外はしんと寝静まっているうちに、ふたりして馬で野営地を出た。アクエ・スリスへ向かうとちゅうずっと、わたしは、アーサーとわが主人が何をたくらんでいるのか、それがわたしにどんなふうにかかわってくるかを思って、心を悩ませていた。また戦いがあるんだろうか。アーサーはアクエ・スリスを自分のものにするつもりなのか。起きるだろうことをくよくよ思いなやんでも、それを防ぐことにならないのはわかっているが、どうにも止まらない。

ミルディンといっしょに暮らすようになってから、こうなってしまった。昔なら、未来のことなど考えもしなかったし、過去も同じだった。単純に、現在に生きていた。おなかがいっぱいになり、だれにもぶたれなければ、幸せだった。寒いときはみじめな気持ちになり、病気のときはこわくなったが、たいていは動物と同じように、明日のこと、来週のことなどを、思いわずらったりしなかった。二本足で歩きまわる動物そのものだったわたしを、ミルディンが変えてしまった。ときには、昔のほうが幸せだったような気がする。

わたしたちを迎えた街の反応はどっちつかずだった。幸運の使者か不運の使者かわからなかったからだ。知らせといえば、よいことか悪いことか、どちらかに決まっている。でもたいていは、わたしたちの今度の知らせのように両方を兼ねているのだ。ミルディンに戦いの帰結を聞いたオルドたちは、老いたトカゲのような腕を開いて神をたたえたが、ヴァレリウスの死を聞かされたときはうめいてがっくりと目を伏せた。死んだ男の奥方に仕えている女たちが悲鳴をあげて嗚咽《おえつ》し、髪を引きむしったが、奥方自身は無言で立ちつくしていた。面長の顔はいつもより青白く、灰色の目はひたとわたしの主人を見つめていた。やがて侍女たちは奥方をつれて、去っていった。

「われらはどうなるのじゃ」奥方の後ろ姿を見つめていたミルディンに、執政官の長がたずねた。「勝利は高くついた。ヴァレリウス殿を失ったいま、だれがわれらを……」

「アーサー殿がこの街を庇護したいと申しております」ミルディンが親切そうに言った。「それなりの貢ぎ物をいただければ、アクエ・スリスを首都にしてもよろしいと。防御を固め、あらゆる面での発展をお約束します」

「しかしわれらは、ダムノニアのメールワス王に貢ぎ物をおさめている」

「メールワス王の力など女の細腕も同じこと。この苦境に対して、何か援助を送ってこられましたかな。何もないでしょう。それならば、あなたがたが実際に自分を守れる領主に乗り換えたとて、文句を言われるすじあいはない」

「西の山奥から出てきたばかりの、半異教徒の蛮族めが」司教の吐きすてた声は大きくはなかったが、その場の全員の耳に入った。

ミルディンは司教を無視した。「アーサー殿は条約を結ぶつもりがあります。われらのあいだの永続する信頼のしるしとして」

「黄金か」別の執政官が言った。「黄金がほしいのだな」

長《おさ》は目を閉じて、しわを残らず数えつくすかのように片手を顔に走らせた。ヴァレリウスの死の知らせの衝撃を受け入れるために、ひとりになりたいようだった。ここに立っているわたしの主人に、自分の街全体の運命を決する答えを強要されるのがいやなのだろう。

「ヴァレリウス殿には奥方がおられましたな」ミルディンがなにげなさそうに言う。

長は小さく丸い目を見開いた。「グウェニファー殿か」

「アーサーはまだ独身です」とミルディン（わたしは赤毛のクーナイドはどうなのかと思ったが、ミルディンはあとになって、彼女はキリスト教徒ではないので、問題にはならないと教えてくれた）。「グウェニファー殿の父上は、あのアンブロジウスの直系でいらっしゃるとか」と、さらに言葉をついで、「そして母上の家系はメールワス王につながると。われらの司令官にはこのうえなくめでたき縁組かと存じます」

ほかの老人たちは舌打ちをして、首をふったが、執政官の長は罠にかかった。その目の裏で怜悧《れいり》な計算が進んでゆき、ヴァレリウスの死の悲しみを追い出してしまったのは、見ていてもわかった。自分が耳にしたことがほんとうならば、アーサー殿はあと数年で、ブリテン全土を支配下におさめるだろう。それほどの男と同盟を結んでおくのは有意義かもしれないし、それに必要なのが、ヴァレリウスのひょろ長いやせぎすのやもめ殿との婚姻だけだとしたら……

かれは召し使いに向きなおり、繊細に鼻を鳴らした。「グウェニファー殿をここへ。司令官殿がもどられる前に、われらからお話があると」

20

アーサーの軍勢は翌日到着し、おまけに荷馬車の列のようなもくもくとした黒雲までひきつれてきたので、街はたちまち水びたしになった。雨は通りの溝を川のように流れくだり、詰まった下水管からあふれ出た。アーサーがサクソン人から奪った、略奪物を積んだ荷馬車の布製の屋根に、太鼓のような音をたてて降りそそぐ。雨音は、ヴァレリウスのなきがらのそばに駆けよって嘆こうとした女たちの泣き声をもかき消した。かれのなきがらは戦場から楯《たて》にのせられ、マントにつつまれて、戦死したローマの貴人としての手あつい礼をもって運ばれてきた。だが雨がそれをずぶぬれにし、教会にたどりついたときには、なきがらはあふれた溝で溺死したような状態になっていた。

未亡人は雨の中に出ていって、死者を迎えた。グウェニファーは目立つ顔立ちをしていた。美しいというには面長すぎるが、印象の強い顔だ。目は黒っぽく、底に神秘を宿していた。髪も黒く、灰色のものが少しまじっている。その背後に隠れてしまいたいかのように、髪が額を深々とおおいかくしている。目と鼻は泣きはらして赤いが、もしかしたら風邪のせいかもしれない。毛織りのマントの下の身体は、骨ばってぎすぎすとがっているようにしか見えない。

彼女の名前には「白い影」の意味があり、たしかに彼女にはどことなく影のようにあいまいなところがあった。自分でも自分が存在していることを完全に信じきれないような感じだ。

わたしといっしょに走ってきた少年たちは昨夜、グウェニファーのことばかり話題にしていた。あの女は縁起が悪い、とかれらは言う。若いころヴァレリウスの兄と婚約していたのに、結婚前にその男は大規模な牛の略奪事件で殺されてしまった。それでヴァレリウスと結婚して、一男をもうけたが、その子は死に、ほかに子どもは生まれなかった。いまはもう夫も失った。わたしたちは、アーサーがこんな灰色のつららみたいな女を奥方にめとるとは信じられなかった。

進み出た女が死んだ夫の額にキスしようとしたので、なきがらを運んできた男たちは楯を少し下げてやり、なきがらは危うく泥の中にすべり落ちそうになった。彼女はもの思いに沈みながら夫を見た。白い指が、かれの胸にのった。

「傷はないのですね」なきがらのこちらがわにいるわたしの主人を見て、言った。

「背後から襲われたのです」ミルディンは言った。奥方の目はじっとかれを見ている。そこにふくまれた問いかけに、かれはおちつかなげに身じろぎした。ヴァレリウスはどうやって死んだのだろう、とわたしは思った。われわれの中のだれかが背中に槍を突きたてたのか。アーサー殿が命じたのか。わが主人がそうしろと進言したのか。

「戦場の混乱の中で、背後からやられるのはめずらしいことではありません」奥方は無言だったが、ミルディンは口に出されなかった問いに答えた。「グウェニファー殿、背の君は剛毅なもののふでおられた。サクソン人が正面から立ち向かって勝てる相手ではなかったのです」

グウェニファーは目を伏せ、侍女たちの中にもどっていった。これ以上わが主人を詰問すれば、その主君であるアーサーを侮辱することになってしまう。アーサー殿の騎馬隊や槍兵がまわりの通りをびっしりうずめているというのに。夫の死に関する疑問は、はっきりした答えが得られないまま、うやむやになった。

司教が葬儀の祈りを唱えているあいだじゅう、アーサー殿は教会のこちらの端からじいっと奥方を見つめていた。馬を買うとき、新しい土地を奪取するときに、いつも見せる表情で。

外ではすさまじい雨の中、アクエ・スリスの男たちが、ぬれた地面に穴を掘り、布にくるまれたヴァレリウスのなきがらをその中に入れた。墓がおおわれる前に、アーサーは早くもこの場をわがものとしていた。職人たちは、防御壁を修理し、その下の溝から瓦礫《がれき》を片づけるよう命じられた。まだ残っている兵たちには槍と楯の鍛錬《たんれん》が課せられた。アーサー殿が自分の領土の辺境から土地を略取したことをメールワス王が知ったら、奪回の兵をさしむけるだろうから、用心するにこしたことはない。馬の蹄鉄《ていてつ》を打ち、槍を磨き、切り倒した木でもって壁の崩落した部分をふさぐ。わたしたちは交替で夜間の見張りに立ち、霧がしめった森を流れすぎ、丘陵地帯がその秘密を胸のうちに閉ざすのを見ていた。

21

わたしたちはひたすら警戒していたのに、メールワス軍はやってこなかった。バドン丘の下でのアーサーの大勝利の噂を聞き、一戦まじえるのは避けたかったのかもしれない。代わりに白馬にまたがった白ずくめの伝令一行が緑の枝々を高くうちふり、害意のないことを示しながら、送りこまれてきた。伝令はアクエ・スリスを守ってくれたことに対してメールワス王の謝意を伝え、忠誠のしるしに、黄金と家畜を送るよう求めてきた。アーサーは要求された黄金の半分をくれてやったが、家畜はいっさい渡さなかった。伝令たちは街を新たな領主の手にゆだねて、〈夏の国〉にあるメールワス王の城砦《じょうさい》へともどっていった。

ほどなく冬がやってきた。空気が冷たくなった。わたしたちは部屋を暖めるために火をたいた。街の中心部の神殿の廃墟の上には、霧がかかっている。丘のいただきから見おろしたら、アクエ・スリスはおそらく湯気の立つ深鍋のように見えるだろうとわたしは思った。

ある朝、目をさますと、その丘がみな初雪に白くおおわれていた。街道が通れなくなる前に、男たちの部隊が、西方のアーサーの城砦とここのあいだを何往復もした。アーサーの新たな都を飾るための宝物を運んでもきたし、女たちやアーサーの下についた客分の男たちも何人かやってきた。カイの妻と娘は馬でやってきたが、アーサーがクーナイドに迎えをやらなかったことにわたしは気づいた。グウェニファーにその座を奪われ、寒い城砦に放っておかれる彼女が気の毒に思えた。

アーサーはすぐに婚礼をあげたがったが、グウェニファーは夫の喪が明けるイースターまで待ってほしいと頼んだ。アーサーは司教に服喪期間を短くするよう求めたが、断られた。アーサーは司教を殺そうと思ったが、カイとわが主人がそれでは評判に傷がつくと言って止めた。

司教を殺すという考えから気をそらさせようとして、ミルディンは婚礼のために新たな館を建てることを進言した。「われらと、われらの父祖のあいだにどれほどの違いがありましょうや」ある夜、男たちがアーサーの館の大きなたき火を囲んでいるときに、そう言った。「祖先は大いなる宮殿を建てたというのに、われらは廃墟の中に住むことに甘んじているとは！　アーサー殿は、ここに館を建てるべきだ。そうして古きブリタニアの気風と誇りの再来を、身をもって示すべきでしょう。円形の館を建てるのです。床にはタイルを敷きつめ、壁には花輪の絵を描いて。そうして館の真ん中に、円形の宴の部屋を作り、そこでは、アーサー殿のかたわらで戦ったわれらがみな平等に居並んで……」

「ミルディンよ、おまえがおれのかたわらにいたのは見たことがないぞ」アーサーが叫んだ。

「おまえは危険からいつも身を隠し、女や荷馬車のところにいるではないか」だが、杯をあげて家臣の笑い声にこたえたようすからして、ミルディンの提案にそそられたことは見てとれた。これまで館を建てることなど考えてもみなかったのに、いまは自分をそうしたことにふさわしいものと見ることができるようになっていた。豪壮な館をいくつも建てることで、おのれを世界に刻印する支配者となるのだ。

翌週いっぱい、主人は煙くさい自分の住まいで、図面をひくのに熱中し、ぞくぞくするほど冷たい外にわたしをつれだしては、どこに柱の穴を掘るべきか、見当をつけた。「ここだ、そしてここ。それからここだな」と命じながら、柳の枝と撚糸《よりいと》でできた道具を手に、広場を一周した。司教と司祭とその妻たちがこれをながめ、魔術だ、魔物の呼び出しだと、ささやきかわしていた。

だがミルディンの努力は何も呼び出さず、降りつづける雪はわたしのつけたしるしをたえずおおいかくした。雪は屋根と通りをふんわりとおおった。かいば桶の水が凍ってきたので、あしたの朝は、馬が飲めるように、石や槍の石突きで氷を割ってやらなければならない。クリスマス後のうす暗い日々、アーサーは館の建設に興味を失い、ミルディンの計画は霜にあった花のようにしなびてしまった。「これは館の種にすぎませんな」と言って、ミルディンはスケッチを描いた皮をくるくると巻いた。

アーサーは婚礼を、そしてまた戦いの季節がめぐってくるのを待ちこがれていた。カイを守りに残し、お気に入りの家臣をつれて丘陵地帯に入り、秋にサクソン人を追いつめたのと同じ小径で、鹿や野豚を狩りたてた。ベドウィルもいっしょだった——バドン丘の戦い以来、かれはもう側近同様だった。

ミルディンはありあまる時間を使って、わたしに読み書きを教えてくれた。だから、あなたがたにこの本を読んでもらえるのはミルディンのおかげだし、本が退屈だったら、それもミルディンのせいだ。いまあなたが読んでいるこの黒くて汚いインクの文章は、かれが教えてくれた文字からできあがっていて、わたしはそれを、アクエ・スリスの冬の火の前で、燃え殻を手に書きなぐっているのだから。

ある日、狩りの一行がまだもどってこないうちに、わたしはひとりで水辺に行った。最初にこの街に来たときにベドウィルといっしょに行ったところだ。天候は暖かく、丘のいただきにはまだ点々と白く雪が残っているが、通りの雪は姿を消していた。服の中がかゆいし、蚤《のみ》に食われてもいる。クリスマス以来、体を洗う機会がなく、クリスマスのときもほかの少年たちの前でチュニックを脱ぐのがこわくて、顔に水をはねかした程度だった。しずかな街の中で、ミネルヴァ女神の温泉がわたしを呼んでいるように思えた。

グウェニファーの館の侍女がふたり、浴場の入り口の柱のあるあたり、司教が板を打ちつけたところに立っていた。わたしは見られないよう、首を縮めて、建物のわきを縫っていった。ベドウィルやそのほかの少年は、いつでもこの娘たちを探しまくり、よるとさわるとその噂話をし、だれが一番きれいか、気立てがいいかで言い争っていたが、わたしは彼女たちがこわかった。ベドウィルやほかの少年たちのように、わたしのなめらかな顎を見のがしてくれるほどうかつだとは思えなかったのだ。

わたしはベドウィルといっしょに見つけた壁の穴から風呂場へ入り、小枝やぶらさがっている護符をかきわけて進んでいった。苔《こけ》むして重たくたわんだ天井のせいで、温泉は、洞窟の中の池のように、かげになっている。まつわる霧ごしに下方に手をのばし、湯にふれてみると熱かった。あいかわらずひどい臭いだったが、わたしの体ほどではない。わたしは脚絆《きゃはん》を脱ぎ、腰布をほどき、ぞくぞくするような冷気の中に、白い全身をさらした。水は古い階段にひたひたと優しく打ちつけ、わたしはその温かさにほっとしながら段を下りていった。

あなたは、お湯につかったことはあるだろうか？　わたしは初めてだった。こんなに何ヶ月も寒い思いをしたあとで、また温かくなれるなんて、奇跡みたいだった。体の片がわだけあぶって、もう半分を冷たいままにする火とは違って、温かさの中につつみこみ、くるみこんでくれる。頭まですっぽり沈めて、髪のぬるぬるを指でときほぐしながら、冬の汚れが雲のように体から離れ去っていくところを想像すると、皮膚が心地よくじんじんした。古い硬貨やスズの護符が足指の下をすべり、底に沈んだヒイラギの葉が足の裏を刺す。緑がかった闇の中で目を開けると、草と泥のまじった床に何かがちかっと光るのが見えて、手をのばした。指さきがつかんだのは、昔のローマ人が聖なる水への捧げものとして投げこんだ月の形の金属片だった。

ふたたび水面に頭を出すと、だれかがわたしを見ていた。

どうして気づかなかったのだろう。そちらのほうは暗くて、まだ闇に目が慣れていなかったからか。薄闇の中、グウェニファーが打ちよせる湯から肩と首だけを出して、灰色の目でわたしを見つめていた。まっすぐ垂れた髪が、ぬれて顔をふちどっている。この場所の女神かと思い、わたしはあわてて水中にもぐったが、鼻に水が入り、喉がごろごろ鳴った。

水の中を、彼女はこちらにやってきて、わたしをひっぱりあげ、むせて水を吐くわたしの顔をじっと見た。「知ってる。おまえ、あの魔術師のところの若い衆だね」

グウェニファーはにっこりした。彼女の笑顔は初めて見た。さっきわたしが池のふちに裸でいたところも、見られたのだろうか。それとも水しぶきの音を聞いて、こっちをふりかえったのだろうか。わたしはしおしおと水に沈みこんで、ハリネズミみたいな髪と平べったい茶色の顔だけを出していた。さざなみが鼻に打ちよせ、くしゃみが出た。

グウェニファーが言った。「わたしがここに来たのを知ったら、ベドウィン司教さまは正義の怒りに燃えなさるでしょうよ。ここはよこしまな場所で、異教徒の霊がうようよいるとおせだから。でもベドウィンさまと同じくらいひどい臭いになるよりは、幽霊のひとりふたりに出くわしたほうがましね」

わたしは水中でわが身を抱きしめた。ふたつのこぶしをきつく握りしめたので、さっきすくいあげた月の形の護符の角が掌《てのひら》に食いこんだ。「だれにも言いません」わたしは約束した。

グウェニファーがあとずさると水が渦巻いた。「あちらをお向き、魔術師の若い衆」

ではまだわたしのことを少年だと思っているのだ。それとも？　彼女の目には奇妙な光があったような気がする。わたしの想像にすぎないかもしれないが。わたしは背を向け、頭を垂れて目を閉じ、ぱしゃぱしゃと水音をたてて彼女が池の向こう端まで歩いていき、そこからあがる音を聞いた。ちらと目をやると、細長い身体が見え、すぐにそれは毛織りらしい四角い布につつみこまれた。彼女の肌は皮をむかれた枝のように、白かった。

22

グウェニファーはずっと街に住んでいたわけではなかった。子どものころはけわしい緑の渓谷をひかえた緑の丘の上の屋敷に暮らしていた。谷には木々がうっそうと茂り、シダにおおわれ、オークのかげをひっそりと、小川が黒くまた金色にきらめきながら流れていた。グウェニファーはそこでポニーを乗りまわしたり、家来のひとりが作ってくれた小さな弓で森のへりで狩りをしたりしていた。子鹿のような野生の少女だった。

少なくとも、わたしが彼女の前半生を思いえがいたときに浮かんでくるのはそんな姿だった。けれど運命はグウェニファーに罠を用意していた。年頃になった彼女はそれにからめとられた。父親はアンブロジウス・アウレリアヌスの母違いの弟だ。老将軍の血は、薄く漉されてはいるが、彼女の中に脈々と流れていた。こめかみのところの皮膚の下に、そして細長くて青白い喉仏に。白い肌の下に青白くうねり流れる血管は、帝王の紫の血を思わせた。この人は、わたしたちの時代と、幸福なアンブロジウスの時代のかけはしだから、その夫になる男は自分を、子孫もふくめて皇帝の偉大な名に結びつけることになる。

ヴァレリウスの兄が、最初のその男だった。かれはグウェニファーの身内によって選ばれ、またアクエ・スリスのオルドの中で彼女の父と手を結んでいるものたちによって選ばれた。グウェニファーに特別、異議はなかった。マルクスは見目よかったし、快活で、親切だった。つまり若い娘が望むものはみな持っていた。かれは贈り物を持ってきた。牛を強奪しにきた賊と戦って死んだという知らせがきたとき、彼女の胎内にはすでにかれの子どもが育っていた。

次は、ヴァレリウスの番だった。婚約していた男が死ねば、弟が代わりにその女をめとるのはよくあることだ。花婿が、牛泥棒の鉾にかかったからといって、こんなによくできた縁組を壊す必要はない。でもヴァレリウスは兄にくらべれば見劣りがした。冷たくて厳格だった。兄に見下されることに慣れて育ち、暗い性格になった。マルクスが亡くなったとき、ヴァレリウスは兄のものを苦い勝利感とともに相続した。新妻の胎内の赤ん坊もその遺産のひとつだと知るのは、あまりうれしいことではなかった。

難産だった。赤ん坊は体が弱く、ほどなく死んだ。しかし、子どもが生きていた数日のあいだ、グウェニファーはその子を愛した。子どもを抱くのはうれしかった。小さな青白い手に髪の毛をむずとつかまれた。彼女は歌を歌ってやった。子どもが死んだとき、幸福は永遠に失われた。住むことになった冷たい古い街は、墓のように感じられた。子どもが冷たい地面の下から自分を求めて泣いているのが聞こえるのに、そこに行けない、という夢を見た。夫は彼女を嫌っていた。子どもはそのあと生まれなかった。

そしてまたもや新しい夫だ。アーサー殿との婚礼の日取りをいくらのばそうとしても、日々は指のあいだからこぼれ落ちてゆく。侍女たちはアーサー殿のことで軽口をたたいた。強いかたですわ。男らしくて。グウェニファーの頭に浮かぶのは、アーサー殿の家来がかれを呼ぶ〈熊〉という言葉だけだ。ときにはかれが、人間に化けそこねた本物の熊のような気もした。黒くて短いこわい髪の毛、油断のない目つき。宴席で、かれが肉を食いちぎるようす。気に入らないことがあったときのうなり声やどなり声。春が近づき暖かくなってくる中、グウェニファーは花嫁衣装を縫いつつ、婚礼の夜を想像して、ぞっと身をふるわせた。

わたしは彼女を気の毒だと思った。かわいそうな、年のいった鷺《さぎ》のような人。

23

わたしと主人はその春、旅をしていた。アーサーとグウェニファーの婚礼の讃歌がいまだに頭の中で鳴り響いているころだった。「〈熊〉殿にはしばし、新妻と水入らずのときを過ごしていただくさ。キリスト教徒の奥方を手に入れたいまは、キリスト教徒の殿さまだから、おれのような昔ながらの異教徒がそばにいるのはまずいんでね」とミルディンが言うので、わたしたちは南西のほう、〈夏の国〉へと向かってゆき、なるほど〈夏の国〉と呼ばれるだけのことはある、と思いはじめていた。夏には豊かな牧草が生えるから、そのみずみずしい草地に放牧すれば、赤い牝牛が太ってうまくなる、というわけだ。でもミルディンといっしょにそこへ行ったときは、ほとんど地面などなかった。水が何エーカーにもわたって大地をおおい、乾いたものといえば、土手と渡り道だけだった。

そこへ行ったのには目的がある。ダムノニアのメールワス王は、年間を通して、所領のひとつから別のひとつへ巡回移動しながら暮らしている。この春は、水面から急勾配で立ちあがる緑のリンゴの島アニス・ウィドリンの、てっぺんに危うくのっかっている修道院で宴をもよおしているはずだった。メールワスはキリスト教徒の王だから。アニス・ウィドリンの修道院もかれが建てたもので、木でできた教会堂のそばには、祈禱《きとう》を捧げにきた王や息子たちや召し使いや〈楯《たて》の友〉が寝泊まりできるようなみごとな館があった。

そこを守っている修道僧たちはミルディンを警戒した。古い護符やお守りは、門に通じる渡り道にさしかかる前に隠していたのだが、それでもだめだった。僧たちは、かれが魔術の使い手だという噂を知っていたからで、さすがにすげなく追い返されるかと思われたが、だれかがメールワス王のところへかれの訪問を知らせにいったので、王は門番のところに使者をよこして、わたしたちを入れてくれた。

メールワス王には驚いた。これだけの土地を持っている王さまなのだから、アーサーのようにこわもてで傷だらけで、いつでも新しい戦いの匂いを追い求めているのかと思っていた。でもメールワスは老人で、声音も優しく、おだやかな立ち居ふるまいの持ち主だった。アンブロジウスと行動をともにしていた若いころには、もっと乱暴だったのだろうとは思う。王はミルディンに歓迎の言葉を述べ、自分の身内――義妹の娘の娘――であるグウェニファーのようすをたずねた。「娘のころのあれを知っておるよ。かわいかった。アーサー殿は運がいい。きっとあれをだいじにしてくれるだろう」

その夜、王の館で、ミルディンはアーサー殿の物語を語り聞かせた。魔法の剣も、緑の男も出てこない話だ。キリストの戦士としてのアーサーのみだ。アクエ・スリスを奪取しようとしたサクソン人をうちしりぞけたしだい、西方のとある場所での石投げ競争で悪魔を打ちまかしたしだいを、とうとうと語った。

メールワス王は微笑をたやさずに聞いていた。炉端で聞くには楽しい話だが、ほんとうのことでないのはわかっている、といったような。

アニス・ウィドリンには数日滞在した。出発の朝は、ごうごうと鳴る風が草原を平らに吹きなびかせ、水びたしのシダをかすかに波打たせていたが、その朝、メールワス王はミルディンとふたりだけで話をした。馬をそこへつれていったときに、わたしの耳にも言葉が入った。

「今年は、アクエ・スリスのそなたの主君から貢ぎ物がなかったようだが。わしの血続きのかわいいおなごとの婚礼で、お忘れになられたか」

「アーサー殿はすべておおさめ申すつもりでおります。しかし、騎馬隊を抱えており、かれらに食べさせなければなりません。アーサー殿の家来は、戦いのあいまに故郷の畑に帰って、食糧を自給できるような、当座しのぎの雇われ兵ではありません。戦のために生きている、鍛えぬかれた戦士です。かれらをたばね、またサクソン人の脅威にそなえんとするならば、まずその口を糊してやらねばならないのです」

「しかしサクソン勢はアンブロジウスの時世以来、大した害を与えておらん」メールワスは鋭く突いた。「いくつか襲撃があったくらいだ。脅威というより、目ざわりな動きというぐらいではないか」

「またきっとやってきますとも」ミルディンは語気荒く、「われらブリトン人がお互いどうし争いあっているあいだに、東のサクソン人は力をつけています。いつかまた西征してきますよ。たたきつぶしておかないと」

「で、アーサー殿はそれができるだけの力をお持ちなのか。海の向こうへやつらを追い返せるか。アンブロジウス殿が始めた仕事をやりとげられるとお思いなのか。ブリトン人の派閥争いを終わらせ、失われた東部をキリストのために奪還できると？」

「ひとりでは無理でしょう。けれど、陛下が戦のときにアーサー殿を司令官に任じて、陛下に貢ぎ物をおさめる小領主のすべてを統括するよう、お命じくだされば、アーサー殿はアンブロジウスの再来になれます」

「ただし、アンブロジウスはブリテン島とキリストの信仰のために戦った」メールワスの口調はおだやかだ。「わしはアーサー殿はご自分のためにしか戦わぬと思う。戦士というより野盗に近いと。父御のウーサーと同じく粗暴で奪いつくす男だと、聞いておる。教会を食い物にする男。牛盗人。われらの領土の西部に略奪しにきて、取りたてる筋合いのない貢ぎ物を取りたてたのは、つい昨年の夏ではないかの」

ミルディンは肩をすくめた。「あれはあやまちでした。でもアーサー殿ほどの強い男は、ときに、つい手を広げすぎてしまうのです。グウェニファーさまはその荒々しさをなだめてくださった。あのおかたのキリストへの愛が、よいお手本になっております。アーサー殿は神の強いしもべです。今後は、サクソン人としか戦いません。あなたの軍隊を率いて、名誉と勝利をもたらしたいと望んでおります」

メールワス王はしばし、ミルディンを見つめたまま黙って考えていた。見守る修道僧や戦士たちはおちつかなげに身じろぎした。そよ風にかれらのマントがはためく中、ひとりの男が咳ばらいをした。かれらは自分たちの主君がそんなふうに、わたしの主人と親しげにしていることが気に入らなかったのだろうと思う。いつの日か、自分こそはメールワス王の軍勢の指揮官になるのだと思っている者もいたと思う。

突然、メールワス王がくすりと笑って、ミルディンの肩をたたいた。「おぬしの物語、感謝するぞ。おぬしの言ったことを考えてみよう。アーサー殿がほんとうにそれだけの器量の持ち主だと思えたなら、こちらから連絡する」そうして王はミルディンといっしょに、わたしが馬をつれて待っている場所に歩みよると、わたしにうなずきかけた。「なんでこの子に、男のかっこうをさせているのかね」

ミルディンは仰天したにちがいない。かれのことはよくわかっているから、内心では驚いていることが読みとれた。しかしかれは、ふつうの人間がハエをたたくのと同じように、平然と空中から物語をつむぎだした。「これは、わたしの娘なんですが」とじっくりとした口調で、「旅のとちゅうで危ない場所や戦士たちのいるところを通りますのでね。身の安全のために、こんなかっこうをさせております」

メールワス王はわたしを上から下までながめおろして、にっこりした。「うまく化けた。しかしもうじき通用しなくなるだろうな」

馬で渡り道を通ってゆくあいだ、主人はわたしに話しかけなかった。怒りが火の熱のように、かれからたちのぼっているのがわかった。最後の土壇場であんなふうにまどわしを看破されたのが、よほどこたえたのだろう。メールワス王に真相を見抜かれたことで、わたしは自分を恥じた。これはわたしの落ち度だろうか。十分、男の子らしくふるまっていなかったんだろうか。わたしは、ベドウィルやほかの少年たちにならって髪の毛を長くのばしていた。耳の下まで垂れる髪のせいで、顔立ちのどこかが女らしく見えてしまったのかもしれない。

ベルトの小袋を探って、グウェニファーに見つけられたあの日に浴槽でひろった古い月の護符を握りしめた。これを見つけたときは、主人に渡して、首にさげてもらうか、泥棒よけに扉の外に吊るしてもらおうと思っていたのだ。でもわたしがどこで見つけたかをきかれるだろうし、それを話したら、それ以外のことも洗いざらい聞き出されるのはわかっていた。グウェニファーに会ったこと、彼女に秘密がばれそうになったことも。かれに怒られるよりは、隠しておいたほうがましだ。でもいまのかれは、どのみち怒りだしそうになっている。

古い戦道に入るまで、かれは口をきかなかった。それからこう言った。「あのメールワスめは食えない古ギツネだな。他人に見えないものを見てやがる」かれはじいっとわたしを見た。何か心に決めたように、うなずく。「しばらく好天が続くだろう。まだアクエ・スリスに帰らなくてもいいな」

「でもメールワス王のお言葉をアーサー殿にお伝えしなくては……」

「使者を送る。この季節は、おれがいなくても、アーサーはやっていけるよ」

そしてかれは馬首を東ではなく西に向け、わたしはついていくしかなかった。わたしには怒っていないようだが、デューイをうながしてあとに続きながら、どうしても考えないわけにはいかなかった。これもある種の罰ではないかと。

流れが石を押し流すように、夏がわたしたちを押し流す。モリドゥナムからイスカへ、イスカから夕マリスへ、そしてそのあいだに、小さな所領がいくつもある。ローマ人たちが名前を与えず、昔の名前とやりかたのまま放っておいた、なんとか城とか、なんとか砦だ。タマリス浅瀬の向こうでは、ローマふうの名前はほとんどない。広々とした空の下に細長くのびるカーニューの地くらいだ。けれどどこへ行っても、アーサー殿の噂は広まっていて、もっと聞きたいとせがまれた。ミルディンは火花のように物語をまきちらし、アーサー殿の名声は野火のごとく広まってゆく。

「いつかアーサー殿は支配を打ちたて、ブリテンじゅうの王はムクドリのごとくかれのもとに集うだろう。ダムノニアのメールワス王も、次の戦いの季節には、アーサーを司令官に迎えると約束したようなものだ。あれだけの大軍を従えれば、アーサー殿は第二のアンブロジウスになれる。失われた土地を取りもどし、サクソン人どもは逃げようとして海に飛びこむだろうよ」

あまりにもミルディンが自信ありげなので、疑う気にもなれない。でも、来たるべき戦いのことを考えると、ぞっとする。なぜミルディンは、それをそんなに期待しているのだろう。サクソン人の話をするときには、なぜそんなに語気が荒くなるのだろう。ときにわたしは思うことがある。アーサー殿もほかの王たちも自分の所領だけで満足し、サクソン人の住みついた土地を放っておいてやればいいのに、と。でもそんなことを言うとめめしいと思われそうで、口には出せなかった。

ディーン・タジールの、海をはるかに見おろす高さから、わたしは、夕潮に乗って船が出てゆくのを見ていた。ディーン・タジールは冬場は始終、嵐に襲われるため、こんなところに住みついた酔狂な数人の修道僧以外は人がいないのだが、夏にはクノモラス王がここを首都にするので、岬の切りたった斜面は旗や日除けで明るく花が咲いたようになり、下の入江には船が何隻も錨《いかり》をおろす。船が帆に風をはらんで、崖の風下からすべり出し、白鳥のように大洋に出てゆくのを、わたしは見ていた。それを操っている男たちの中には、炭のように真っ黒な肌のものもいた。わたしには想像もつかないような岸辺をさして、かれらは出てゆく。ヒョウやユニコーンの住む土地、熟れた葡萄《ぶどう》のように口の中で甘くはじける名前を持った波止場へと。そう、アレキサンドリア。アンティオク。コンスタンティノープル。

夏至のあと、わたしたちは引き返した。南の海岸にそって進み、〈長ナイフのペレドゥル〉の地所にも行きたいと思っていた。わたしはペリがどうなったのか知りたかった。でもわたしたちは北方のセヴァーン海ぞいを通り、それから一路、内陸に折れて、生まれ故郷の田舎へ向かった。あのアイルランド人がアーサーのために管理してくれているはずのバン卿の館へと。

主人がわたしに新たな魔法をかけようと計画していることに気づいたのは、そのころだ。街道を長く旅してきたので、わたしの髪は肩につくほどのびていた。一夜を明かした峡谷で、朝方、馬に鞍を置いているとき、わたしは髪を切るのにはさみを探したいと口に出した。

かれはかぶりをふった。「おまえはもう男の子では通らん。メールワスの古ギツネの言ったとおりだな」

わたしはぞっとした。かつてここからつれだされた丘陵地帯に、今度は置き去りにされるのか。どこかの羊飼いか、あるいはあちこちで泊めてもらった粗暴な族長のだれかの嫁にでもなれと言われるのか。わたしは地面にひざまずいて、かれの膝にしがみつき、嘆願した。「ご主人さま、お願いです。ごいっしょにスリスにつれて帰ってください。いままでちゃんとお仕えしたではないですか」

ミルディンはわたしののびすぎた髪をなでた。かれの顔を見ていなかったので、それが笑顔なのかどうかわからなかったが、こう言われたときには、言葉に笑みがふくまれていたように思えた。「グウィン、おまえはいい男の子だった。だけど女の子になったほうが、もっといいぜ。落ち葉の季節におれといっしょに帰るのは、グウィナだ」

その言葉で息が止まった。こんなときがいつか来るとは思っていたが、まだ、早くはないか。「女の子にはなりたくないです」わたしは叫んだ。「二度とスリスには帰れません。みんなに顔を知られているのに」

「いや、だれもわからないと思うぞ。あと半年ある。アクエ・スリスのやつらが、昔の皇帝か何かのようにおまえの像でも建ててると思うか。おまえは長い髪をほどいて、女の服を着て帰るのさ。娘らしく歩き、しゃべれば、せいぜい『あの娘っ子はちょっぴりグウィンに似てるな』

何もばれないさ」

と思われる程度だ。それにおれはおまえのことを、グウィンの身内だと言うから、それでもう

「でも女の子らしいやりかたなんてわからないです。女のやることをしなければならないんですよね……」わたしは魚のようにあえいで、たとえば、の例を探そうとした。女のやることなどほとんど知らない。「縫い物や刺繡《ししゅう》や糸つむぎや、大麦のビールを醸《かも》すことや……わたしがそんなのを全然知らないとわかったら、どう思われるでしょう」

「それなら身につけりゃいい」

「きっとうまくできません。のろいし不器用だし」

「グウィナ」かれは（いっさいの反論を許さない、一番きっぱりした声で）言った。「おまえはじき、若い女になる。アーサーの奥方の館でへたくそな機織りをしているほうが、戦列にいるより目立たない」

「奥方？」

「もちろん。おれは小間使いはいらない。おまえはグウェニファーさまの館の使用人になればよい。奥方の侍女にな」

わたしはグウェニファーの館のことを考えた。アーサーの大きな館の背後に半ば隠れている小さな建物だ。彼女が身のまわりにおいている、柳の枝のようにほっそりして、優雅で完璧な娘たちのことを考えた。「わたしなんか、雇ってもらえるわけがありません」

「雇うさ。アーサーを喜ばせるために」

「でも、わたしはいやです」小さな子どものようにわたしは言った。涙が頬を転がり落ち、口の両端にしょっぱくすべりこむ。「ご主人さまとお別れしたくないんです」

「いったいいつからおまえの意向が問題になったんだ」ミルディンは怒ったように言い、背中を向けると、年老いたカラスのように両肩をそびやかして歩きさった。骨ばった褐色の片手で顔をおおっているさまは、眼球からわたしの姿をこすりだしてしまいたいかのようだ。やがてかれはふりかえり、もどってきて、少し優しく言った。「グウィナよ、これには別の思惑もあるのさ。おまえがグウェニファーの館の一員となったら、目をちゃんと開いておいて、見たことをおれに知らせにくるんだ」

「わたしに奥方を見張れと？」

「奥方が内心何を考えているかを知っとくのは、おれの役に立つと思う。なんといっても司令官の奥方だからな。本心は何を考えているかを知りたい。それがわかるのは、側仕えの侍女しかいないだろう？」

わたしは涙をぬぐい、しゃっくりをした。わたしを完全にお払い箱にするつもりではないのがわかって、うれしかった。

「さてと。おれは今夜は、丘の上のおまえの昔の領主さまの館で寝たいな。あと何マイルもあるぜ」

かれは馬の腹を蹴って、走らせ、わたしはあとについて行った。女の子にもどることで、もうひとついやなことはあるが、それを言うつもりはなかった――ベドウィルとの友情が終わるということだ。

だが馬を進めてゆくうち、ベドウィルとの友情はもうほとんど終わっていたのだという気がしてきた。スリスにいた最後の二、三ヶ月、わたしたちのあいだには、あたかもランタンの角製の板に似た障壁があるようだった。かれはほとんど一人前の男で、ふわふわと生えはじめたひげを大いに誇りにし、狩りの腕前をやたらに自慢した。次の戦いでは、もう戦士として騎馬の戦列に加わるだろう。かれやほかの少年たちが女の子の話をしていた口調を思いだす。女の子に話しかける度胸はまだないくせに、女の子の話ならいくらでも続くのだ。市場で娘たちをじっと見ている。グウェニファーの侍女たちと通りですれちがうと、用心深い鳥よろしく頭がいっせいにそちらをふりかえる。笑い、小馬鹿にし、品定めをしているかれらの話の輪に、わたしは入れなかった。その話しっぷりを聞くと、おちつかなくなった。女の子の体のことばかり考え、心のことはほとんど考えない。女なんて、利用するもの、売り買いするものだと思っている。よっぽど馬のほうをたいせつにしている。

ベドウィルはぜったいわたしの正体に気づいていないと思うが、なんとなく居心地の悪さを覚えているのは知っていた。わたしのなめらかな頬、決してかれのようにひびわれたり低くなったりしない声。主人がわたしに魔法をかけているから成長しないのだ、と思っていたのかもしれない。

アイルランド人の所領のへりをかすめるようにして、川ぞいの道をわたしの昔の故郷へとたどっていった。午後になって、ハエの群れが水面にものうくわだかまるころ、ようやく、わたしの運命の岐路となったあの滝のある池へとたどりついた。

頭の中には無数の思いがわきかえっていた。馬たちが浅瀬で水を飲んでいるあいだに、わたしは膝をついて、水面に映るおのれをじっと見つめ、日焼けした顔にどこか娘らしいところがあるかどうか見定めようとした。「グウィナ」と言おうとした。死者の中から、その名の娘を呼びもどそうとしているような気がした。

24

わたしが育った古い農場は建て直され、屋根はぶあつい新しい茅《かや》で葺《ふ》いてあった。赤い牝牛が囲いの中で鳴き、子どもたちが川で遊んでいるわきを、日没のころに通りすぎた。裸の子どもたちはけたたましく笑い、お話をせがみながら、少しばかりあとを追ってきた。ミルディンの鞍袋の竪琴を見つけて、そのなりわいを推測したのだ。わたしのことは見なかったし、もしも昔の知り合いがいたとしても、わたしにはもう相手がわからなかった。あれ以来、どれだけ多くの水が下流へ流れていったろう。

アイルランド人はバン卿の昔の館で夏を過ごしていた。丘陵地帯にある自分のしめっぽい館よりよかったのだろう、とわたしは思った。デメティア出身で頬が赤くて笑顔をたやさないアイルランド人の女を妻にもらっていて、子どもたちが暖炉のそばで子犬のように喧嘩している。アイルランド人はしごく幸福そうだったが、ミルディンが、アーサーへの貢ぎ物の話を持ち出したとたん、生活がいかに苦しいかを口にした。この前の冬に牛の半分が死んだし、カーニューのクノモラスがしょっちゅう、荒れ地に住むスズ職人たちのところに襲撃隊を送ってくるのだそうだ。

これにこたえてミルディンは、東部の情勢を話して聞かせた。アーサーの最近の勝利つまりバドンの戦いとグウェニファーとの婚礼の件だ。話が終わると、かげに立っていたわたしを前に呼び出して、「こいつがグウィナだ」と言った。

長いことグウィンで通してきたあとで、こんなふうにまた自分の名前が完全な形で呼ばれるのは、へんな感じだ。「たしかに、男の子っぽく見えるかもしれないが、この子は女の子だ。よく見てくれ」ミルディンは言った。

みんなはしげしげと見た。ながめた。わたしのなめらかな顔やほっそりした指や、胴着の下でふくらみかけている小さな胸を。アイルランド人は驚いたようにうなった。

「バノウグの向こうの山岳地帯からつれてきたんだ。あそこにはドラゴンが一頭いてな。そこの人間は毎年三人の乙女をいけにえに出すのさ」

アイルランド人とその妻は興味をひかれて、身を乗り出した。杯持ちや戸口の衛兵も耳をそばだてて聞こうとした。床の上の子どもたちも、お互いをつねる手を止めた。主人が、いったいどんな人生をでっちあげてくれるんだろうと思い、わたしはせいぜいドラゴンのいる地方から来た娘にふさわしく見えるようにつとめた。

「実は」とミルディンが言葉をつぐ。「グウィナの父親はドラゴンなぞに娘をさしだすつもりはない、と固く心に決めていた。それで娘が生まれると、男の子だったことにし、男の子のかっこうで育て、少年たちといっしょに駆けまわらせて、ずっと少年として育ててきたんだ。しかし、もうそろそろ一人前の女だから、変装もむずかしくなった。それでおれは彼女をアクエ・スリスへつれていって、奥方グウェニファーさまの侍女にすることを引き受けたわけよ」

アイルランド人は、なるほどドラゴンがらみなら、そうするしかなかったろうな、という顔でうなずいた。

「問題はだ」ミルディンは、客用杯の中をのぞき、からなのに気づくと、突き出して、奴隷にお代わりを求めた。「問題は、この娘が女のやることを何ひとつ知らないってことだ。馬や狩りのことならよく知ってる。ドラゴンがおとなしくしているときを狙って、国に攻めこんでくる異教徒のスコットランド人相手に戦ったりもした。しかし娘たちの中で娘らしくふるまうことに関しては、まったく何も知らない」

アイルランド人は何かを求められているな、と気づいて、おもむろに眉を寄せた。「なら、しばらくこの娘をここにおいておくといい！」いきなりそう言った。もちろんその考えを吹きこんだのはミルディンだが、自分で考えついたことのように思って、それにしがみつき、アーサーおよびアーサーの味方への忠誠のしるしとして誇らしげに言いつのった。「そうだ、このノニタのところにおくがいいぞ。ノニタならなんでも教えてやれる。機織りも……それから……あとなんでもだ。そうだ！　ミルディンのためならなんでもするぞ」

それでわたしは黄金の晩夏のあいだ、ノニタとその侍女たちのもとにとどまり、ミルディンはひとりで旅立っていって、アーサー殿の新しい物語をカーニューのほうまで広めた。

最初は、ここがバン卿の領地だったころにわたしを見知っていたものに会わないかとびくびくしていたが、バン卿のほかの家来はすべて死んだり、逃げたり、奴隷となって諸国にちりぢりになったりしていたので、だれにも見とがめられなかった。そもそもだれかがわたしをちゃんと見知っていたことすらないのではないか。あのころ、わたしは浮浪児同然で、いまは娘になって、染めたカワセミ色の青い毛織りの服をまとい、枯葉色のマントを肩のところでスズのブローチでとめている。服は色あせていて、春に熱病で死んだ少女のものだったらしいが、わたしにぴったりだ。中身はまだまだ少年で、着るものにうるさくはなかったのだ。

館の娘や女たちは、わたしを好いてはいなかった。わたしは変わっていて、不器用で、はなはだ乱暴な口をきく、と思われていた。でも徐々に彼女たちから、女のやりかたを学んでいった。男のほうが話しかけてくるまでは、自分から話しかけない、それがひとつだ。スカートをからげて走ったりしない。何時間も縫い物やつくろいものをしながら座っているのもゆるやかな拷問だが、刺繍《ししゅう》はもっとつらい。毛糸や亜麻糸をつむぐ。布を織り、織り機の枠にぶらさげてある土製のおもりのぶつかる音に合わせて、歌を歌ったりする。塩の樽に肉を漬けこみ、粉をひく。やわらかいねり粉をこねてパンを焼き、そのさい両腕も頬も鼻さきも粉まみれになる。チーズやバター、クリーム、そしてバターミルクをこしらえる。ビールを醸造《じょうぞう》する。くすくす笑う。ささやきかわす。噂話に花を咲かせる。

そんな生活は、全然わたし向きではなかった。デューイが恋しく、主人が恋しかった。主人がもどってきたら、話をつけようと決心した。かれを拝みたおし、すがり、わかってもらうのだ。「女の子らしくしようとしたんですが、うまくいかなくて。男の子を長くやりすぎちゃったみたいです。声もへんだし。ほかの女の子みたいには動けません。わたしの縫い目はすぐほつれます。織り糸はすぐからんでしまうし。わたしの焼いたパンは、しめった毛織物みたいにやわらかいか、川底の石みたいに固いか、どっちかなんです」と言おう。ミルディンならわかってくれる、と思う。自分がまちがっていたと。ほかのやりかたを見つけてくれて、わたしはまた少年にもどれる。

「ドラゴンってどんななの?」毎日のように聞かれているうち、そんな物語を発明したミルディンを恨みたくなった。「見たことあるの? 吠えるの、聞いたことある?」

「一度だけあります。聞かないわけにはいかなくって。山腹から岩がふるえて転がり落ちるみたいな大声でした。ドラゴンが飛ぶのも見ました。馬を三頭合わせたぐらい大きくて、コウモリみたいな翼、熊みたいな鉤爪《かぎづめ》、それに蛇のしっぽを持ってました」

「赤かった? 緑だった?」

わたしはすばやく考えた。「あらゆる色がありました。赤と緑と、虹の全部の色が。無数の色合いで波打ってるんです。顎に、村からさらってきたかわいそうな娘をくわえてて、その娘はリアネスと同じくらいの大きさでした」と、ノニタさまの侍女の中で一番ぽっちゃりした娘をさした。彼女はねり粉みたいな顔色になって、きゃあきゃあ言いだした。ほかの子たちは目をまるくしてわたしを見た。あとで悪夢にさいなまれそうな顔つきだった。

その夜、うそをついた罰でもあるかのように、おなかがきりきり痛くなって目がさめ、ふとんが妙にじっとりと感じられた。ぬれたところにさわってから、窓からさしこむ月光にその手をかざしてみると、指が血で黒くぬれているのがわかった。

死ぬのかと思った。バドンの戦い以来、こんなに大量の血は見たことがなく、しかもあれは他人の血で、わたしの内部からひそかに流れ出しているわけではなかった。悲鳴でほかの娘たちが目をさまし、わたしのことを大まぬけだと思った。ドラゴンの物語でおどかされた彼女たちのことを、わたしがそう思ったように。ノニタさまは、月のものが来ただけですよ、と言った。女ならどこのだれでもそうなるもの。わたしたちには海のように潮の満干があるのです。月がわたしたちの血を呼び求めるのです。おまえ、知らなかったの。

たしかに、聞いたことがないわけではなかった。でも、自分はあまりにも男の子っぽかったから、そんなものが来るとは思わなかったのだ。横になってべそをかいているうち、ほかの娘たちはまた眠りにもどっていった。身体がわたしを裏切って、ミルディンの味方についたみたいな気がした。もう少年にもどるわけにはいかないのだ。月に一度、血まみれの布を洗う女なんて、戦士になりようがない。

でもだんだんそれにも慣れてくると――どうしても変えられないことに対しては、人間はそのうち慣れてゆくものだから――ミルディンはきっと知っていたのだ、と思った。雨がいつ降るか、霧がいつ立つかを知るかれの力が、わたしの中でじきにあれが起きることを、かれに告げたのだ。アニス・ウィドリンを出てから、西でなく東に折れていたら、あれが始まったとき、取り乱したわたしに起こされたのは、ベドウィルやほかの少年たちになっていただろう。

リンゴの収穫期が半分過ぎたころ、ミルディンがもどってきて、出発の時期だと言った。ノニタさまや太ったリアネスやほかの娘たちに別れを告げるのが、こんなに悲しいのを知って、わたしはびっくりした。でもわずかな持ち物と覚えた手わざの品を荷造りし、かれのあとについて、最初の秋雨の中、東へ馬を進めていった。娘になったいまでは、デューイに横座りしていたので、ポニーはそれを不自然に感じ、居心地悪げだった。青い服から色がしみ出て、足指に青空色のしずくが散った。靴が縮んで足が痛くなり、新しくのばした髪は雨に黒ずんで、ネズミのしっぽのように顔をふちどっていた。西風がスカートを吹きあげ、しめった足を冷やした。わたしはマントの中で身をまるめ、また少年になって、兄のベドウィルを追いかけて冒険に出てゆくという白昼夢にひたった。もう、わたしの未来には冒険なんかないんだ、と思い、憂鬱《ゆううつ》な気持ちで、ミルディンの背中を見つめていた。女に冒険はない。男たちの冒険が失敗したときに、つけを払わされて苦しむだけだ。

スリスが近くなるにつれ、わたしたちの足取りはどんどんのろくなった。ミルディンはちょくちょく理由をつけては街道を折れ、歌や物語で食べ物と水っぽいワインと寝るところにありつける、むさくるしい集落に立ちよっていた。アーサーが自分の不在のあいだ、どうしていたかを知るのがこわかったのだと思う。初めて子どもたちをおいて出かけた父親のような気分なのか。でも街の背後の丘陵地帯のいただきにたどりついて見おろすと、そこは覚えているとおりで変わっていなかった。その日は太陽が照り、突発的に天気雨が来る日で、ローマ時代の古い建物の赤屋根は秋の森のように明るく輝いていた。

街を取りまく城壁まであと数マイルというところに、昔の金持ちの屋敷跡があった。離れ屋や奴隷の寝泊まりする棟や、自前の鍛冶場がある。すべてくずれて廃墟になっていたが、母屋の一部にはまだ屋根があって、ミルディンは門をくぐって入った。男と女がそこで待っていた。近くの農家の人だ。わたしたちを見て、地面にくずおれるように頭をすりつけた。「これは、ミルディンさま」男が声をあげた。「お使者のかたの言われたとおりにしてございます」

「ここがおれの新しいうちさ」かれは言って、ふたりに馬の世話をまかせ、わたしをつれて中に入り、塗りたての石灰の匂いのする細長い部屋につれていった。アイルランド人の屋敷から指令を出して、この男女に屋敷の準備をさせ、アクエ・スリスの自分のうちから、わずかな荷物を運びこませておいたのだ。「今後アーサーがブリテンの軍勢を率いるとしたら、キリスト教の君主に見えなくてはならんからな。魔法や魔術師とは、ちょいと距離をおかねばならん。兵士や平民はまだ昔のやりかたになじんでいるから、おれがそばに住んでることは教えておく。でもアーサー殿は、メールワス王の使者には対しては、おれなど知らないというふりができないとな。『ミルディン？　ああ、あのいかさま師ですか。わたしの街にはおいてませんよ』と、こう言えるようにだな」

わたしは食糧庫を通りぬけて、建物の裏手の窓のところに行った。かつてはガラスがはまっていた窓だ。さびた窓枠ごしに、庭をながめると、数本の豆の列が、葉っぱと曲がった莢を揺らしており、またキャベツ畑があって、オークの巨木が一本すっくりと、森はずれに並ぶいじけた低木の若木のあいだからのびていた。それは木の巨人ともいうべきだったが、蔦《つた》がそれにぶあつくからみつき、幹は腐って穴が開き、最後に残ったわずか数枚の黄金の葉が午後の陽を浴びていた。

ふたりの召し使いはワインと食べ物を持ってくると、丘の向こうのわが家に帰っていった。ミルディンはかれらをここに住まわせたくなかったのだ。食事がすむと、わたしを残して、スリスまで馬で出かけていった。あとになって、スリスで何があったかを教えてもらったので、そのことをこれから書きしるそうと思う。その夜のわたしはといえば、新しいスカートのぺらぺらしたおちつかない自由に慣れるために、豆畑のあいだを歩きまわることしかしていなかったのだが。

ミルディンはスリスの門まで乗りつけていって、名のり、街に入った。城壁は、かれが示唆したとおりに修復されており、それを守っている男たちの規律も前より行きとどいていた。街はいつものようにみすぼらしい部分と金回りのよさそうな部分が同居しており、古い仲間がミルディンに声をかけてきて、広場に近づくと馬をあずかってくれた。

木で足場が組まれた籠みたいな宴の館、冬にアーサーといっしょに建設を計画した館の中に入ったかれは誇らしくも感じたが、あたりを見てがっくりもした。建てたということではたしかに偉業だが、かれの想像とは違っていた。まるい壁は、つりあい悪くふくらんでいた。かれの計画していた大きなガラス窓の列は、ゆがんだ穴だった。そして建物は、きちんと焼いたタイルの屋根ではなく、茅葺きの屋根の下にうずくまっていた。ミルディンは中を見るまでもなく、これでは暗くてせまくるしいし、床が土間では、アーサーの宴の料理の煙が、雨漏りのする屋根の下にわだかまってしまうだろうと思った。

ふいに不安になった。あまりに長くここを留守にしたように思った。

アーサー殿は古い円形劇場で、白い子馬が引き綱に引かれてぐるぐる回るのを見ていた。何人もの男たちに囲まれている。ミルディンがそちらへ歩みよると、聞き慣れた鈴をふるような笑い声が耳に入り、アーサー殿の昔の女だったクーナイドがかれのそばに立っているのが見えた。

「彼女のことはもう遠ざけられたと思っていましたが」最初の挨拶がすみ、アーサー殿としずかに話ができるようになったところで、ミルディンは言った。「新しい奥方はどうされました？」

「あの鷺《さぎ》か」アーサーはちらちらと子馬に目をやるのをやめない。つややかな横腹ともちあがる蹄《ひづめ》の切れのよい動きに見入っている。「あれは冷たい女だよ。なぜ、クーナイドのように情熱的な奥方を見つけてくれなかったんだ」

「グウェニファーさまは必要です。メールワスの身内ですから。あのかたの生む息子は、アンブロジウスの子孫になります」

「何が息子だ。あれは石女《うまずめ》だ。六ヶ月になるのに、まだ懐胎《かいたい》のきざしがない」

それはグウェニファーのとがではないかもしれない。なんといっても、クーナイドも長年アーサーのそばにいたのに、懐妊のきざしがなかったのだから。だがミルディンはもちろん、その考えを口に出すことはしなかった。その代わりに子馬が頭をそびやかせ、たてがみをふりたてて、通りすぎるのを見つめた。蹄の音に、階段状に並ぶ石の座席がこだまを返す。

「きれいだろ」アーサーは奥方から馬のことに話題を転じられて、うれしそうだ。「先週、襲撃に出てさらってきた」

「隣りの領地に襲撃をしかけているんですか。アーサー殿、メールワス王はあなたがただの山賊だと知ったら、ぜったいに司令官にしてくれませんよ」

「必ずしもメールワスの軍勢などいらん」アーサーは子馬をじっと見つめている。「ここはいい土地だ。ここで安泰に暮らせる。サクソン人どもの土地に攻め入らんでもな」言ってから、ちらとミルディンに目をやり、かれの不満を見てとった。「ともかく、おれが襲ったのはメールワスの土地ではない。北と東、カルクヴァニスの土地だ」

ミルディンは腹が立って言葉も返せなかった。あれほどがんばって、メールワス王にアーサー殿こそ未来をになう器だと説得したのに、また一からやり直しなのか。カルクヴァニスの諸侯と盟約を結ぼうとも考えていたのに、こうなっては向こうから願い下げだろう。ミルディンは、強奪されてきた子馬が、ぐるぐると、どこへもたどりつかずに回りつづけるのを見つめた。

「西から、わたしの身内の若い娘をつれてきました」ようやくそう言った。「グウィンは家族のもとにもどったのですが、その義妹がついてきました。いい娘です。グウェニファーさまの侍女によいのではと……」

アーサー殿は気をひかれたふりさえ見せなかった。「ああ、かまわんとも」と言って背を向け、調教師らに向かって大声を出した。「馬の好きにさせろ！　走るところを見ようじゃないか」

25

そんなこんなで娘にもどる変身も完了して、わたしは女の世界に、そしてグウェニファーさまの館に、足を踏み入れた。ナイフを骨製の針に持ちかえ、楯《たて》を縫い物の枠に持ちかえ、狩りと戦いの夢を……そう、これの代わりはなかった。娘たちがどんな夢を見ているか、まだわからなかったからだ。ノニタさまのところの娘たちのおしゃべりを参考にするなら、たいていは夫を求めているらしかった。でもわたしは夫はほしくなかった。冬の夜、わたしはみんなといっしょにグウェニファーさまの暖炉を囲んで座り、奥方さまや年かさの侍女たちが愛の物語、い愛する人のために気高い行為をなしとげる男の人の話をするのに耳を傾けていた。でもわたしは少年たちのあいだで暮らしていたので、男というものがほんとうは女をどう見ているかを知っていたし、それが愛とは無関係であることもわかっていた。

ひっそりと迎えいれられたこの生活は、最初に男の子になったときと同じくらい衝撃的だった。ノニタさまの屋敷にいたあいだにその一端はうかがい知ることができたが、少なくともノニタさまに仕える女たちには仕事があった。バターを攪拌《かくはん》したり、収穫時に男の人といっしょに笑いながら果樹園に行ったりするようなことは、アーサー殿の奥方にはふさわしくないだろう。アーサー殿にはそういう仕事をさせる奴隷がいる。グウェニファーさまと侍女たちに残されているのは、ちょっとした縫い物――自分たちの新しい衣装や、ベドウィン司教さまの教会のための祭壇布――と、噂話だけだ。わたしはおしゃべりがうまくなかった。口を開いたら、馬の世話をしていた名残の、がさつで乱暴な言葉がぽろりと飛び出してきそうで、わたしはたいてい口をつぐんでいたし、ほかの娘たちは、わたしがたまに丘陵地帯のなまりでもごもご言うだけの不器量もので、よい生まれでもなく、お針もへたなのを見てとって、素朴で単純な人間だと片づけ、かまわないでいてくれた。中には、最初のころ、わたしのことを少々こわがるものもいた。ミルディンと関係があるのは知られていたから、かれが魔法で花からわたしを作りだしたのだ、という噂をたてるものもいた。でもグウェニファーさまはわたしをかばい、みなを集めて、この子は海の向こうからきた気の毒なよるべない身の上なのだから、キリストの慈悲をもって接しなければいけませんよとおっしゃった。そのあと、娘たちは特に親切になったわけではないが、少なくとも、わたしがハイイロガラスに変身して、自分たちの魂を盗みさるのではないか、という顔はしなくなった。しばらくすると、わたしが近よっても、魔除けのしるしを結ぶこともしなくなった。

アーサー殿はあまりちょくちょくグウェニファーさまのご機嫌うかがいにやってくるわけではない。奥方がそこにいて、ちゃんとした妻らしく、侍女たちに囲まれて無事に館の一画を占めているだけで十分なのだ。客があって自慢をしたいときには、毎日の終わりに、館でかれの隣りに座るのはクーナイドだ。いずれにせよ、アーサー殿はあまり女と長くいっしょにいる人間ではない。男たちはみんなそうだ。男と女の世界は、夜と昼、空気と水のように異なっている。

それなら、わたしってなんだろう？　わたしは両方の世界に暮らしたことがある。どちらにもしっくり溶けこめなかった。

デューイに会えないのがさびしい。ミルディンは、ポニーだって、おれの新しい家の裏手にある細長い、緑のおいしい草の生えた放牧場にいるほうが幸福だろう、と言っていた。でもそれでもあのポニーに会いたいし、向こうもわたしに会いたいのではないかと思う。いまはだれが額髪のほつれを梳いてやり、なでて、かわいがって、おいしいものを持っていってやるのだろう。ミルディンがそんなことをするとは思えない。ミルディンがポニーを長く飼いつづけるだろうとも思えない。乗る少年がいなければ、ポニーに使い道はないのだから。

ミルディンにも会いたかった。ときどき、グウェニファーさまがわたしを使いに出してくださるとき、このままずっと歩いていって、街を出て、緑の草地をうねっている小径をたどって、かれの家まで行けたらいいのに、とよく思った。でも、ひとりではどこへも行ってはいけないことになっているし、ほかの娘はだれもわたしについてきてくれそうになかった。みんなミルディンをこわがっていて、かれの屋敷の入り口を守る護符やどくろや綱の結び目でできた結界を越えようとしたら、呪いがふりかかるのだ、と信じていた。結び目ひとつひとつに、まじないが織りこまれているはずだと。それに、もしわたしが戸口にやってきたのを見たら、ミルディンはなんと言うだろう。わたしはもう用ずみで、お払い箱になったのに。わたしが会いたいと思うほどには、かれはわたしに会いたいとは思ってくれないだろう。

ここでの最初の冬、わたしはミルディンに会えるのを心のよりどころにして暮らしていた。大広間で総出の宴があるとき、ミルディンは竪琴を取り出して、物語を語って聞かせ、語りながらその目は、火を囲むすべての顔、顔の中からわたしの顔を選んで、見つけだす。またほかの娘たちといっしょに市場へ行くと、かれが通りかかる。すると娘たちは十字を切り、あとずさるが、わたしはミルディンの身内だということになっているので、わたしがかれに話しかけるのを止めることはできず、かれも、元気かい、とたずね、わたしはこまごまと話して聞かせる。グウェニファーの胸のうちはどうなのか、と、いつきかれるかと思っていた。なんといっても、それを探る目的で、わたしは彼女の館に送りこまれたのだ。ミルディンはわたしを間者にしたことを、忘れてしまっているようでもある。あるいはグウェニファーさまは見張るほどの存在でもない、と見切りをつけたのか。

わたしはそれがうれしかった。新しい奥方さまが好きになり、今度の愛のない結婚についての噂話を、たとえミルディンにであっても、流したくはなくなっていた。奥方さまは冷静で影の薄い方かもしれないが、実はさりげない遠回しな優しさを持っている。

それは半分幽霊になりかかった人といっしょに暮らしているようなものだが、でも気持ちのよい幽霊なのだ。ときに、気分がのると、奥方さまはいろいろな物語をしてくださる。父上の家庭教師をしていた家族同然の老奴隷が、娘時代の奥方さまにそういう話を聞かせてくれたのだそうだ。オデュッセウスの物語、アエネアスの物語、女王クレオパトラの物語。この湿気の多い島で慣れしたしんできた話より、一段上の部類の話だ。ここへ来た初めての冬に、何人かの娘たちが湿地熱にかかると、奥方さまはあらゆる憩いをなげうって、みずから看病をされた。夜には寝棚のそばにつきそい、ほてった顔を冷たい水でぬぐい、歌を歌って聞かせる。お疲れで、ご自身が半死半生なのに。そして医者がさじを投げたのに、娘たちは回復した。奥方さまはミルディンのように、ハーブの使いかたや古いギリシア名前の男性の書いた医書を知っておられるわけではないが、ミルディン以上の癒しの力がおありだ。

もちろん、そのことも、わたしはミルディンには言わなかった。

わたしがグウェニファーさまのお側仕えになったころ、ベドウィルはアーサー殿の遠征に加わって不在だったので、一週間かそこらはかれのことをあれこれ思いなやんだし、わたしのことがもうわからないかもしれない、と思った。でもかれがもどってきたときには、わたしのほうがかれのことをわからなかった。いまではすっかり戦士の風格があり、戦士らしく大言壮語し、楯には自分の殺した人数を示す刻み目を五つつけていた。少年の日々ははるかかなたになり、それが恥でもあるかのようにどこかへしまいこみ、友だちのグウィンの思い出もそれといっしょに片づけてしまったようだ。馬で通りすぎながら、娘たちにくまなく目を走らせたが、よく見たのはきれいな子だけだった。彼女たちが照れくさそうに笑いながらかれの噂をしているのを聞いた。とてもかっこうがいいとか、あの人をだんなさまにしたらすてきだとか言っている。わたしがかけっこでかれを負かしたことや、エニシダの茂みに落っこちたかれのお尻から、棘《とげ》を抜いてやったことなんかを知ったら、どう思うだろう。

年が移りかわる暗鬱《あんうつ》な季節であるクリスマスのころに一度だけ、かれが半分酔っぱらって市場に立ちよったところへ、わたしがふたりの娘といっしょに通りかかった。「おまえのこと、知ってる」風に吹かれた髪のふさでおおわれているわたしの顔をじいっと見つめて、かれはそう言った。「知ってる。おまえはミルディンの従者だったグウィンに似てる。おれといっしょにバドンの戦いに行ったグウィンに」

「グウィンはわたしの義兄です」かれの長靴に目を落とし、猫のようにおとなしやかに、わたしは言った。

「おまえの顔、そっくりだ。あいつと同じくらい不細工だな！」

わたしはかれの前の、小雨でまだらになった砂利を見た。かれがわたしを選んで話しかけたので、ねたましさに固まっていた娘たちは、わたしが不細工だと言われて、ほっと力を抜いた。

「あいつは故郷で身内のところに帰ったって？」

「ええ、アルモリカにです」わたしは口の中で言った。

「身内は全部殺されたと言ってたのに。だけど逃げのびたんだな。そしてあいつに迎えをよこしたのか」声はひびわれている。泣く一歩手前なのか、とわたしは思った。戦士が、たまたまワインの袋を空けすぎてしまったとき、古い仲間をしのんで嗚咽《おえつ》するようなぐあいに。だが、ベドウィルの友だちがふたり、笑いながら近づいてきて、娘たちがきゃっと言うような言葉を叫び、城壁ぞいの居酒屋のどれかへと、かれを拉致していった。

かれが、よろめくような足取りでわたしから離れ、冬のたそがれの中に入っていくのを、わたしは見送った。倒れそうになるところを友だちに支えられていた。戦がないときの男たちの日々は、女たちの日々と同じように退屈だが、男は針仕事や噂話の代わりに、酒で時間をつぶすのだ。

また少年になれるのだったら、そして川ぞいの原っぱでかれとかけっこができるのだったら、何を捨てても惜しくはないと思った。

アーサー殿の戦いは続いた。ときには東のかた、サクソン人の国境まで馬を進めることもあるが、略奪の大半は自分の根城に近いところで、カルクヴァニスやそれより奥地のグウェントの国境のひよわな村落を標的に行われたらしい。もっとも、グウェニファーさまの館の中に囲いこまれているいま、わたしがその実状を知るのは前よりむずかしい。わたしが知っているのは、ミルディンのアーサー物語がいよいよ大きくふくらんでいって、かれこそ、サクソン人を海の向こうに追い返すと予言された赤いドラゴンだとまで持ちあげたことだ。戦隊がもどってきて、ときおり、いくつかの鞍がからだと、わたしが少年時代を知っていた男たちが戦いで命を落としたことがわかった。たまに、いっしょに暮らしている娘たちのひとりが、アーサー殿の配下に花嫁という形で与えられ、グウェニファーさまの館には新しい娘が代わりに送られてくる。

こうして二年間が、暗渠《あんきょ》を流れくだる雨水のように過ぎ去った。おしなべてよい二年だった。メールワス王はアーサー殿をなかなか自軍の司令官にしてくれなかったが、アクエ・スリスや、その西で奪取した土地を、アーサー殿が領有することには文句を言わないようだった。そして北方の国境では、カルクヴァニスに忠誠を誓っていた群小国がひとつまたひとつとアーサー殿の傘下に入り、スリスの倉は、カルクヴァニス王におさめられるはずだった貢ぎ物でいっぱいになった。

アクエ・スリスのわたしに関していえば、なんの変化もなかった。ただ、何週間も雨が続いたあとのある春の夜、どさっ、ばりっ、ずるずるという音に目をさまして、戸口から出てみると、ミルディンの手がけた円形の大いなる宴の館がくずれおちていた。

26

女たちのささやかな生活なんておもしろい物語にはならない。だからこそ、ミルディンの話には若い娘が出てこない。出てくるとしても、英雄が冒険の最後に勝ちえるごほうびとしてだ。だからわたしは読者をアクエ・スリスの南につれていって、別の話をしたいと思う。海辺にある〈長ナイフのペレドゥル〉の館の広間で何が起きたか、という話を。わたしは、自分もペリのようにしとやかで少女らしかったらいいのにと願いながら、ときどきあそこのことを考えた。ペリとわたしがあの酔っぱらいの聖者にいっぱい食わせ、天使に出会ったと信じこませたあの日のことを夢に見る。でもわたしがあそこを出たあとで、何があったのか、その変化には決して思いが及ばなかった。

世間では、あの一件は〈聖ポロックの奇跡〉として通っている。アーサーの軍勢がやってきて〈長ナイフ〉の後家殿に宴席をもうけることを求めたあの事件以来、老聖者は聖霊との交わりにすっかり没頭してしまい、修道僧たちは神さまがこんなすばらしいしるしをお示しになった、と口々に叫びながら、胸壁のまわりを歩きまわったので、みんな眠れなくなった。そのしるしとは、ポロックさまのもとに天使ガブリエルが訪れ、嵐の海に身を投げるよう命じられたことだ。そしてポロックさまはそれに従い、わが身が沈まぬよう、神の御手が無事に支えてくださるだろうと信じて飛びこんだ。あんな荒海ではだれも生きていられるわけがない、と僧たちは言った。この世で最悪の嵐が荒れくるい、真っ白な波頭を引き裂き、小型漁船は一マイルも陸のほうに吹きもどされた。その中で聖者さまは勇敢にそれを乗りきられた。自分たちはこの目で見たではないか。聖なるおつむりが漁師の使う浮きのように、波の面に上下しながら、泡の奔流をかぶるたびに、喜びの祈りを大声で叫んでおられるのを。

（実際に聖者が叫んでいたのは「神さま、お助けを！　わーっ、ぎゃーっ」だったのだが、それもお祈りのうちに数えてもいいのかもしれない）

　聖ポロックは以前にもまして信心深くなった。あのとき、突然のまぶしい日の光の中にうずくまって、開けはなたれた扉から吹きこむ砂利まじりの風の中、ぎゅっと閉じた目の奥に刻みつけられた翼ある天使の残像によって、おのれの魂が炎によってふたたび金属のごとく鋳《い》なおされるのを感じていた。氷のような海中で転げまわったことが、その体験をさらに真実で強烈なものへと鍛えあげた。暴君アーサーが、おのれの教会堂から宝物を強奪していったことは、鋳なおされたその金属の刃をさらに鋭くしただけだった。かれは神の右手のひとふりの剣になったのだ。

　かれはワインのつぼをすべてひっくりかえし、中身を砂まじりの土に吸わせてしまった。飼っていた豚を囲いから解き放ち、鼻を鳴らしながら砂丘の背後の森へ駆けてゆくかれらに向かって、願わくは主よ、かれらに長寿を与えたまえ、と祈りの言葉を唱えた。今後はわしも僧たちも水とキャベツで生きてゆくつもりです、と。かれらは毎朝、海に行って、冷たい波に身をきよめた。運がよければ、激しい引き波にさらわれて、天国の栄光へとつれてゆかれるかもしれない。

修道僧たちのほうは、このなりゆきをそれほど喜んでいたわけではない。肉も、体を温める酒もなく、海風がさんざん吹きこむ、ひっくりかえった鳥かごと大差ないような、それぞれの小屋の中でふるえていた。聖者は連日連夜、かれらを腹をすかせた海へと送りこむ。キャベツ中心の食事のせいで、音痴の天使が吹き鳴らすラッパのごとく、かれらのローブの下からは、しょっちゅう耳ざわりなおならの音が噴きだした。ひとり、またひとりと、僧たちは出奔し、もっと楽な方法で神さまにお仕えできる場所へと去っていった。

聖者の共同体はこうして衰退の色を見せ、無人の小屋は朽ちていった。しかし聖ポロックは絶望という罪には決して屈しなかった。かれは庵《いおり》を捨て、風の吹きまくる海岸をあちこち歩きまわり、村人におのれの奇跡を説いて聞かせた。人々は網を置いて、耳を傾けた。かれらの生活は苦しかった。この苦しみは自分たちのあやまちのせいである、と聞かされると、これまでにない喜びが感じられた。もしもまことの神に、もっと誠実にお仕えして、昔のやりかたを捨てていたらよかったのに！　聖者の言葉にたきつけられたかれらは、狂ったような破壊活動に突入した。古い神々の小さな社《やしろ》は粉々に打ちこわされた。聖なる泉に飾られていたものもはぎとられた。夫を海でなくしたしなびた小柄なやもめは、魔女だと言いがかりをつけられ、高波で身をきよめさせられたあげく、溺れてしまった。

そうすると、そのごほうびに神さまはベーコンを下さった。内陸の森には、これまでイバラより滋養のあるものなどなかったのに、突然豚の一団があらわれ、あまりにも人に馴れているので、かんたんにおびきよせて、槍で刺すことができた。これぞ第二の奇跡！　魚にあきあきしていた村人は豚肉をあぶっておなかを満たし、かりかりの皮に舌鼓を打ちながら、天国は近づいた、と確信したのだった。

〈長ナイフ〉の館の壁の中から、ペレドゥルと呼ばれた少女は外をのぞき、料理の火が燃えているのを見た。ときどき突風が、遠くの熱っぽい祈りの声をきれぎれに、矢来のすきまから運んでくることがある。

館そのものがくずれ、廃墟と化しかかっていた。ペレドゥルの父が亡くなったころから、すでに廃墟のようだったのだが、聖ポロックと修道僧たちが、腐ったリンゴの内部でぶんぶん騒ぎたてるスズメバチよろしく、そこを占領して、見かけだけの活気を与えていた。その聖ポロックがいなくなって、修道僧たちの小屋がひからびた牛糞のようにばらばらに壊れてゆくと、そこはからっぽだという感じがしてきた。使いつくされた場所。

ペレドゥルの母親は、それも自分のせいだと思っていた。聖ポロックは出てゆく前に、暴君にして黒い牝狼の子であるアーサーを歓迎したおまえは悪い女だと告げたのだ。彼女は平伏して、お許しをこいねがったが、聖者は許す気持ちもなく、肩ごしに呪いの言葉を叫びながら、ずかずか歩きさった。そのあとでは彼女はいよいよ、祈りを守りの壁とする自分の小世界にひきこもってしまった。日がな、部屋の中でもぐもぐつぶやきながら過ごしていた。侍女たちも愛想をつかした。煙出しの穴から風が吹きこみ、建物全体がたて笛のようにひゅうひゅうと音をたてる、このみすぼらしい館の中で、ひもじい思いをしているのがいやになった。三々五々、侍女たちもそこを出ていった。聖ポロックに従うものもいた。アーサー殿が来た晩にかれと寝た娘は、かつての修道僧のひとりといっしょに出奔した。残ったのは、年のいったものばかりだ。ほかに行くところのない、しなびかけた女たち。彼女たちはギンセンカの種子のように、館のうす暗がりをきぬずれの音をさせながら動きまわっていた。

ペリも変わりはじめていた。さらに背がのびて、どれだけ服をかえても全然似合わない。広い胸と力強い腕にはりついたようになってしまう。声も低くなった。顎や上唇や喉もとには、うっすらとひげが生えはじめた。

母親は貝殻のふちをとがらせたものを使って、ひげを剃るやりかたを教えた。ペリは、ほかの女はだれもひげなど生えないことに気づいた。こっそり剃っているんだろうか。「毛深いのは、神さまに選ばれた何人かの娘たちだけなのだよ」母親は悲しそうに言った。「つまりそういう娘たちを男たちは醜いと思うから、結婚したがらない。おまえはいつまでもここに、わたしといっしょにいるんだよ」

ペリには、自分の気持ちがよくわからなかった。軍勢が出ていったあと、アーサー殿と寝た娘、のちに修道僧と逃げた娘は、ペリのことをからかって、お嬢さまはアーサーの光り輝く騎士たちのだれかさんと恋に落ちたのね、と言った。でも、そのときでさえペリには、そうではないことがわかっていた。ペリは訪問者たちに夢中になり、兜《かぶと》や馬具の最後のきらめきが海のしぶきのもやにつつまれた街道に消え去ったあとも、何週間かは目の前にそれがちらついていた。でも、彼女はそのうちのだれとも結婚したくはなかった。彼女は、ただかれらのようになりたかったのだ。馬を手に入れて、広い世界に乗り出してゆき、このわびしい館をあとにしてゆくこと。

からになった修道僧たちの小屋と小屋のあいだで、彼女はこっそりと、柵の棒を研いで槍にし、それを投げる稽古をしていた。ほどなく、二十歩離れたところからでも、教会堂の壁にチョークで描いた聖ポロックの肖像の心臓部に当てることができるようになった。

娘らしいわざ——織物と針仕事のわざ——を生かして、ズボンと男物のチュニックをこしらえた。聖ポロックの教会堂にあえて入りこみ、祭壇の後ろから古いカーテンを盗み、マントに仕立てた。兜も必要だから、厨房《ちゅうぼう》にしのびこみ、鍋を失敬してきた。料理用のナイフを剣にした。料理人は気がつかなかった。自分の名前すらあやしいくらいの老婆だったからだ。

こうして間に合わせの男装に身をつつむと、ペリは森の中を駆けまわり、鳥を追いかけたり、木製の槍で豚を狩ったり、空き地を守るように立っている紫の冠毛のアザミ相手に決闘したりした。料理用のナイフを使って、きれいな茶色の髪を切りおとした。頭おおいの布があるから、だれにも気づかれないだろうと思った。

ある日のこと、彼女は家に帰り、胸壁のかげで女の服に着替え、館に入っていって、母が死んでいるのを見つけた。年老いたギンセンカみたいな女たちは、さらさら、ごとごとと音をたてて、なきがらをテーブルの上に安置した。ペレドゥルはどうすればいいのかわからなかった。海水のような涙が顔を流れくだり、それが口もとに達すると、茫然とそれをなめた。母が死ぬなんて夢にも思ったことがなかった。

春だった。まだ風が強く、冷たい海岸は塩で白くなっていたが、少なくとも館の下の墓地にはわずかに花が咲いていた。ペリは鋤《すき》を手に取り、穴を掘って母を埋葬し、女たちがまわりを囲んで、祈りの言葉をつぶやいている中で、土を穴の中にかけもどした。

平たい石を墓石として立てようとしていたとき、聖ポロックがやってきた。後家殿の死の噂がなぜか耳に入ったらしい。信徒の群れを後ろに従えていた。ペリはそれを胸壁の上からながめた。物乞いの軍勢のように浜辺を一列になって、走ってくる。何人かはかぼそい白い両腕をのばして、天国の下辺から天使の羽根が舞い落ちてくるのを受けとめようとしているかのようだった。何人かは海にばしゃばしゃ入っていって、転げまわり、その頭がカモメの群れのように浮きつ沈みつしている。行列の先頭には、足の短い老馬にまたがった聖者その人がいた。わずかに残った髪の毛が、凄まじい聖なるみ顔を、白く輝く暈のようにふちどっている。

かれらはぼたぼたしずくを垂らし、くしゃみをし、キリストをたたえながら、板を渡した道をたどって館へとやってきた。女たちはばらばらばらと逃げ去った。聖ポロックは馬を下り、母の墓のそばに立っているペリを見つめてまばたいた。

「主はこの場所を、かの罪深い女の手から解き放たれた」大声でそう叫んで、ふるえる手で、真新しい墓をさした。風の強い浜辺で説教をしすぎたために、かれの声は牡牛のように野太くなっていた。ペリは耳をふさいだ。聖者は声を張りあげた。「死が奥方をつれ去った。奥方のものであったこの館は、いまや神の家となったのだ！」（聖者は、網や魚の鱗《うろこ》の上で眠るのにもほとほと飽きて、後家殿の死の知らせを、これにて汝の放浪も終わり、彼女の館に居を定めよ、という啓示だと受け取ったのである）

「でも、わたしの母上です！　お弔《とむら》いの祈りを唱えにいらしたのでは……」ペリは言った。

「して、おまえは何者じゃ」聖者はあまり目がよくなかった。目を細めてペリをながめ、女のような姿から、男の声がするのに驚いた。

「わたしはその娘です」

「娘？」聖者は近づいてきた。「娘とな？」

墓掘りの重労働のおかげで、ペリの顔には汚れと汗がすじを引いていた。袖をまくりあげ、やせてはいるが筋肉がつき、うっすら黒い毛におおわれた腕があらわになっていた。母の死に取り乱すあまり、毛を剃るのを忘れていた。墓場にさしこむ、すべてをあらわにする鋭い陽光のもとでは、彼女の真実の姿は隠しようもなかった。

聖ポロックの太い眉がはねあがった。これまで漁民たちに向かって、喉をからして、罪深い者たちのやりかたについて語り聞かせてはきたが、ペリほど罪悪深重の存在は見たことがなかった。聖者はペリの服の錦織の胴着をひっつかみ、かたわらに引きよせて、ぼろぼろの群れに向かって、その姿を示した。

「見よ！」大声で叫んだ。「この館にひそみおったよこしまを！　この屋根の下にはかくも不届きなことが隠されておったのじゃ。このわっぱを見よ。このものは邪悪にまみれておる。女の服をまとうなぞ！　かような罪悪の深さは底知れぬわい」

わっぱ？　わっぱだって？　ペリは驚いて、あたりを見回した。海の波濤《はとう》のような怒号《どごう》が彼女の上にはじけ、その音とともに真実が見えた。彼女――かれ――は、叫びたてる顔、顔の輪を見回した。ほとんどは正当な怒りの声だったが、中にはあからさまな嘲笑《ちようしよう》もふくまれていた。刺繡《ししゆう》のドレスを着こんだ、この背の高いまぬけな若者ほど、ばかばかしいものは見たこともない！

聖ポロックはペリの頭おおいの布をはぎとり、不器用に刈られた頭をみなの前にさらした。「失せろ！」聖者は叫んだ。「この場所から立ち去りおろう！　走れるものならば走って逃げよ。その罪の重さに打ちひしがれながらな」

ペリのこぶしが聖者の顔の真ん中に炸裂《さくれつ》した。鼻が折れる音は、まわりの笑い声より大きかった。かたずを吞む音。沈黙の中で、聖者はよろよろとあとずさり、どさっとへたりこんだ。片手を鼻に当てる。血が指のあいだから噴きだした。天から火柱がくだるか、足もとに燃える穴が開くかと思い、全員があとずさった。お互いを引きよせあうようにして、ペリに道を空けて通した。かれは一度だけ母の墓をふりかえり、大股に門のほうへ歩いていった。ドレスが許すかぎりの若者らしい威厳に満ちて。聖者に従う男のひとりが、追いかけようとしたが、ほかのものが引きもどした。おそらくかれらも、傷ついて怒りに満ちたこの若者に、面と向かうのを恐れていたのだろう。かれのことをあわれと思ったのかもしれない。

ペリは森に駆けこんで、若いカバの木立に身を隠しながら、聖者の軍が自分の館を占領するのを見ていた。かれらに怒りは感じなかった。ある意味で、かれらは自分にとってよいことをしてくれたのだ。自分が何者であるかを教えてくれた。わっぱ。若者。いまでは男の名前が誇らしくなった。ペレドゥルの息子ペレドゥル。

実はそのことは前から知っていたような気がする。少なくともずいぶん前から。天使に化けたあの日、グウィンという少年がへんなことをたずねてきたものだ。「なぜ、そんなかっこうをしてるんですか」と。グウィンが何を言おうとしていたのか、ときおり思い返して首をひねった。それがいまではすとんと腑に落ちた。

グウィンのことを考えると、アーサー殿のことも浮かんできた。

その夜、ペレドゥルは海ぞいの母の館にこっそりともどってきた。館の中で聖者の信徒たちがお祈りを唱えているのが聞こえた。かれは胸壁の下の隠し場所から、ズボンと上着と、旅用のマント、料理ナイフ、そして鍋でこしらえた兜を取り出した。真新しい墓のそばにひざまずいて、母のために祈りを唱え、もっと長生きして、ご自分でグウィンの問いに答えてくだすったらよかったのに、と思った。それから聖ポロックの馬を盗んで、アーサー殿を探しに出かけていった。

27

春のある一日のことが、白い小石のようにくっきりと、わたしの記憶に残っている。木々は花ざかりで、何万もの花々が川辺の草地のたけ高い草の中に咲きみだれていた。わたしは十五くらいだったか。少年としての生活は昔のものになり、おぼろにかすみ、忘れられかけていた。どうしようもない髪も背中に垂れるようになり、ふたつの太いおさげにしている。奥方グウェニファーさまからいただいたおさがりのドレスを着ていた。

そう、わたしは若い貴婦人になっていた。同じ年頃の娘たちとおしゃべりをし、年下のものの面倒を見、奥方さまのお世話をし、当時わたしたちのもとに護衛として派遣されていた若者の目をひこうとする。歩いているわたしたちのかたわらを、かれの馬がついてくる。その酵母《こうぼ》のような匂いが、花の香りとまじりあい、娘たちはだれが一番かれの近くを歩くかで競いあうのだ。残念ながら、かれの目が見ているのはセレモンひとり。セレモンはカイの娘なのに、不細工な父親にも、太った母親にも全然似ていない。セレモンこそ、わたしたちが夢に見るような美人だった。小麦色の金髪、こがね色とあかがね色の斑点の散った灰色の目。藁《わら》を織って作った車輪のような、つば広の帽子をかぶっている。光があたると、そばかすが見えてしまうからで、彼女はそばかすが大嫌いだったが、わたしは似合っていると思う。しかも、帽子の織り目から光がさしこんで点々と斑を散らすと、黒い点と明るい点とで、そばかすの数が倍に見える。

小さな子たちはけらけら笑い、年上の娘たちはおしゃべりに忙しい。先頭を行く奥方グウェニファーさまさえ、笑顔でいらっしゃる。川ぞいをピクニックに行くところだ。

道のりの半分ほどのところで、さほど遠くない丘の斜面を馬に乗った男が下りてくるのを、だれかが見つけた。娘たちは不安そうに身を寄せあった。カルクヴァニスの王が、アーサーにかすめとられた土地を取りもどすと豪語している、との噂が聞こえてきていた。あれは、その襲撃隊の先鋒なのではないか。

馬が遠くの木立を抜けてくるとき、太陽が金属を輝かせた。わたしたちの護衛はポニーの腹を蹴って前に出ると、これこそ腕の見せどころだというように剣を抜いた。

「相手はひとりですよ」グウェニファーさまが牽制するように声をかけた。護衛がさき走って、罪のない旅人を串刺しにするのは避けたいとお思いになったのだ。

光にまぶされた野の花の中、騎馬の男はひとりで近づいてくる。馬はすっぱいミルクの色をしていた。マントは蛾に食われたカーテンだ。兜《かぶと》は厨房《ちゅうぼう》の鍋。ひとりが笑い、ほかの娘もこわさを忘れて笑いに加わったところで、男は老いぼれ馬をわたしたちの前で止めた。革の胴着は小さすぎ、長靴は大きすぎた。曲がった古い肉切り包丁をベルトにさし、鞍にくくりつけてある投げ槍は、ただの柳の小枝のさきをとがらせ、焼いて黒くしたものが束にしてある。鍋のふちでかげになった日焼けの顔が、ぱあっと大きな笑みを見せた。

「アーサー殿の館を探しているんだけど。ここかな」

ペレドゥルだ。わたしはかれのことがあまりに恥ずかしくて、ここでかれに会った驚きを感じるどころではなかった。本人が、自分は女でない、とわかってくれたのはうれしいが、鍋は厨房に置いてきてほしかった。自分がどんなにうすのろに見えるか、わかっていないようだ。かれときたら、ブリテン全土で最高の戦士だといわんばかりの顔をして、馬上で満面の笑みを浮かべているのだ。わたしは、かれのことも自分のことも恥ずかしくて、真っ赤になった。

グウェニファーさまはさすがにお育ちがよくて、侍女たちのくすくす笑いには加わらなかった。でもその奥方さまでさえ、この客人のところへ歩いてゆかれるときには、顔から笑みを消すことがおできにならなかった。それでもグウェニファーさまは優しくおっしゃった。「アクエ・スリスはアーサーが治めておりますよ。わたしはアーサーの妻です。で、あなたは——遠くからいらしたのですか」

「何日もかけてね！」ペレドゥルはすっかり相好をくずしている。身分の高い貴婦人に対する話しかたなど知らないのだ。かれが奥方さまに、ガチョウ番の娘に対するような話しかたをするのを聞いて、娘たちはあきれて、ひっと言った。鍋がずり落ちて、目の上にかぶさったので、かれは頭をのけぞらせて、わたしたちを見た。この男、狂ってるのかしら？　危険なのかしら？

「聖者さまにわが家を取られてしまったので、アーサー殿の軍勢に入れてもらおうと思って。

わたしは〈長ナイフのペレドゥル〉の息子ペレドゥルです」

かれは順繰りにこちらの顔を見わたした。ここにいる者たちが自分のことを聞いていない、いや、少なくとも父のことを聞いたことがないらしい、というので驚いたらしい。視線がわたしの上をさらりと通過した。もちろん娘たちの中に、昔の友だちグウィンがいるなんて夢にも思っていないだろうし、娘としてのわたしが目をひくわけもない。特に、かわいらしいセレモンの隣りに立っているときには。

かれが手をあげて鍋の位置を直す手つきが、とても優雅な、女らしいものだったので、まわりの娘たちはまたかしましく笑いあった。

「アーサー殿は戦士を求めておられないのかな。一度わが母のところに来られたときには、そのために来た、とおおせられたのに。それに広い街道には、たくさんそういう戦士らしいものがいて、この街をめざしていたのに。丘のてっぺんから見えたんだけど」

街道を戦士たちが？　スリスをさして？　どういうことだろう？

笑い声がはたとやみ、太陽もかげったように思われたことを、いまでも覚えている。わたしたちは街のほうをふりかえった。すると水に血を流したかのように、赤っぽい煙が、燃える茅《かや》葺《ぶ》き屋根からたちのぼっているのが見えた。

28

その春わたしたちが聞いた話は、単なる噂話ではすまなかったのだ。カルクヴァニスから来た軍勢は森のど真ん中を抜け、スリスの建っている谷へ入りこんで、不意打ちを企てた。あとになって、わたしは不思議に思った。かれらに道すがら襲われた集落のものがだれひとり、アーサーのところに来襲を知らせにこなかったのはなぜなのかと。でも、もしかしたらそのあたりの田舎の人たちは、アーサーに愛想をつかしていて、ついにだれかがアーサーをやっつけにきてくれたと思い、内心ほっとしていたのかもしれない。または、この敵勢と、アーサー軍のやることには、大した違いがなかったのかもしれない。賊にものをくれてやるのも、アーサーに貢ぎ物としておさめるのも同じだと思ったのかもしれない。

理由はどうあれ、それはまったくの奇襲攻撃だった。カルクヴァニス勢は、スリスの城壁をどこも破ることなく、門のあたりでの小競り合いの中で十二人が斬り倒されたものの、城壁の風下にある大集落に火を放ち、まわりの農場から牛の大群を追い出した。アーサーとその手勢が目をさまして、剣を腰にとめつけ、わらわらと討って出たときには、敵はあちこちを荒らしまわり、その中のふたりが、川ぞいの草地を突っきって、娘たちが茫然とながめているところへとやってきた。

「どうしたんだろ?」ペレドゥルは、子どものようにむじゃきにきいているばかりだ。「あの煙は? どっかのうちが火事なんですか。なら知らせてあげなきゃ。あ、だれか来た」

たしかにだれかがやってきた。ひとりは大きな葦毛の馬に乗って、マントもチュニックも真っ赤で、兜《かぶと》も楯《たて》も真っ赤な、見なれない男。その後ろから、仇討ちだっ、と叫びながらベドウィルが馬を飛ばしてくる。

グウェニファーさまは、ふたりがこっちへやってくるのをじっと見ておられた。ふたりは芝土を舞いあげ、花を飛び散らせ、蹄《ひづめ》をとどろかせながら、草地をこちらへ駆けてくる。娘たちはあわてふためいて右往左往した。川のほうへ逃げて、柳のあいだに隠れたらいいのか、それともとちゅうで敵に出会わないことを祈りながら、街へもどったほうが安全なのか。赤い男は獲物の匂いをかぎつけ、こちらへ向きを変えた。

わたしたちの護衛につけられた若者は、ポニーの腹を蹴って走らせ、剣をふりまわしながら敵のほうへ向かっていった。勇敢な人だ、とわたしは思った。敵の馬が横ざまにかれのポニーに倒れかかった。花の波しぶきをあげながら、もろともに横倒しになる船のようだった。敵の剣がかれの喉を刺し通した。罌粟《けし》のように真っ赤な血しぶきが空を舞い落ちた。乗り手をなくしたポニーは走りさった。敵はちらとふりかえって、ベドウィルが追ってくるのを見た。そこで剣を鞘におさめ、刺すための短い槍を取り出し、いななく馬を回して、相手を迎えようとうとした。「ベドウィル!」ほかの娘たちといっしょに、わたしも悲鳴のように叫んだ。ベドウィルの赤毛が、旗のように風になびく。わざわざ兜をつけてくるどころではなかったのだ。わたしは、剣の堅さを思い、頭蓋骨の薄さを思った。「ベドウィル！」

ベドウィルは、槍が狙ってきたとき、楯をふりあげた。だが穂先は楯のふちをかすってふりおろされ、ベドウィルの足を突き通し、乗っている馬に縫いとめた。馬が悲鳴をあげる。人馬はもろともに、ベドウィルを下にして倒れた。敵の男は自分の馬を回し、その冷酷な視線が、わたしたちの顔をなめていった。ずっと遠いところで、何人かの騎馬の男が草地を横切ってゆく。あれは敵の仲間で、どこか安全な場所まで行って、略奪品や盗んだ牛をとっくり検分しようというのだろうか。この男がおびえているのが、わたしにはわかった。自慢できるお宝のひとつも手に入れずに、仲間に合流するのがこわいのだ。

わたしはグウェニファーさまのもとへ駆けよった。このことといっさいが始まってからというもの、奥方さまは一歩も動いておられないようだった。片手をペレドゥルの鞍にかけていらした。かれが老馬を駆って突進し、料理用ナイフで敵と渡りあおうとするのを止めるかのように。わたしが奥方さまをわきへ押しのけたところへ、敵の馬が突進してきた。けれど、狙いはグウェニファーさまではなかった。男は、この女人がだれだか知らない。もっと派手なお宝が目にとまっていた。愛らしいセレモンだ。男が鞍から身を乗り出し、そこに体をすくいあげられた彼女が悲鳴をあげた。鞍にどさりと横ざまにひっかけられ、彼女が足をばたつかせているのが見えた。男はそのまま川のほうへ馬を駆ってゆこうとする。セレモンの帽子が、風に転がっていった。

わたしは名前を呼んだ。娘たちはばらばらと逃げてゆく。「セレモン！」わたしは叫んだ。「わたしが止めます」ペレドゥルが声を張りあげた。「助けてくる！」かれはかかとで馬の腹を蹴り、片手で頭上の鍋をおさえ、もう片手で手綱を握りしめて走りさり、あわてた娘がひとりその前から逃げだした。

赤い男は馬を一心に駆りたてたが、馬はさっきのポニーとの衝突で傷つき、どうやら足を痛めたらしい。ペレドゥルが追いついて斬りかかるのかどうか、心配になった。わたしは走りだした。いったん足を止め、スカートをからげ、ベルトにはさみこんで、走りつづけた。アザミがむきだしの足をかすめた。わたしは牛糞の中をずるずるすべりながら走り、糞にたかる茶色のハエがおびえて、わっと舞いあがった。喉の裏がわが冷たくぜいぜい鳴って、走りつづけるうちに、二頭の馬の姿が見えなくなった。それから、柳の木立の中で、金属がきらりと陽に光るのが見えた。赤い男は川にたどりつき、どこか渡る場所はないかと、切り立った岸辺でとまどうみしている。ペレドゥルが馬を駆って、かれの行く手をはばもうとしている。

わたしはまた走りだし、ふたりが向かいあったところへ、駆けつけた。ペレドゥルは運がよかった。赤い男は、もがく娘の体を馬の両肩にひっかけていて、動きがままならなかった。剣を抜くひまもなかった。これに対して、ペレドゥルは例のおもちゃの槍の一本をかかげて、相手に向かっていった。男は槍の柄をつかみ、横ざまにひねって、ペレドゥルを鞍から引きずりおとした。落ちるとき、かれの驚愕の声が聞こえた。

すっぱいミルク色の老馬は、こんなに走らされたのですっかりつむじを曲げたらしく、川辺を少しばかり逃げてから、草を食みはじめた。

赤い男は馬から勢いよく飛びおり、ペレドゥルが落ちたところへつかつかと歩いていきながら、剣を抜いた。若者は倒れたまま首をあげた。鍋が頭からはずれ、急角度の土手を転がり落ちていった。鍋が沈んだところに、ふるふると波紋が広がるのが見えた。赤い男が剣をふりあげる。

わたしは大声で、やめてっ、と叫びたかった。お慈悲だから、と頼みたかった。けれどこの甲冑《かっちゅう》をまとった騎馬の男たちには、慈悲なんてない。たとえペレドゥルを殺さないにしても、セレモンでその埋め合わせをつけるだろう。

だから言葉に頼る代わりに、わたしは男に飛びかかった。柳のあいだの斜面をくだり、短い青草の中を数ヤード駆けて。わたしではかれの体重の半分もないはずだが、かれはわたしがそこにいることに気づかず、飛びかかられる寸前まで視界にも入れていなかった。男がふりかえった瞬間、わたしたちはぶつかりあった。うまくバランスをくずせた、と思う。わたしにのしかかられた男は後ろざまにたたらを踏んで、ふたりとも川の中に投げ出された。

わたしは無事だった。水の中のほうが安全な気がした。そう、ほら、昔から魚のように泳ぎが達者だったから。これに対して敵は兜をかぶり、大きな青銅の留め具のついた剣帯を巻き、鞘にはもっとたくさんの青銅が使われていて、首には太い黄金の輪がはまっていて、それらすべてが、いっきょにすごい勢いで、川底のやわらかな汚泥《おでい》へと沈んでゆきたがった。沈んでゆくかれの口から、大きな泡がのぼってきた。それは光でできた枕のように、角ばって銀色をしていた。泡はわたしのわきを通りすぎて水面にのぼってゆき、わたしは男を蹴って身をもぎはなし、泡を追ってのぼった。体を水の外に引きずりあげてから、さざなみが広がってゆくのを、ふるえながら見つめていた。

水面がまたしずかになると、わたしは土手をのぼっていった。死者の剣がイラクサの中に、切っさきを下にして突き立っていた。倒れたときに落としたそれが、まだふるえている。草地のほうから叫び声がした。アーサーの手勢がグウェニファーさまと侍女たちを助けに駆けつけてきたのだ。セレモンは敵の馬に、頭を下にしてぶらさがったまま、声をたてずにすすり泣いていた。わたしは彼女をそのままにして、ペレドゥルのところへ行った。かれは落ちたところに、そのまま死んだように倒れ伏していたが、わたしが顔にさわり、ぬれた髪のしずくがまぶたに落ちると、かれは顔をしかめ、身を起こして、負けん気の強いところを見せようとした。

「あいつはどこ？」

「覚えてない？　あんた、あいつと戦ったのよ。あいつは死んだわ」

ペレドゥルは死体はどこかと目をさまよわせた。片手を頭にやり、もつれた茶色の髪をかきまぜた。「兜……」

「川に沈んじゃったわ。どうせ、スープの匂いがしたし。もっといいのを見つけてあげる」

「あの赤い男は？」

「あいつも川の底」

「アーサー殿の敵だったの？」

わたしはうなずいた。

「で、ぼくがやっつけた?」

「ええ、そうよ」わたしは言って、力強くうなずいてやった。自分でもそれがほんとうだと信じはじめたほどに。それからふりかえって、剣の柄をつかみ、土から引き抜いて、ペレドゥルに渡してやった。

29

　わたしは川の水でずぶぬれだったが、野を越えてスリスまで歩いて帰るとちゅう、そのわけをたずねたものはだれもいなかった。わたしに目をとめるものさえ、いなかったのかもしれない。みんなペドウィルのことで頭がいっぱいだった。馬の残骸の下から、ふたりの仲間に引っぱり出されたペドウィルは、板にのせられて街にもどる道中ずっと、切り裂かれ、砕かれた足の痛みに涙をこぼすまいと必死に耐えていた。娘たちはかれの勇気をたたえたが、気持ちにはかげりがあった。このまま死ぬか、さもなければ一生足が不自由なままだとわかっていたので、どちらにしても前ほどすてきではなくなる。娘たちはかれのまわりから、なだめるように声をかけたり、ためいきをついたりし、笑顔はペレドゥルのためにとっておいた。先頭を行くペレドゥルは死者のものだった葦毛の馬にまたがり、死者の剣を握りしめ、やや混乱しながらも、自分が急に一人前の男になったことをうれしくかみしめていた。けがのなかったセレモンは、どんなにかれが勇敢だったかをだれかれかまわず話して聞かせている。ペレドゥルが、自分をさらった男にどんなふうに挑みかかったか、そしてあの馬鹿げた柳の槍の一本で、みごとに男を刺しつらぬいたか。

わたしの中のある部分は、ペレドゥルに手柄をゆずってやったことを後悔し、かれがそれをああもかんたんに受け入れたことをしゃくだと思っていた。でもペレドゥルには、だれも長いこと腹を立ててはいられない。あまりにむじゃきで、にこやかで、いい人に見えすぎる。わたしはぬれた髪の毛のあいだからずっと、かれのほうをちらちらうかがっていた。かれの姿だけを見つめ、やがてかれが戦士の生活に呑みこまれてゆき、あの優しさを、大言壮語と金属の下に隠すようになるのかと思うと、つらい心持ちがした。

やっと見つけたアーサーは、真っ赤になってわめきちらしていた。広場をのしのしと歩いてゆき、宴の館があったところの瓦礫《がれき》の山の前を通りながら、あの賊どもめ、どうやって来た、おれの地所の門前でよくも顔に泥を塗ったな、とどなっている。答えようとした人間は、だれであろうとなぐりたおされた。カイは必死になって、農民と奴隷が数人死んで、小屋がいくつか燃えただけです、と告げようとしたが、言ってもむなしかった。襲われたことよりも、顔に泥を塗られたことのほうが、アーサーには問題なのだ。自分がどうやって出しぬかれたかが、人の噂にのぼるのはまったく許しがたい。

とはいえ、そのかれでさえ、ペレドゥルのことはちゃんと目にとめた。怒りが薄まる。「こいつは、だれだ」

前にひざまずいたグウェニファーさまが手早く、ペレドゥルの手柄を話して聞かせた。アーサーはかれを見て、怒りをおさめ、笑顔になった。「〈長ナイフのペレドゥル〉のせがれか。母御は、あの魚くさい館には男はひとりも残っておらぬ、と言っておられたが。しかしおまえは父御に似ておるし、その戦いぶりも受け継いだと見える。今後はわれらの仲間に加わるつもりか」

市場の後ろには騎馬隊が集結し、襲撃者どもの退路を断って、盗まれた牛を取りもどさんと、出陣の用意をととのえていた。アーサーはまた馬上の人となり、カリバーンを抜くと、陽光にかざしてふりまわし、大音声に、血なまぐさい呪詛の言葉を放った。ペレドゥルが新しい馬に乗るのが見えたが、騎馬隊が蹄《ひづめ》の音も高らかに出撃していくとともに、その姿も消えた。

わたしは気にすまいとした。気にしなければ、ペレドゥルはちゃんと無事にもどってくるように思えた。自分が心をかけた人間こそ、運命が自分から奪い去る人間なのだ。あのかわいそうなベドウィルのように。

ベドウィルは、メドロートとその妻、赤ん坊といっしょに寝泊まりしていた、しけた匂いのするむさくるしい家へ運ばれていた。グウェニファーさまは娘たちを家に帰したが、わたしは、いっしょにおいでと言われたので、ベドウィルの手当てのようすを見に、奥方さまといっしょに中に入った。ついてくるよう命じられたのは、わたしが一番年かさだからだと思うが、もしかしたら、ミルディンが来ていることをすでにご存じだったからかもしれない。ミルディンはベドウィルの寝ている寝棚にかがみこんで、傷口を指で開いて見ていたが、そのあまりの深さにわたしは気持ちが悪くなり、見るのがこわくなった。赤い口が開いているようだったのだ。

「歩くのはもう無理だな」ミルディンが言うのが聞こえた。

　メドロートが枕もとにいて、眠っているのか、意識がないのかわからない弟をみとっていた。「半端ものになるよりは、死んだほうがましだが」と、兄はきびしい声で言った。「いや、それは言うな！　神さまがきっと治してくださる」

　ベドウィルの足の傷からは血があふれて、粗い織りのシーツの上にぼとぼと滴り、シーツはすでにぐっしょりぬれそぼっていた。メドロートの犬たちが鼻さきをすりよせてきたのを、ミルディンはシッと言ってけとばした。わたしはベドウィルの白い顔を見て、自分があの敵の男を溺れさせてよかったと思った。

「わたしの館へ運んでおいで」グウェニファーさまがおっしゃった。

　男たちはそのときまで、奥方さまが来られたことに気づいていなかった。奥方さまはベッドのそばに立って、マントの端を顔にあてがい、血の匂いと色を防ごうとしておられるようだった。青ざめておられたが、奥方さまの顔はいつも青白いのだ。「この場所では治りません。しずかで、風通しがよくて、清潔なところがよい」

「添え木と包帯がもっといりますな」ミルディンが言った。

「では添え木を当てて包帯をし、わたしの館へ運んでおいで。侍女に用意をさせておきます」

　メドロートが「そうしてくれ」と言った。

　わたしの主人の視線が、グウェニファーさまを通りすぎて、わたしを見た。自分の治療に対するこの挑戦の片棒を、わたしもかついだのかどうか、疑っている顔だ。それからかれはうなずいて、まだわたしが自分の召し使いでもあるかのように横柄な口調で、まっすぐなトネリコの棒と、包帯用のリネンを取ってくるように命じた。ひどい状態の足をふたりして白い布につつむと、布はすぐ真っ赤になったが、そうしながらミルディンは、だいじょうぶかと低い声でわたしにたずねた。賊どもにけがを負わされたり、こわい思いをさせられたりはしなかったかと。あたかもそれがミルディンにとっても意味があるかのように。あたかもこのわたしが、ミルディンにとって意味があるかのように。

ようやく出血がおさまってきた。ミルディンはベドウィルの頭を持ちあげ、刺すような匂いのハーブを入れたワインを一杯飲ませた。それから夕暮れの光の中、けが人はグウェニファーさまの館へ運ばれていき、わたしもそれに従いながらふりかえると、メドロートの家の戸口のイグサのたいまつの明かりに照らされながら、ミルディンがこちらを見送っていた。

30

小さな戦いがいくつもあった夏だった。アーサーはカルクヴァニスに対して、自分が端倪《たんげい》すべからざる敵であることを教えるつもりだった。そしてミルディンに向かって、物語もよいが、実際に相手に一目おかれようと思ったら、力を見せねばな、と言った。地所をひとつ焼き打ちされたら、ふたつ焼き返してやるのだ。その夏は、スリスを見おろす丘のいただきから北方に目をやると、ほぼ連日、火のついた茅葺《かやぶ》き屋根から煙が空にたちのぼっていた。

一番最初の襲撃で追い出された牛の群れは、復讐に酔いしれ、敵方の三つの首級を槍に刺したアーサー勢とともに帰ってきた。ペレドゥルもその中にいて、まだ茫然とした顔だった。男の世界は、どうやらかれの期待とはくいちがっていたらしい。ペレドゥル自身も、まわりの期待とはくいちがった存在だった。男たちの言葉が話せない。わたしが少年たちのあいだで暮らして身につけたような規則を知らない。カイとメドロート、そのほかの者たちは、かれをおめでたい人間扱いした。愚かゆえの特別な存在として。メドロートは自分がもう少し若かったころ、自分自身に向けられていた親しみのまじったからかいを、今度はペレドゥルに向けた。ペレドゥルはその夏は二度と遠征に加わることはなく、守備隊とともにスリスに残っていた。

わたしはセレモンや娘たちに向かって、かれはまぬけなんかじゃない、と説得しようとした。ただ違った育ちかたをして、自己流でいろいろなことを身につけたからだと。わたしたちのように、戦士に囲まれて育ったわけではない。だから、かれは戦士たちを穴の開くほど見つめ、もらった古い楯《たて》を留め具までぴかぴかになるほどうれしそうに磨きあげ、それがカケスの羽根のついた兜《かぶと》によく映えるだろうと思って、街なかをお山の大将よろしく練り歩くのだ、と。それでも、娘たちのからかいはいっそうひどくなり、かれがセレモンのことを、一夜、館で火を囲んだときにミルディンが語った物語の中の貴婦人でもあるかのような目で追っているのを見て、笑った。

ペレドゥルは娘たちの意地悪を感じていないようだった。なんでも許してしまっていた。かれはいわゆる、神さまのお恵みを受けた愚か者だった。だれのことも好きになった。そう、ほとんどの者のことは。

かれが最初にやってきたとき、わたしの胸の中で心臓がはねた。最初にかれを見つけたとき、どんなにうれしく思ったかはずっと忘れられなかった。それはこの世に、わたしと同じような存在がいると知った喜びだった。きっとわたしに打ちとけてくれるだろうと思い、そのうちに、あなたの母上の館で会った少年はわたしなのよ、と（かれが気づかなければ）教えてやるつもりでいた。

いままで、この古い秘密はだれにもしゃべったことはない。友だちのセレモンだって、わたしが少年だったと知れば、それをへんなこと、いまわしいことだと思うだろうし、ほかの娘たちにもしゃべってしまい、ミルディンがわたしを変装させた噂はたちまちアクエ・スリスじゅうに広まるだろう。でもペレドゥルに打ちあけるのは、それとは違うはずだ。お互いの秘密を守り、わたしの少年姿、かれのドレス姿という奇妙な過去を笑いあう。そして友情はもっと深まり、そして――そのさきはどうなるだろう。わたしはずっとひとりぼっちだった。しばらくのあいだ、わたしは毎朝目がさめるたびに、今日こそかれのところへ行こう、ときっぱり思うのだった。「聖ポロックのおじいさんをおどかしたこと、覚えてる?」とわたしが言う。「シフトドレスのあんたはすてきだったわね」と。すると心の中のかれは、いつでも茶色の目をまるくし、ゆっくりとほほえむのだった。

けれども、だれのことも好きになるペレドゥルは、けっきょくわたしを好きにはならなかった。わたしを恐れていたのかもしれないし、わたしの顔が、最初のそして唯一のあの戦いを思い起こさせるのかもしれなかった。あのとき、かれはひどくおびえていたし、かれの勝利はあやふやなものだった。ペレドゥルはわたしを見ると、いまではベルトにつけている、あの赤い男の剣の柄に、いつも手をやる。わたしに取りあげられるとでも思うかのように。そして街なかでわたしが近づいてくるのを見かけると、別の方角へ折れるのだ。

グウィナ、あんたも馬鹿ね、何を期待してたのよ、とわたしは思った。しばらくたつと、かれに話しかける口実を探すこともやめた。ときどきは、ほかの娘たちがかれをからかいの種にしているとき、その話題に加わることさえした。

アーサーが遠征でいないあいだのスリスでの生活はよいものだった。古い建物もほっと肩の力を抜いて、夏の陽を浴びているようだった。城壁の外では、騎馬隊がみのりはじめた麦畑のへりを見回っている。アーサーの留守中代行をつとめるカイは気さくな殿さまだった。宴の広間での夜々は、笑いと昔のあれこれの物語に満ちていたし、ときにかれはグウェニファーさまのごきげんうかがいにやってきた。アーサーよりも足しげく。

カイはいい人だった。ミルディンの物語の中では、かれは癇癪《かんしゃく》持ちで、不器用で荒々しい人物になっているが、実際はまったく違う。ミルディンがそういう物語に仕立てたのは、カイのほんとうの人となりが伝わったら、アーサーより人気が出てしまうのを恐れたからだろう。カイはこうした中傷の言葉を笑いとばした。「たかが物語だろうが。物語なんかがなんになるね？」しかしかれは愚かではなかった。ミルディンと同じく、けっきょくは物語こそがすべてを左右するのだ、ということを知っていた。わたしは、ミルディンの物語はかれを傷つけたと思う。そしてふたりのあいだの友情をくもらせていったと。ともかく、カイが街の外のミルディンの新居をたずねた、という話は聞いたことがない。代わりにグウェニファーさまのところに来て、奥方さまはかれを気に入り、夜遅くまで話しこんだ。娘たちはそのまわりであくびをしたり、舟をこいだりしながら、貴婦人と荒くれた武人のあいだで、よくも話題がつきないものだと思った。

カイはわたしの正体を知っていたと思う。ミルディンがわたしを男装させるのをてつだった夜のことを、忘れているはずがない。でもかれは決してそれをほのめかさず、知っているというそぶりも見せず、ほかの娘たちと同じ扱いをしてくれた。かれはほんとうにいい人だった。

そのあいだに、ベドウィルは徐々に回復していった。病室はグウェニファーさまの部屋のひとつで、いくつもの扉が観音開きに開いて、テラスにつながり、うっそうと茂った夏の庭が見晴らせるようになっている。水槽にはたえずぽたぽたとしずくが落ちている。キツネノテブクロが咲いていた。

ベドウィルは熱が下がると、顔色は青白く、姿は兄と同じように骨っぽくなった。砕かれた足の痛みと屈辱で、心はかたくなになっていた。二度と馬に乗ったり、戦ったりできないと思った。馬に乗れず戦えもしない男になど、なんの意味がある？ かれはグウェニファーさまがみとりによこす娘をいつでもどなりつけたので、しまいにはだれも行きたがらなくなった。かれは昨年の遠征でひとりの娘をさらってきていて、それを気に入り、贈り物やきれいな服をやったりしていたので、けがをした直後はまずその娘が館に来てみとりについたのだが、そばで泣かれるとますます屈辱だと思うのか、かれはその娘を追いはらってしまった。お払い箱になったその娘は、のちにアーサーの配下の別の男のものになった。そのあとでは、たずねてくるのは、アーサーについて出征していないときのメドロートだけになった。

わたしとメドロートは出会いが悪かったと思う。炎上する森の中で、かれがわたしに剣をふりかぶってきたので、わたしは追われて川に逃げこんだのだ。以来、かれのことは気に入らなかった。でもかれがベドウィルのそばについているようすを見て、考えを改めた。誇り高くて冷たくて、とっつきにくいが、そんなに情のこわい男ではない。かれが弟の枕もとに座って昔の話をしたり、いまに起きあがって、落ち葉のころには走れるようになるさ、と言ったりするあいだ、わたしは頼まれて持ってきた新しいシーツや、水で割ったワインのつぼを手にしたまま、存在を忘れられて、じっと立って待っている。ここにいるのは別のメドロート、愛情深い兄で、妻子のことをいとしげに口にする男だった。男から甲冑《かっちゅう》と誇りを脱がしたら、みんなこんなふうなのだろうか、とわたしは思った。

夏もたけ、蜂がうなり、花が咲きみだれるまばゆい日々がやってくるころには、ベドウィルは歩く練習をしていた。グウェニファーさまはある午後、わたしをつれて、ようすを見にいかれた。だれかをつれてゆかなければならなかったのだと思う。アーサー殿の奥方が、別の男とふたりきりになるわけにはいかない。たとえそれが自分の息子ほども年若で、体の不自由な男であっても。そしてわたしはそのころには、ベドウィルの部屋に近づけるただひとりの娘になっていた。ほかのものは手ひどくはねつけられるのだった。

ベッドに新しいシーツを広げ、枕を直しているあいだ、ベドウィルは杖にすがってテラスを横切り、ゆらゆら揺れるキツネノテブクロでいっぱいの庭に入っていった。歩を進め、曲がったほうの足に体重がかかるたびに、苦痛のうめきがもれる。わたしは、走りよって腕を貸したいという気持ちを必死にこらえながら、それを見守るしかなかった。わたしはもう友だちのグウィンではないし、かれは一人前の男だ。娘に手を貸されたら、恥だと思うだろう。

「上出来よ」グウェニファーさまが優しく、テラスのへりから声をおかけになる。「上出来！」でもそれはうそだった。ベドウィルは赤ん坊のようにふらついていて、歩みはたいそうな老人のようにのろい。水槽まで半ばのところでかれは倒れ、嗚咽《おえつ》しながら膝をついた。

するとグウェニファーさまはひとことも言わずにそこへ行って、両腕を回して、自分の肩に相手の頭をもたせかけ、髪をなでておやりになった。わたしは観音開きの扉のかげに立って、見守ったまま、動くこともしゃべることもできなかった。子どものように泣いているところをだれかに見られたと知ったら、ベドウィルがさぞいやがるだろうから。でもそれ以後、わたしはグウェニファーさまに対する感じかたが変わった。わたしは母を覚えていないけれど、奥方さまがかれを抱いておられたようす、引きよせてなだめておられたお姿を見ると、もしも母がいたら、何か悲しいことがあったときには自分もああしてもらいたい、と思えた。

それからほどなく、ベドウィルの嗚咽は止まり、しずかになった。そしてグウェニファーさまは白い手でかれの赤みを帯びた金髪をなでつづけておられた。そして顔をあげてわたしに向けられたお顔には、どこか新しい不思議なものがあった。奥方さまはおっしゃった。「グウィナや――甘いワインと麦菓子を少し取ってきておくれ」


数日してアーサー殿がもどると、奥方さまは青ざめてもの思いに沈み、セレモンとわたしをご自分の部屋に呼ばれた。わたしたちは長い時間をかけて、いろいろなドレスやマントをお召しになるのをてつだい、どこか違うわ、とおっしゃると、それを片づけた。ようやくおしたくができると、奥方さまはひとりでアーサー殿の館に行かれた。

おふたりの出会いがどんなふうになったのか、その場にいなくてもわたしには想像がついた。

アーサー殿は寝室の椅子に身をのばし、たらいの水に足をつけている。戦いからもどったばかりだから。兜の頬当てのせいで、顔の両方の隅に打ち身ができている。

アーサー殿が奴隷と召し使いをさがらせ、かれらが小走りに出てゆくと、グウェニファーさまが戸口の垂れ幕をあげられる。自分では認めたくなくても、この背の高いものしずかな奥方を見ると、アーサー殿はおちつかなくなる。奥方は、かれがどれほどたくさんの土地と財宝を得ても、決して身につくことのない、いにしえの雅やかさを持っておられる。結婚して最初の何ヶ月かは、奥方さまがたいそう冷淡だったので、アーサー殿はよく手をあげた。アウレリアヌスゆかりの血が、紫色の打ち身となって奥方の肌に浮かびあがったものだ。なんといっても、おまえは妻なのだから、言うことをきかせる権利がおれにはある、と。けれども奥方を打てば打つほど、いい気持ちはしなくなった。だからかれはいまでは距離をおいている。彼女には自分の生活、自分の館、自分の侍女を持たせておこう。同盟者あるいは好敵手がやってきたとき、奥方の存在を見せびらかすことができればいい。奥方なぞは、権力者に必要なもののひとつにすぎないのだ。

奥方さまはかれの前にひざまずく。頭を低く垂れ、ご無事ですかと言う。無事のご帰還を神さまに感謝する。かれは片手をふって、奥方さまを立ちあがらせる。

「背の君さま、ひとつお願いの儀がございます」

「なんだ」

「あのベドウィルと申す若者ですが……」

アーサー殿は口もとをゆがめた。体の自由を失った若者たちは、かれの悩みの種だ。ベドウィルはかつて、かれのお気に入りだった。大きな野心を抱いた若者だった。「運が悪かったな。あれは姉の息子だ。おれの隊長のひとりになれたのに。だがこうなっては……」と肩をすくめた。「ミルディンは、あいつは死ぬと言っている」

「死にはいたしません」

「それなら不自由な体で生きるわけだ。なんの違いがある？　だが、あいつのことは心配いらない。ちゃんと面倒は見る。兄のメドロートが引き取るだろう。物乞いなどしなくてすむようにしてやる。おれは仲間を見殺しにはしない」

「誇り高い子ですわ。一生、兄の家の火のそばに座って、女たちの働くのを見ているのを潔しとはしますまい」

アーサー殿の顔が暗くなる。こういう話は苦手だ。ベドウィルが即死してくれていたほうがましだった。神さまも酷なことをなさる。若者の足をだめにして、命だけ救うとは。英雄として死んだほうが、足手まといになって生きるよりましだ。「ほかにあいつに何ができる？」ときいた。

「わたくしの護衛です」慎重にグウェニファーさまは言葉を選んだ。夫の忍耐がいかにももろいものかはよくわかっている。薄氷を踏むような思いだった。下には冷たい水が彼女を呑みこもうとしている。「護衛ならできます。宴の館に、かれの剣と場所を残してやってくださいまし。そうでもあなたさまと出陣する代わりに、ここに残って、わたくしと侍女たちを守るのです。そうすれば、かれにも生きがいができます。それこそ必要なものですわ」

アーサー殿は驚いた。男の心中をここまで奥方が理解できるとは、だれが思ったろう。かれはイグサの灯心に照らされた暗がりの中、彼女をながめ、美しくなくはない、と思った。一瞬、この女を愛せたら、と思った。そうだ、戦いから帰ってきて、家にこんな奥方がいたら。虚栄心のかたまりで、媚び笑いばかりし、頭の中はからっぽなクーナイドのような小娘ではなく、おれと同じ年頃の女。かれはグウェニファーさまに笑いかけた。ふいに照れくさい気持ちになりながらも、彼女を喜ばせたいと思った。

「わかった。ベドウィルをおまえの護衛にしてよし。もしも戦いになったら、侍女をふたりつけて、体を支えてやれ」

「ありがとうございます、殿」グウェニファーさまはつむじまで見えるほど、深々とお辞儀をした。きちんとなでつけられた白い分け目が見える。立ちあがって、出てゆこうとした。

「グウェニファー……」

戸口のカーテンに手をかけそうになって、奥方はふりかえった。牝鹿のように緊張して。

「なんでございましょう」

何もない。かれは手をふって彼女を去らせた。自分が何を考えていたか、よくわからなかった。年のいった鷺《さぎ》に優しくするようになったら、家来どもはどう言うだろう。「行け、行け」かれは言って、たらいから足を出して、大声で奴隷とクーナイドを呼びたてた。

たぶん、いま書いたような事情だったのだろうと思う。なぜなら翌日、奥方さまはベドウィルのところへ行き、そなたはわたしの護衛になるのだよとおっしゃった――「わたしの衛兵の長」という言葉だった。でもかれが衛兵をもつなんてありうるのだろうか。それが、わたしたち娘や城壁のところにいる槍兵をさすのでなかったら。けれど、その言葉はベドウィルには何よりの薬だった。かれはまた歩く練習にとりかかり、今度は決して音をあげなかった。ほどなく、こわばった片足を引きずりながらも堂々と街なかを歩いてゆくかれの姿が見られるようになった。顔は苦痛と決意に蒼白で、古い槍の柄を杖がわりにしていた。

次にミルディンに会ったとき、かれは言った。「おまえの友だちはよく治ったな。あの足で二度と歩けるようになるとは思わなかったぞ。おまえの奥方はよいことをしてやったのだな」

「お互いによいことをしたのです」わたしは言った。グウェニファーさまはその夏、いままで見たこともないほど幸せそうだった。ベドウィルを救ったことで、自分も生きがいを感じたのだろうと思う。ベドウィルといるときの奥方さまは、優雅のきわみだった。

昔の主人は考えこむように鼻をかいた。「世界をめぐっているうちに、ときに、ほかのやつとは違ったふうに心にふれてくる人間に出会うものだ。そんな感じだな」

かれはもっと何か言いたそうな顔でわたしを見たが、そこでかぶりをふり、背を向けて、去っていった。八つか九つくらいの少年、かれの袋や持ち物を運んでいる少年がいっしょだった。あの子は、わたしが娘としてスリスに帰った年、かれの家の中をととのえてくれた夫婦の息子にちがいない。少年がミルディンについて去ってゆくのを見送っているうち、ふっとねたましさがこみあげた。グウェニファーさまの館は、ベドウィルが出ていったいまはからっぽに感じられる。そのうつろな感じにつけてもつくづくと、女の生涯というものは、少年や男の生涯にくらべたら、なんともろくはかないものだろうと、改めて思わずにはいられなかった。

31

アイルランド人はアーサーの領地の西部から、よくない知らせを持って馬で乗りつけてきた。カーニューの王クノモラスが、またタマールを縦断して襲撃をかけてきた。アイルランド人は領地からスズと牛を奪われ、復讐の力添えをアーサーに頼んでよこしたのである。「そうしていただかないと、アーサー殿に貢ぎ物をおさめることもできない。スズを三塊、わたしの肘から手首までの幅のあるパンを三つ、バターの桶に、牝豚でしたな」

かれの住む丘陵地帯はここからかなり離れているので、アーサーがカルクヴァニスと悶着を起こした次第は耳に入っていなかった。その一件を聞かされ、かれはいたくがっくりした。アーサーからの援助は望み薄だ。真実を言えば、アーサーはかれのことなどほとんど忘れていた。しかも、もう何年も貢ぎ物が届いていない。

けれどカイは礼を失したくなかったので、アイルランド人一党のために宴をもよおした。宴のあと、広間の火を囲んで、むし暑いうす明かりの中、ミルディンは、巨人の長《おさ》イスバダデンの娘オルウェンの手を求めようとして、アーサーの宮廷に援助を乞いにきた若者の話をした。かれはそれを、冒険あり狩猟ありの聞きごたえある物語に仕組み、イノシシのトゥールク・トロイスは出てくるわ、戦の修羅場《しゅらば》もふんだんに盛りこまれているわで、アイルランド人の一党に、アーサーはやはり偉大な猛者《もさ》であることを印象づけた。これならば、カルクヴァニスの戦士どもの骨をその生地の白亜の丘に踏みにじるという仕事が終わりしだい、クノモラスとの決着をつけにきてくれるだろうと思わせた。けれどその晩のことについてわたしがおもに覚えているのは、若者がオルウェンに寄せる愛を、ミルディンが語った語り口である。かれは、オルウェンがいかに美しいかを語り、髪はエニシダよりも黄色く、肌は泡よりも白く、頰は真っ赤なキツネノテブクロよりも赤い、と告げた。あまりに美しかったので、その足の踏んだところからは白い花が四輪咲きでるのだ、とも。そして物語のこうしたくだりでは、大半の少年や若者はあくびをしたり、仲間内で笑いあったり、酒瓶を持って給仕をしている若い者に、もっと注げ、と呼ばわったりしていた。

けれどもベドウィルは悪い足をぎごちなく前にのばし、大きな暖炉の熾火《おきび》に見入っていた。そのまなざしにはわたしには読みとれない、ある種の輝きのようなものがあった。荒々しい幸福感がこみあげてきている、といった感じだ。そしてその視線はときおり、火の反対がわの、わたしたち娘が、グウェニファーさまを囲んでお行儀よく座っているところにのびてくるようだった。かれが男としての矜持を取りもどしかけているいま、わたしたちのだれかに恋でもしているのだろうか。近いうちにわたしたちの館に来て、セレモンに求婚でもするのだろうか。もしかしたら、かれが見つめているのはわたしかもしれないとさえ思い、ベドウィルの女になるのはどんな感じだろうと考えてみた。明るい日のもとだったら、そんなことを考えはしなかっただろう。くすんだ色の髪、褐色の顔をしたわたしだもの。けれど、広間の優しいうす暗がりとミルディンの物語の余韻の中では、このわたしでさえきれいなように思えた。白い花が四輪、わたしの足の踏んだところから咲きでるような気がした。

やがて薪がばきばきと暖炉の灰の中にくずれおち、火花が舞いあがって、屋根の煙出しの穴から出てゆくと、ミルディンの言葉もそれとともに、夏の夜の中に消えていった。

夏はこがね色に熟れてゆき、麦畑はそれぞれがうっすら黄色みを帯びた白い海になった。白く塩をふいた汗が、リネンの夏のドレスのわきの下にしみを作る。壁や敷石は、焼きたてのパンのように熱い。

グウェニファーさまはまた湯浴みに行くとおっしゃった。ベドウィルの看病をされていたあいだは、そんなことも忘れておられたようだ。昔、奥方さまが信頼しておつれになった娘たちは、もう夫も子どももいたので、夕方の湯浴みにつれてゆくのにふさわしいものはいないかとまわりを見回され、わたしに白羽の矢が立った。

「わたしですか、奥方さま」名指されたとき、わたしはそう言った。

「おまえですよ」ちょうど奥方さまの屋敷の中のしずかなところでふたりきりでいて、ほかのものはよそで忙しくしていた。「ベドウィン司教さまは、わたしがあの古い神殿のそばに行ったのを知ったら、お怒りになるだろうよ。だから、ぜったいに言わないことにします。グウィナ、ふたりの秘密ですよ。おまえは秘密を守れる子だからね」

「奥方さまには、何ひとつ秘密はございません」

奥方さまはその言葉に笑われた。「そうかえ。でもおまえはミルディンの従者だったではないか」

予想外の一撃だった。そう、もう何年も前のこと、古い温泉池で、わたしは奥方さまに出くわしてしまった。以来その話をなさったことはないし、その日見かけたのがわたしだとご存じだったなんて、一度も匂わせられたことはない。奥方さまはそうした小さな知識を積みためておいて、いざとなったらわたしの口をふさぐ材料に使おうと思っていらしたのだ。「おまえは昔の主人がたいせつだろうね」とおっしゃった。「その主人があんな手品をやっていたことが男たちに知れたら、大変なことになるだろうねえ」

「手品?」わたしは追いつめられ、体が熱くなった。うそをついてもしかたがないとは思ったが、とりあえず言ってみた。「いったい何をおっしゃっているのか……」

「おお、グウィナ。アーサー殿はお酒をすごしすぎたとき、よくその話をされるのだよ。湖の女が水底から浮かびあがってきて、カリバーンをさずけてくれたと。でも、おまえもわたしも、湖の女などいないのはわかっている。そんなのは異教徒の迷信。新しい神のもとで消えてゆく水の女神の名残のようなもの。だからミルディンは剣をアーサー殿に渡すときに、だれかにてつだわせたにちがいない。魚のように泳ぎが達者なだれかにね」

すべてお見通しだったのだ。温泉池で顔を合わせた大昔のあの夜から、長い時間をかけてそこまで考えつかれたのだ。

「ミルディンが女の子を使ってそのようなことをしたのが知れたら、アーサー殿がどれほど面目をつぶされることか。しかもアーサー殿は面目をつぶした相手を許しはしない。だから、グウィナ、わたしはおまえの秘密を守りますよ。おまえもわたしのをお守り」

ラヴェンダーの色、ラヴェンダーの香りのするたそがれどき、わたしは蔦《つた》のからまる家々のあいだを奥方さまについて下りてゆき、古い浴場へ向かった。前よりさらに荒れてくずれ、草むした感じがする。前に奥方さまをお見かけしたあの建物に行かれるのだと思ったが、そうではなく、神殿のほうへ回っていかれた。秘密の道が、門のまわりに生いしげったハリエニシダのやぶをうねりつつ縫って、ベドウィン司教さまの司祭たちが打ちつけたらしい板の破れ目へ続いており、入ると、そこはイラクサの生えた中庭だった。グウェニファーさまは目的ありげに、灌木の中をさっさと歩いてゆかれ、いくつもの古い石の祭壇のわきを通りすぎた。わたしは注意をおこたることなく、そのあとについて行きながら、ふと不安になった。古い建物の中に何かの危険がひそんでいるような気がした。

「奥方さま、ここは幽霊の出るという場所では」

奥方さまはふりかえられた。「神さまがお守りくださいますよ、グウィナ。わたしは幽霊などこわくない。けれどおまえがこわいのなら、ここで待っていなさい。だれも来ないように見張っておいで」

奥方さまは、柱が並びたつ屋根なしの神殿への階段をのぼられるのではなく、左手に折れて、古い灰色の建物のところへ行かれた。厚い控え壁が、壁を強化している。顔を打ちおとされた石のニンフたちが、いまだにアーチ形の入り口を守っている。内部の闇の中からは、心おちつく水音と、聖なる泉の熱い鉱物の匂いがした。

「そちらのお湯は熱すぎて入れません」わたしは声をかけた。奥方さまはふりかえらない。すりへった段を三つのぼり、中に消えた。

わたしは待った。まわりじゅうのやぶで鳥たちがちょんちょん跳んだり、はばたいたりしている。祭壇の上にからみつくヒルガオの花が、たそがれの中、幽霊じみた白さにぼんやりと浮かんでいる。街の物音はくぐもって、遠いかなただ。ソラマメの群生のもつれあう中から、恐ろしげな石の顔が、こっちをにらんでいる。太陽のようにまるい顔で、長い髪やひげが渦巻きながら突き出て、そのさきは石の炎や蛇に化している。わたしは、ミルディンがいつも教えてくれたことをけんめいにくりかえしていた。神はいない、幽霊も、精霊もいない、と。わたしたち自身の恐れがあるだけだ。でもわたしの恐れだけで十分だった。クロツグミがイバラの中でさえずりだし、びっくりしたわたしは鹿のように、奥方さまを追って走りだし、階段を上がって、古い神殿のうっすらかすんだやわらかいうす暗がりの中に足を踏み入れた。

そこはベドウィルといっしょに、一度のぞいたことのある部屋だった。上のほうに三つ窓があって、そこから見おろした覚えがあるが、洞窟めいた広い浴室だった。浴槽以外は、緑がかってうす暗い。壁ぎわでシダがざわめき、水が浴槽の中で揺れる音が聞こえた。わたしはまばたいて、音をたてずに前進しながら、目をだんだん暗がりに慣らしていった。「奥方さま」と呼びそうになったとき、倒れた女神像のかげに奥方さまの姿を見つけた。もうひとり男がいっしょで、その男と奥方さまは、一瞬でもお互いを放したら倒れてしまうとでもいうようにひしとお互いを抱きしめあっていた。わたしは目をむいて見つめた。わけがわからない。奥方さまが緑色の夕光の中で、顔をあげてかれの顔を見つめる。うっとりとした目つき。何かほほえみながらおっしゃると、白い歯が淡くのぞいた。かれの顔を引きよせ、その口を自分の口に重ね、両手を、赤みを帯びた金色の髪にからめた。

そのときわたしは、ベドウィルが宴の館の炎ごしに見つめていたのは、わたしではなく、セレモンでもなかったことを知った。

口をつぐんだまま、わたしはそろそろとその場所から出た。中庭の幽霊はもうこわくなかった。わたしは突っ立ってふるえながら、イラクサが揺れるのを見つめ、体の熱さと、自分が馬鹿みたいで、恥ずかしいという思いにさいなまれていた。

庭でのあの日、ベドウィルが歩こうとして失敗し、グウェニファーさまの腕の中で泣いたとき。あれが恋の始まりだったのだろうか。あのとき奥方さまは言われた。「グウィナや――甘いワインと、麦菓子を少し取ってきておくれ」

それでわたしはその場を離れて、食糧庫に行った。奥方さまがそこに立って、両腕にベドウィルを抱いておられるさまを、わたしは想像した。かれは奥方さまの肩口から頭をあげ、お互いに見つめあい、身動きもせず、それでも、お互いを抱きしめる腕のどこかがそのとき変わったのだ。奥方さまは、この若い美男がキスしたがっているのを知っておられた。そしてかれも、奥方さまが自分を求めておられるのを知っていた。それでもふたりは動きもせず、口もきかず、息もせず、そのままでいて、そこへわたしがワインと菓子を持ってもどってくる足音が聞こえてくる。そうして、ふたりはやましげに体を離す。お互いの顔にひたと見入ったまま……

わたしは自分がペレドゥルと同じくらい、おめでたいまぬけのような気がした。目の前で起きていたことが見えなかったなんて。見たことが理解できていなかったなんて。そしてわたしはこわくなった。ふたりがお互いの中にともしあった炎が、いつかふたりを焼きつくし、へたをすると、わたしまでも焼かれてしまうだろう、と。アーサー殿は自分の面目をつぶす相手を許さないのだから。

32

ベドウィルは何を考えているんだろう。なぜ、危険だということがわからないのだろう。わたしは通りでかれをひっつかんで、そこらの戸口のかげに押しこんで言ってやりたかった。「ベドウィル、わたしよ、よく見て。昔の友だちのグウィンよ」あるいは「あのかたに、そこまですることはないわ。アーサー殿に見つかったらどうなるか、わからないの」と。

でもかれはわかっていたのだ。かれは危険が好きだった。これまでずっと、危険に立ち向かう訓練をして、危険を求めて生きてきた。危険を戦場に、そして狩場に探し求めるよう、教えられてきた。だがこの夏が過ぎて、そうしたことのいっさいがかれには失われた。かれが望める将来とは、せいぜい半人前の男として、畑のあぜでも見回って、アーサー殿の牛や麦の見張りをすることだ。砕けた足の痛みが、かれをずっとさいなんできた。グウェニファーさまのおかげで、かれはまた自分を一人前の男と感じることができた。アーサー殿は五体満足でない戦士など必要としないが、その奥方は必要とするのだ。

毎朝、兄の家の裏手の厩《うまや》に馬のようすを見にいくとき、かれはくすんだ街がせりあがって、奥方さまの屋敷の屋根へとつらなるほうをながめやり、その下で眠る奥方さまのことを考える。

奥方さまに会えるという望みだけで、一日一日を過ごすことができる。ときおり、奥方さまが川ぞいの草地に行かれるとき、あるいは城壁の外のお友だちをたずねてゆかれるときには、迎えが来る。かれは護衛として、赤いマントを着て、馬に乗っておともをする。これほどまでに奥方さまのそばにいながら、ふれることもできず、若い戦士と主君の奥方のあいだにかわされるべき、むなしいきれい事の会話以外、何も言うことができないという状況には、どこかぞくぞくするようなものがあった。目くばせや目まぜを侍女に感づかれるといけないので、奥方さまと見つめあうこともできない。かれは夢遊病者のようにぼうっとしながら義務をはたす。でも、たそがれどきになったら、ひそかにあの浴室のところへ行って、奥方さまに会い、日中言えないことをなんでも言うことができるのだとわかっている。

認めたらいい。これは恋だと。ミルディンが宴の館で語る物語に出てくる勇者のように恋に落ちたのだと。かれは彼女の両手に、ほっそりした指に、指の関節のしわに恋をしている。その上唇をうっすらおおううぶ毛、感じられるけれどよくは見えないうぶ毛に恋をしている。背中の下のほうのふっくらやわらかなくぼみに、翼のつけ根のような肩胛骨《けんこうこつ》のとがりに恋をしている。そのまぶたに恋をしている。声に恋をしている。優しさに恋をしている。かれの腕の中にうっとりまどろんでいるときの、ひそやかな息遣いの音に恋をしている。そのうなじに恋をしている。かれがまだ生まれていなかったころの彼女、その少女に恋をしている。かれが恋しているのは、彼女が、くすくす笑って贈り物をねだるだけの愚かな同年代の娘たちのようではないからだ。グウェニファーさまはかれだけを求めておられる。かれを選ばれた。いっしょにいるときは、ひたすらかれを見つめておられる。かれを真剣に思っておられる。

それこそどんな少年も、いや男たちも望んでいることではないだろうか。そう、真剣に思われる、ということをこそ。

33

アーサー殿がいない季節、ほとんど毎晩、グウェニファーさまは恋人に会いにいかれた。年も深まって黄金の秋となり、生け垣や木々にはくだものがたわわにみのった。リンゴの収穫期が来て過ぎ、だが天候はまだもっていたので、軍勢はずっと遠征中だった。来る日も来る日も、空は青く、太陽は黄色く、ふっくらした白雲が西方からあらわれて、船団のようにしずしずとスリスの上を越えてゆき、しかしやがて不穏な気配が出てきた。天候がいつくずれ、アーサー殿がもどってくるかと、わたしたちは神経をとがらせるようになった。

けれどそれでもほとんど毎晩、グウェニファーさまは温泉での密会に行かれた。いつでもわたしが同行した。奥方さまはわたしが秘密を知っているのはご存じだ。だれかが知っている、ということが奥方さまの喜びなのだと、わたしは思っている。ときに奥方さまは誇り高い、狡《こう》猾《かつ》な目つきでわたしをごらんになる。「わたしはおまえが思っているほど年上でも冷静でもないのよ、ねえ、グウィナ」というような。けれどそれを決して口に出されることはない。ただ、こうおっしゃるだけだ。「外でわたしを待っておくれ」

もちろんわたしは待ちはしない。あとをついてゆく。入り口のすぐそばのうす暗がりにしゃがみこみ、シダにくすぐられながら、耳をそばだて、温泉のぶつぶつ、ぼこぼこという音が壁に反射する中から、低くささやかれる言葉をひろいだそうとする。

「アーサー殿がもどられたら、どうしましょう」

「ベドウィル。あの人は決してもどらないかもしれませんよ。戦死するかもしれない。戦場で斬り倒されるか、自分の手のものに殺されるか、するかもしれない。あの人が、ヴァレリウスをそうさせたようにね」

「アーサー殿にかぎって、そんなことは。あの人は強い。殺されるなんてありえない」

「そんなに強い戦士なぞ、物語の中にしかいませんよ」

「カリバーンをふるうかぎり、あの人は無敵です」

「それが神々の剣だから？　ベドウィル、おまえはまさかそれを信じているのですか」

ぎごちない沈黙。沈黙の中で何かが動く。水が笑い、だれかがしわになった赤いマントの上で身を返す。

「ベドウィル、あの人だって不死身ではない。もう亡くなっているかもしれません。いま、この瞬間に殺されているかもしれない。こうしてわたしたちがいっしょに寝ているあいだに。あの人は二度ともどってこないかもしれない。そうしたらアクエ・スリスの殿さまはカイです」

「カイ殿は、どこの殿さまにもなりたがる人ではないでしょう」

「だからこそ、いい殿さまになれるのです。権力をほしがるような殿方は、権力を得てはいけない人たちです。権力を善のために使うと言いますが、ほんとうはもっと権力を得るために使うだけです。アーサーが亡くなって、カイが殿さまになればいい」

「でももし、アーサー殿がもどってこられたら……」ベドウィルは言いつのる。

「わたしは殺されますね」

「そんなことはさせない！　わたしがまず殿さまを殺し、あなたと結婚します！」

「そんなことをしたら、年寄りの奥方を見て、みなはおまえのことをなんと言うでしょう」

「あなたは年寄りなんかじゃない。年上の妻を持つ男はたくさんいます。わたしはきっと、あなたをたいせつにする。アーサー殿はそうはしなかった。殺してやる」

奥方さまが望んでいるのはそれなのだろうか。夫を追いはらってくれる、若くて強い恋人？　でもなぜベドウィルを？　ベドウィルは強くはない。歩くことさえままならないのだ。だから、望みはそれではない。

では、奥方さまはかれを愛しておられる？

もちろん、そうなのだ。ベドウィルは、あなたをたいせつにする、と言った。たいせつにされたくない人間がどこにいるだろう。蜜酒のように、かれは奥方さまをとろかしてしまった。

奥方さまの変化に気づいたのは、わたしだけではない。奥方さまは前より多く笑顔を見せ、声をたてて笑われ、侍女たちにもっと優しくなられた。かと思えば突然悲しげになり、わけもなく泣かれ、わたしたちをどなりつけ、おひとりでそぼふる雨の中、庭園を散歩なさる。いったいどうなさったのだろうと、娘たちは、いろいろかげで取りざたした。

「奥方さまは恋をしておられるのよ」セレモンがわたしに教えてくれたのはある朝、教会堂の中で、わたしたちがグウェニファーさまの後ろに並んでひざまずいていたときだ。「メドロートに思いを寄せておられるわ」

「ばかばかしい」わたしはささやきかえした。

「じゃ、グウィナは何を知ってるっていうの。恋について何がわかってるの。メドロートはアーサー殿より立派なキリスト教徒よ。奥方さまはきのう、広場でベドウィルに話しかけておられた。ベドウィルはメドロートの弟よ。わからない？　きっとことづてを託されて……」

「ベドウィルはアーサー殿の身内でもあるわ。アーサー殿を裏切るほど、馬鹿じゃないと思う」

グウェニファーさまが頭を垂れておられる上で、ベドウィン司教が両手をひらひらさせた。神さまを思わせるようなしぐさで。神さまなら、奥方さまの秘密を知っておられると思うが、司教はどうだろう。ベドウィン司教は、奥方さまを子どものころから知っている。奥方さまが幸せそうであれば、それでいいのかもしれない。あるいは非難する勇気がないのかもしれない。あるいはかれもまた、ベドウィルがアーサー殿を排除してくれるのを望んでいるのかもしれない。

34

秘密は重い荷物だ。ミルディンを探しだして、グウェニファーさまとベドウィルのことを話してしまうべきか、と何度も迷った。なんといっても、わたしはミルディンの間者になるはずだったのだから。でも決めかねた。ときには、だめだ、言えない、と思う。奥方さまはご親切なかたで、裏切るわけにはいかないし、ベドウィルにわざわいが及んでほしくない。でも、ときには、かれとグウェニファーさまが話しているのを聞くと、愛情と気遣いが、年のいった鷺《さぎ》のような女性に費やされているなんて、かれを殺してやりたいと思ってしまう。

ある朝のこと、サフランを買いに出かけたとき、ミルディンに不意打ちされた。肩にかれの手がかかって、鳥の鉤爪《かぎづめ》につかまれたような気がした。そのとき初めて、かれがずいぶんやせてしまったのがわかった。尾羽打ちからし、あきらめきった顔をしている。かれは夏じゅう、アーサーの物語を語りつたえながら旅して歩き、アーサーがブリテン全土を従え、サクソン人相手に立ちあがるという夢を、人々に抱かせようとしていた。問題は、アーサー殿がアクエ・スリスとほかの小領土を手に入れてしまい、それ以上大きな同盟を結ぶのに乗り気でなくなったことだ。かれは略奪に出かけて、館を他人の財宝でいっぱいにするほうを好んでいる。ミルディンがわが身をすりへらしたのも、けっきょくむだだった。

でもかれは、わたしに笑顔を向けてくれた。「久しぶりだな、娘」

お元気でしたか、とわたしはたずねた。ああ、と答えたものの、あまり元気そうには見えない。あのちぢれっ毛の少年は、わたしほどちゃんと主人の世話をしていないようだ。服は汚れ、髪はのびっぱなし。頬にはチーズのかびのように、白い無精ひげが出ていた。かれは顎をかいて、横目でわたしを見て言った。「女人たちの館で何かあったかね」

その口調では何か知っているのかも、とわたしは考えた。ミルディンは聡明だから。何週間も前にかれが言ったことを思いだした——世界をへめぐっていると、ときどき、他人とは違うやりかたで心にふれてくる人間に出会える、と。ベドウィルとグウェニファーさまのあいだに何が芽生えたのか、あのときすでに予想していたのだろうか。

「どうだね。年増の鷺殿はまだご自分の池のそばでじっとしておられるのかい。もう魚はつかまえたか」答えあぐんでいるわたしの顔をじっとながめているかれは、ネズミの穴を見張っている猫のようだった。「グウィナ、何か心にかかっているな。話してみろ。手を貸してやろう」

かれはにっこりした。かれの優しさは、わたしの秘密を引っぱり出す罠だ。わたしが秘密の重さをわかちあう人間を必要としているのを見抜いているのだ。かれはにっこりし、わたしはもうさからえなかった。

「あのかた、ベドウィルをつかまえました」わたしは言い、かれ以外のだれかに聞かれなかったかと、あたりを見回した。言うつもりはなかったのに、言ってしまったことで、突然、安堵した。あとはするすると口から出てきた。「それに、奥方さまはわたしの正体をご存じです。そして水中から出てきた剣のことも。わたしが裏切ったら、それをみんなにばらすと……」

ミルディンはむっとしたらしい。しずかな怒り。「アーサー殿が奥方の所行を知ったら、奥方はだれかにばらすひまもなくなぐり殺されるだろうな。それがわからんのか。奥方にいったい何があったんだ？」

「愛です、ご主人さま」

「愛？」かれは、もっとましな言葉を期待していたかのように、やるせなげな目でわたしを見た。「娘っ子じゃあるまいし」と言い、やや口調をやわらげた。「グウィナ、おまえは奥方を裏切ってはいない。いずれ、明るみに出ることだ。もう噂はたっている。おれが知ったのはいいことだった。どうすればいいか方策がたてられる。アーサー殿はじきにもどってくるし……」かれはうめいて、親指とひとさし指で鼻柱をはさんだ。それについて考えただけで、頭痛がする、とでも言わんばかりに。わたしのせいで、重すぎる荷物を肩にのせられたかのように。

「裏切り者はグウェニファーさまのほうだ。アーサー殿を裏切った。おまえを裏切った。奥方さまは、いったいなんの権利があって、おまえをうそいつわりに巻きこんだりするんだ」

「アーサー殿に話すんですか」

「わからん。何が一番いいか、考えねば……」

秘密を話したとき、わたしは、かれがこんなふうに言ってくれるのを望んでいたのだ。「だいじないさ。大したことじゃない。そんなことに気をすりへらすまでもない」ところが、かれはいままでにないほど、取り乱し、深刻な顔つきになってしまった。

「でもアーサー殿は、グウェニファーさまのことなど気になさらないわ」

「グウィナよ、アーサー殿は外聞を気にするんだ。奥方が不実だったと知ったら、血を見ずにはいられない男だ。アーサーはそういう性質《たち》だ。面目をつぶされるのががまんならない。奥方さまに告げるがいい。かれは馬であと一日の距離にいて、じきにもどってくると。だからさっさとけりをつけて終わらせろと」

どうして、わたしに言えよう。グウェニファーさまにわたしが指図なんてできるわけがない。でもサフランを持って屋敷に帰ったとき、わたしは奥方さまのもとへ行き、主人のミルディンに出会い、アーサー殿がじきにもどると聞かされました、と言った。

それを聞いて、奥方さまは顔を赤くなさった。いまもはっきり目に浮かぶ。炎の色のリネンのローブをまとって、お庭に立っておられた奥方さまは、その顔色を見られぬよう顔をそむけられた。「ミルディンはどうして知ったのかえ。精霊からでも聞いたのか。それとも父親である悪魔でも呼び出したのか」

わたしは肩をすくめた。ミルディンは奥方さまが思うよりずっと知恵が回るのだという気がした。アーサー殿の動向を知る方法をいくつも持っているのではないか。軍勢からの使者がときおりやってくる。そしてその知らせのすべてが、奥方さまにもたらされるわけではない。でもわたしはもう、思いきって言ってしまったのだ。

わたしは想像する。翌朝、アーサー殿はどこかわからないが、クッションのようにぼってりした石灰岩性の草むす丘陵の上、炎上する農家の煙が草に影を落とす場所に馬を進めている。使者がひとり、ミルディンからの知らせをたずさえて、軍勢を探しあてる。使者が近よるのを待ちながら、アーサー殿は故郷のことを考える。今度はうちに帰るのもうれしい。おれももう若くはないからな。何夜も野営地の寝床にやすみ、何日も馬上に暮らした。脇腹の古傷は、いつも鈍く痛む。なぜか、グウェニファーのことを考える。うちに帰ったら、もっとよい夫になろうと思う。もっとだいじにしてやれば、息子を生んでくれるかもしれない。

使者の知らせはきっとよいものだろう、とかれは思う。あるいはグウェニファーにすでに懐胎のきざしがあった、とか。

（もしかしたら、わたしはアーサー殿に思い入れをしすぎているかもしれない。次にかれのすることが、傷ついた自尊心からの行為にすぎないと信じたくないからかもしれない）

しかし、青ざめて、憂慮《ゆうりよ》に口を結んだ男は、アーサーと目を合わせない。よい知らせを持ってきた人間は、こんな顔をしない。

「どうした？」アーサーは言い、使者はごくりと息を呑んで、こう言う。「ミルディンからの知らせを持ってまいりました」

35

奥方さまのローブがたてた音を覚えている。浴槽のまわりに生えたアザミのあいだを動かれるときのしゃらんという音。わたしがミルディンと会った日の夕方のことだった。西方では、大きな雲が真っ赤に染まってつどいはじめ、空をもおおいかくすほど暗くなった。あたかも魔法使いがそこらの丘に魔法をかけると、それがむくむくと山になりはじめたといったような感じだった。秋の空気は熱気をはらんで重たい。

中庭に入ったとき、ベドウィルが温泉の入り口で待っていたのがちらと目に入った。片足をつっぱらせた動きで、かれはすっと中に消えた。そんなふうな姿を見せてしまったのは不用意だった。何か悪い予感がした。

「奥方さま……」

「グウィナ、この場所にいる幽霊のひとりだわね」奥方さまはしいて明るい声を出された。

「帰ったほうがよろしいのでは」

でもどうして奥方さまに帰ることができるだろう。アーサーの帰館が近づいている。今後またベドウィルとふたりきりになれるのが、いつのことかわからないのに。今夜が奥方さまの別れの晩かもしれない。ああ、もちろん奥方さまはわたしの言葉が正しいのはわかっておられた。足を止めて、わたしをごらんになった。ふっとそよ風が、その頭おおいの布の端を揺らした。風にのる雨の匂い、そしてグウェニファーさまの両頬にあらわれたふたつの濃い色。そこで奥方さまは身をひるがえし、神殿の中に入ってゆかれ、最初の雷鳴が西の方でとどろいた。

わたしは今度は外で待っていた。ミルディンに話をしてからというもの、わたしはおびえた馬のようにびくびくしていた。つけられていると思い、こわかった。

空を見ても気持ちは浮き立たない。なまり色に重苦しく、よこしまな霊たちでいっぱいだ。こんな日に外に出ているものではない。稲妻《いなずま》の木が、西のほうの丘のてっぺんに忽然と立ちあがる。神殿の境内は褐色の無気味な光に満たされ、ヒルガオの花々がくずれた祭壇の上に、白く白く浮かびあがった。

城壁の上の歩哨《ほしょう》が何か叫んでいる。門のそばだ。また雷鳴がとどろいた。

いや、違う、雷鳴じゃない。あの長くとどろく音は、アクエ・スリスの門が引き開けられ、泥の上を橋わたししてある十字に組んだ丸太の上を、馬の蹄《ひづめ》が踏みならす音だ。

わたしは神殿の戸口へ飛んでゆき、闇の中をのぞいた。稲妻がひらめいて、ぶらさがった護符やぬれたシダに青い光を浴びせた。わたしは声をかぎりに、「奥方さま!」と叫んだ。

雷鳴。たいまつを揺らしながら、馬たちが通りをやってくる。襲撃隊か? 違う。門が開く音がした。一陣の風に巻きあげられる木の葉のように、「アーサー!」というひとことの叫びが、宙を舞った。

わたしは中に入って身を縮めた。嵐の光が、浴槽の水面をはじく。稲妻がベドウィルと奥方さまの白い体を浮かびあがらせた。エデンの園で、神さまの訪れに驚いたアダムとイブのように。

「お帰りです」わたしは馬鹿みたいに言った。「アーサー殿が。帰られました」

ふたりはお互いから身をほどくようにして、うろたえながら立ちあがった。わたしは目をおって見まいとした。「アーサー殿はまず館においでになるでしょう。奥方さまをお呼びになる前にとりあえず何か召しあがって、馬にかいばをやり、お召し物をとりかえなさるでしょう。お帰りになるひまはありません。アーサー殿にお会いになりたくなければ、ご気分が悪いとお伝えしますし。雷のせいで頭痛がなさったと……」

なぜ、わたしがそんな計画をたててやらねばならないのか。ベドウィルは戦士だ。グウェニファーさまはわたしの女主人だ。ふたりのほうから、わたしに指図をすべきではないのか。けれども、ふたりはただ茫然と、お互いにとりすがったまま、わたしを見つめている。

そして、アーサー殿は館へ立ちよりはしなかった。わたしはミルディンのことを思いだし、市場で話をしたときのかれの目つきを思いだした。かれは何もかも呑みこんでいた。もしわたしがグウェニファーさまに背の君の帰還のことを知らせたら、その夜こそベドウィルと密会するはずだということも。かれは使者を送って道中のアーサー殿をつかまえ、すぐに帰るように伝えたのだ。そして奥方がどこにいるであろうかも。

浴室の外の古い敷石に蹄の音が響く。入り口をふさいでいる板に何かがぶつかる音。グウェニファーさまが「イエスさま」と口にしながら、必死に衣服を身につけようとしている。

わたしが中庭に飛び出したちょうどそのとき、入り口をふさぐ板が壊れた。板の向こうには雨と、ハリエニシダのやぶと、男たちと、火明《ほあ》かりがあった。アーサー殿と戦士の一団が馬から下りて、何人かはたいまつをかかげ、その後ろの少年たちがひらめく稲妻におびえる馬の頭をおさえている。男たちは混乱のていだった。アーサー殿がしゃかりきになってスリスまで飛ばしてきたのは、この古い神殿を襲うためだったのか。アーサー殿はかれらを押しのけて、中庭に入ってきた。ふたたびひらめく稲妻の中に浮かびあがった黒い姿は、狼の毛皮のマントにつつまれて、毛がぼうぼう生えているように見えた。この男がこんなに大きくかっぷくがよいことを忘れていた。なんてでかいのだろう。まさに熊だ。

稲妻がカリバーンの刀身にきらめく。雨がざあっと敷石をぬらしはじめる。

アーサー殿は大音声を放った。「グウェニファー！」

「温泉におられます」わたしは羽目板から飛び出したネズミよろしく、かれのもとに駆けよって、金切り声をあげた。「湯浴みにいらしたのです。お待ちくださいませ。お着替えをなさっておいで――」

こぶしの強烈な一撃で、わたしは横に突きのけられ、大きくたたらを踏んでイラクサの塊の中に飛びこんでしまった。かれの左がわにいたのが幸いだった。右にいたら、剣が降ってきただろう。怒り心頭のアーサーに立ち向かおうなんて、わたしはいったい何さまのつもりなのか。たかがネズミの分際で。わたしはかれの顔を見た。怒りを宿した顔。両頰に血が黒くのぼって、わめきたてる口からあふれた唾が真っ白な泡となってほとばしる。

「グウェニファー！」

かれはわたしのそばを通りすぎ、わたしはよろよろ立ちあがって、後続の男たちに踏まれぬよう身をよけた。後ろから手がのびてきてわたしをつかみ、ひねるようにふりむかせた。ミルディンの黒いローブがわたしの顔にばさっとぶつかる。かれの声が聞こえた。「グウィナ、来い。ここにいてはいけない……」

「告げ口したんですね！」わたしは身をもぎはなそうとしながら、叫んだ。首をねじると、アーサー殿が三つの段をのぼって、じゃらじゃら下がった護符をはねのけながら中に入ってゆくのが見えた。ベドウィルが何か叫ぶのが聞こえた。あとになって、あれは挑戦の声だったと人は言いあったが、わたしの耳には挑戦とは聞こえなかった。アーサー殿が吼えるようにわめきかえす。それからもののすれあう音、石がばらばらけりとばされる音、傷ついた犬の悲鳴のような声があがった。

ミルディンがつかんだ力は弱かった。わたしは身をふりはらって、走った。「グウィナ！」かれが叫ぶのが聞こえた。神殿の中では、グウェニファーさまの悲鳴があがった。アーサー殿の配下が戸口にひしめきあい、暗い中をのぞきこんでいる。ひとりが「イエス・キリスト……」と言ったとき、わたしはかれらのあいだをすりぬけて飛びこんだ。中では、腐った屋根からざあざあと落ちる雨が温泉にしぶきをたてていた。たいまつがグウェニファーさまを浮かびあがらせる。倒れた女神像のそばに、半ばうずくまるようにして身をすくめ、前に突き出した両手がぶるぶるふるえている。ベドウィルの赤いマントをはおっておられるのかと思ったが、まとっているのはご自分の白いドレスのみで、そこに血しぶきが飛んでいたのだ。床には赤と白のものがあって、殺された獣《けもの》のようにびくびくしていた。アーサー殿がその上に立ちはだかっていた。カリバーンを高々とかかげ、うなりつつ、ふりおろした。

「ベドウィル!」グウェニファーさまの悲鳴。

アーサー殿はふりかえって、わたしたちを見た。右手には血染めのカリバーンがあり、腕は肘まで真っ赤だった。ぽっかり口を開いたものを、見よと言わんばかりにかかげていた。

「イエス・キリスト……」

「グウィナ!」ミルディンがどこか後ろのほうからわたしを呼んだ。怒りに満ちた声で。

雹がすさまじい音をたてて屋根に降りそそいだ。わたしはアーサー殿のそばを駆けぬけ、泉のわきを回って、奥方さまのもとへ駆けよった。「ベド……ウィ……ル……」奥方さまはもらしていた。

わたしはベドウィルのマントをひろいあげた。なぜかはわからない。こんなときには、人は思いもよらない行動をしてしまうものだ。そのマントを奥方さまに着せかけた。はだしのおみ足に、ぬれた布がべたりと音をたてた。アーサー殿はまた大声をあげ、家来たちに、これが裏切り者の末路だ、と叫んだ。言い終えたら、今度はグウェニファーさまに向かってくるだろう。わたしは壁の裂け目のほうへ、奥方さまを引きずっていった。「ベードーウィル……」嗚咽《おえつ》しながら、そうもらされていた。

「あの人は死んだんです！」わたしは言った。そのとおりだ。自分でも、口に出して初めてそれが信じられた。

わたしは奥方さまを、前に抱えた荷物のように押しこくって、裂け目から押しだし、浴室のあいだを縫う、黒いイラクサにからまれた小径を通り、通りへ走り出ていった。アーサー殿の家来が温泉のふちに立って見守る前で、アーサー殿は、髪をひっつかんでベドウィルの首をゆすぶり、投げすてた――悲しげな、子どもっぽい、稲妻に照らされた首は、赤みを帯びた金髪を流星の尾のようになびかせながら、転がって――軽やかなぱしゃんという音とともに水に呑まれた。

36

自分はどこへ行くつもりなんだろう。とにかくここを離れよう。最初にアーサー殿を見た夜、いちもくさんに逃げたときの動物的な恐怖が、わたしをまたつかんでいた。自分と奥方さまをとにかくここでないところへ逃がすこと。さもないと殺される。

わたしはグウェニファーさまを押すようにして、雨の中、門をめざした。男たちがわたしたちのわきを走りぬけ、なんの騒ぎかと浴場のほうへ向かってゆく。天の底が抜けたような雨だ。ペレドゥルがやってきた。いつもかぶっている兜《かぶと》には、ぬれた羽根が束になってべったりはりついている。通りすぎるかれを、わたしは止めた。目をまんまるくしたかれの顔に向かってどなってやった。「メドロートを探して！　メドロートに、アーサー殿が弟を殺したって言って！」

なんでそんなことをしたのか、わからない。メドロートが病床のベドウィルに示した愛情を思いだし、兄なら真相を知るべきだ、と思ったのかもしれない。あるいはメドロートが剣を取り、復讐の天使のごとくやってきて、アーサー殿を殺してくれると思ったのかもしれない。血には血をだ。ベドウィルのほかの身内は、かれが何をやったかを知ったら、アーサー殿のがわにつくだろうが、メドロートは違う。だれかを殺したら、その兄弟に殺される。それは当然なことだ。けれどもペレドゥルがわたしの伝言とともに走りさってゆくと、わたしは気づいた。アーサー殿だって、それくらいわかっている。メドロートの復讐を予期して、前もって男たちを送ったろう。かれをも殺すために。

気がつくと、いつのまにか、街の外に出ていた。ぬれた野原をもがくように進んでいた。ひっかかれながら森の中を突っ走った。グウェニファーさまの足があまりにのろく、つまずきがちなので、おいていこうとさえ思った。アーサー殿が家来を率いて追いかけてくるにちがいない。わたしは三度、彼女をおいてさきに行こうとした。そして三度、もどってきた。奥方さまをひとりぼっちで、絶望の中に残してはおけない。土砂降りの雨と風にあおられた木々がひゅうひゅう鳴る中、奥方さまは喉もかれんばかりの悲しげな声をあげておられた。子どものようで、わたしがその母親のようだった。奥方さまの手をつかみ、引っぱっていった。

どこへ向かっていたのだろう。ただ、遠くへ行く。〈夏の国〉へ行けば、グウェニファーさまはお身内のメールワス王にかくまってもらえるのではないか、と思っていたような気がする。でも、どうすればちゃんとメールワス王が見つかるのか。南へ行くだけではだめだ。それに、月も星も見えないいま、どちらが南かもわからないし、風はいちどきに四方八方から吹きつけてきた。

とうとう、わたしたちのたどってきた道の行く手が、下り坂となって奔流に没しているのが見えた。氾濫した川が前方の世界を呑みこみ、稲妻《いなずま》が走ると、水は大蛇のようにぎらぎらと鱗《うろこ》を輝かせながら、丘のあいだを縫ってゆく。わたしたちは引っ返し、ハンノキと茂みをかきわけるようにして、小さな潟のそばの小山に生えている木立をめざした。そして木々の根もとのぬれた草の上で身をまるめた。

メドロートの身を案じてやったのは正しかった。アーサー殿はスリスにもどると、古参の将、〈やもめ作りのグレイドール〉にふたりの兵をつけてやり、メドロートの家へ行ってかれを殺せと命じた。けれど運命はもう少しましな結末を用意していた。グレイドールが馬を飛ばして通りを急いでいたとき、屋根の上で最初の雷鳴が大音響とともにはじけ、仰天したかれの牝馬が棹立《さお》ちになって、かれは後ろにふり落とされ、道ばたの鉛の水槽に頭を打ちつけてしまった。かれは、いまからどこに行き、何をするとも、兵に告げていなかったので、兵はあわててかれを屋内に運び入れ、医者を呼びにいこうとした。ちょうどそのとき、伝言をたずさえたペレドゥルがかれらを追いこしていった。

「アーサー殿が弟御を殺した」

ペレドゥルのようなぐしょぬれになった道化の口からこんな言葉を聞かされたら、ほかのものなら冗談ですましてしまっただろう。でもメドロートはおそらく、ベドウィルとグウェニファーさまのあいだのことをうすうす察していたのだろう。知っていたのかもしれない。わたしの知るかぎり、ベドウィルは兄には何ひとつ隠し事をしなかった。ともかくも、メドロートは一瞬にして、その言葉が真実であるのを悟り、それがどういうことかも知った。とっさに、剣を持て、と叫び、行って仇討ちをしようと思ったが、従者が剣を取りにいっているあいだに、気が変わった。アーサーの家来全部を敵に回したら勝ち目はない。それに妻の身の上も心配だ。隣室では妻が、嵐におびえて目をさました娘たちをなだめている。またも雷が屋根の上に炸裂《さくれつ》し、そのすさまじい轟音《ごうおん》に、かれは何も考えられなくなって両手で耳をふさいだ。従者がもどってきた。鎧戸の裂け目からさしこむ稲妻に、剣の柄がまばゆく燃えあがる。メドロートは従者に目もくれず、妻のいる部屋に飛びこんでいった。
「服を着ろ」とだけ言った。「娘たちと腰元を集めろ。ここを出るぞ」

その光の槍をサクソン人どもに投げつけるべく、嵐は東へ突っ走っていった。わたしたち、奥方さまとわたしは、しんとなった潟のほとりに残された。驚きに見開かれた目のような月が出た。月は、雲の残骸の中をうろたえながら、見回した。星々があらわれた。風がまた凪いできた。

そのあいだじゅう、またここへくるあいだじゅう、グウェニファーさまは何もおおせられなかった。心をおいてきてしまわれたのだ、とわたしは思いはじめた。けれど夜明け直前の灰色の光の中、たわんだ木々の黒い輪郭《りんかく》が空を切り抜きはじめると、奥方さまは語りはじめられた。肋《あばら》を上下させ、嘔吐《おうと》するように言葉を押しだされる。わたしに答える元気はなかったけれど、奥方さまには関係なかった。ご自分の思いにひたりきっていて、わたしが何ひとつ言わなくても、ひとりで会話をすることがおできになった。

「わたしのせいじゃない」

「神さまは、なぜこんなことを」

「あの人をとてもとても愛していた」

「あの人にはわたしが必要だった。だれかに必要とされるなんて、考えたこともなかったのに」

「愛は人を狂わせる」(どこか誇らしげな口調だった)

「わたしは地獄へ行くわ」

「かまわない。あの人がわたしの夫だった。アーサーではなく」

「あんなに若かったのに！　まだ子どもだったのに！」

「ああ、わたしはどうすればいい？」

「この世では生きていけない」

わたしとしては、「グウィナや、ありがとう」とか「よくやってくれたわ、グウィナ」とか「かわいいグウィナ、神さまのお恵みとお守りがありますように。おまえは命の恩人よ」とかの言葉があってもいいかと思ったのだ。でも奥方さまはそうはおっしゃらなかった。わたしがそこにいることとすら、気づいておられなかったのではないか。わたしもベドウィルの死を悲しんでいる、ということも、お心にはのぼらなかった。わたしのような人間が、貴婦人である自分と同じほど強く物事を感じることがある、などとは思っておられなかった。身勝手なのだ。そもそもベドウィルを恋人にしたのだって、身勝手以外のなんだというのだ。結末がどうなるか、十分わかっておられたはずなのに。

しばらくすると、わたしは奥方さまの話にも飽きて、眠りめいたものに落ちこんでいった。体は冷え、足は痛み、そしてこわかった。

目がさめると、ベドウィルのマントが体にかけてあった。わたしの体と同じくらいしめったマント、体の下の芝生と同じくらいしめったマントだったが、かけてもらったと思うとうれしかった。自分がその下に寝ている木を、眠たい目で見あげた。幹をおおう苔《こけ》が、風雨のせいで全体に同じ方向にすじが入っている。でも雨はもう上がった。日がのぼり、早朝の霧の裏がわが明るんできている。わたしたちが宿りした潟の浅瀬付近に、鷺《さぎ》が一羽立っていた。わたしのたてた物音に、大きな灰色の翼を広げ、ばさばさと飛びたっていった。首を蛇のように曲げ、両足を冬の雪滑り板のようにのばして。わたしは鳥を見送った。

「奥方さま、南へ向かいましょう。メールワス王なら、きっとよくしてくださいます。お身内ですし」

答えがない。わたしは体を起こし、まわりにだれもいないことを知った。グウェニファーさまの姿はなく、ぬかった大地には行くさきを告げる足跡さえない。聞こえるのは、水がひたひたと木々に打ちよせる音ばかり。「お別れもおっしゃってくださらなかった」わたしは思った。

潟から手が一本上へのびてきた。水のしずくをきらきらちりばめた白い手。青白い指が、水面に映った鏡像から分離していってゆるく開き、わたしを招いているようだった。

アクエ・スリスの通りでは雨水と噂が渦を巻いていた。街のまわりもだが、さらに外へ人が見にいった範囲ではことごとく、木々は倒れ、屋根はなくなり、建物は倒れ、橋が流されていた。

アーサー殿の館では、生気のないうす暗い明け方、アーサーと将たちが会合を持った。かれはうす明かりの中、自分を取りまくみなの顔をながめ、疑惑を見てとった。初めてかれらは、長《おさ》がどこへ向かっているのかを危ぶみ、自分たちはそれについて行きたいのかどうか、迷いを抱いていた。義兄であるカイでさえ。

アーサーは大きな両手を広げた。「おまえたちも見たな。おれがあの小わっぱを殺したかったのだと思うか。おれの身内だぞ。姉の子だ。だが、あいつはおれを裏切った。妻を男に寝取られたら、おまえたちはどうする？」

みなはおちつかなげに身じろぎし、かれの視線を避けた。

「おまえたちはどうする？　ベドウィルとグウェニファー。あいつらはいっしょにいた。おまえは見たろう、な、グウリ……」かれはそばにいた男の腕をたたき、ほかの者に真実を言うよう求めた。温泉にたどりつくのが遅すぎて、血の海と八つ裂きにされた若者の死体しか見なかったものたちに。

背後でミルディンが言った。「奥方さまを見ました。そこにおられた。ごいっしょに」

カイが沈んだ声を出した。「あれはわたしの身内でもあったのだ、アーサー殿。自業自得だというのはわかっている。あなたが成敗されたことを責めるものはだれもおるまい。けれど、やりかたが、ちとまずい。ベドウィルの首を泉の中に投げいれられた。あれではまるで……」

「腸《はらわた》が煮えくりかえっておったのだ」アーサー殿はまた怒りを発してわめいた。「おれを裏切った。身内のくせにだ。怒りで目の前が真っ赤になったとき、考えているひまなぞあるか」

カイは頭を垂れ、強風に向かって歩いてゆく男のように、言葉をついだ。「あの現場がどう見えるか、考えてほしい。敵の首級を聖なる泉に投げこむ、昔の異教の山賊のようではないだろうか」

オーウェインが言う。「ベドウィン司教さまと司祭らは、あなたが北方での勝利の御礼に、古き神々に犠牲を捧げると約束なさったのだと取っております。ベドウィルがその犠牲で、嵐はまことの神のお怒りで、神のご不興を示しておられると」

アーサー殿は吐きすてた。「だれがこの街の主だ。おれか、ベドウィンか？　それに嵐はおれがあいつを殺す前から始まっていたぞ」

「神さまの嵐とはうまい話だ。神を恐れる人間なら、それを信じますな」とカイ。

アーサー殿は右手の甲で、かれの悲しげな顔を張りとばした。「おまえは、昼になるまでここに突っ立って、女のようにめそめそ嘆いているつもりか。メドロートを追え。見つけて始末しろ。おれに血の宿怨がふりかかる前に」

カイの顔は、うす暗がりの中でたいそう青く見えた。アーサー殿の指輪のひとつが、頰を切り裂き、血の玉が浮き出ていた。アーサー殿は荒い息をついて、油断なく目を光らせている。カイのそばに立っている男たち、夏の初めにスリスにおいてゆかれたほかの家来たちは、カイがなぐられたとき、剣に手をのばした。それは一瞬のすばやい動きで、カイに抵抗する気がないのを見てとるや、一瞬にしておさまった。だが、かれらはカイが違う反応を見せたら、その後押しをする気でいた。

「メドロートのあとは追いますまい」カイが慎重に、「どの道を取ったかわからない。それにどの道であれ、橋が流されているし、川が土手をめちゃくちゃにしている。わたしの部下はここスリスでの仕事があるし」

アーサー殿の鼻孔が開く。かれは不服従には慣れていなかった。カイが言ったことは真実だが、それだけが理由なのか。かれはすでにアーサーではなく、メドロートの味方なのではないか。

ミルディンが言う。「グウェニファーさまは?」

アーサーがふりかえる。「なんだと」

「グウェニファーさまは?」ミルディンはまたきいた。「あのかたはどうなったのです?」

「知らん」アーサー殿はいらいらと、「なぜおれが知っている。あの侍女めがさらっていったわ。運のよいやつだ。でなければあの女も首が飛んでいる」

「メールワス王のお身内ですぞ」

「メールワスとて、おれが不実な妻を成敗したのをとがめはすまい」

「それはそうです。でもあのような高貴なお生まれのかたで、盟友のお身内なのですから、それなりのきちんとしたお裁きのしようがある。ただ殺すわけにはまいりません。おそらくはメールワス王のもとにあのかたを送り、処遇をおまかせになるのがよいでしょう。あなたが慈悲深いこと、王の判断を尊重していることを示すのです。でもまずは奥方が見つからないことには。奥方とあの侍女ですな」

わたしはぬれた草の上に座り、その手が、輝く潟の真ん中からわたしを招くのを見ていた。折りとられた小枝のように白い手。

わたしはもうこれ以上はぬれられないほどずぶぬれになっていたので、浅瀬へ向かい、じゃぶじゃぶ踏みこんだ。裂けたスカートがふわりとまわりに広がる。水は澄んでいた。底には草がきれいな緑色をして突っ立ち、まるで自分が水中にいることに驚いているようだった。

グウェニファーさまは、その水中に溺れた草の上に横たわっておられた。ベドウィルのマントから布を裂きとって、それでもって古いぬれそぼった丸太を腰に縛りつけ、おもりにしておられた。わきを下にして横たわり、片腕がものうく上にのび、手首からさきがまばゆい水面を破って出ていた。汚れたドレスがふくらんでいた。腕の下になって襟のように広がった髪の中に、無数の泡がとらわれていた。

おかしなことに、わたしは何も感じなかった。わたしはただそこに立って奥方さまを見ていた。なんの感情もわきあがってこなかった。

ばしゃばしゃと岸にもどった。どうしようか、と自分に問いかけた。スリスにもどれば、きっとアーサー殿に殺される。奥方の裏切りに手を貸したと言われて。たしかに手を貸した。ア

ーサー殿の軍勢の中に、もうわたしの居場所はない。それなら、メールワス王の国をめざすまでだ、と心が決まった。足の疲れぐあいでは、昨夜の雨と嵐の中、二十マイルは歩いてきたような感じがする。アニス・ウィドリンまでの道は半ば以上来たはずだ。

いく本ものせせらぎをちりばめてさんざめき、きらめいている丘に、わたしはのぼっていった。エニシダがびっしり生えているいただきから見わたした。アクエ・スリスが二マイルも離れていないところに見える。何事もなかったかのように、料理の煙がたちのぼっている。もっと近いところ、こんもりした森が、水びたしになった牧草地へ続くところには、ミルディンの家の屋根が太陽に輝いていた。

疲れすぎていて、何も考えられない。〈夏の国〉へ出発する気力もなかった。それでわたしはすべりやすくけわしい羊径を下りて、昔の主人のお情けにすがりにいった。

37

ミルディンは家にいなかった。ちぢれっ毛の少年――名前はカドウィだ――だけがいた。鶏が掘りかえしていた場所を探し、卵を見つけようとしていた。ばたばた駆けてくるわたしを見て、だれだか思いだしたらしく、中に入れてくれた。ご主人はまだアクエ・スリスだそうだ。乾いた服を貸してと頼むと、カドウィは適当に出してくれて、そのあいだにわたしのぬれて泥だらけな服を洗ってくれた。わたしはかれの予備のチュニックと古いズボン姿で、火のそばに座り、炉にかけた脚つき鍋の中から煤だらけの白い脂身をすくいだし、パンに塗りつけて食べた。少年はわたしのことを、炎の中から飛び出してきた精霊か何かを見るような顔で見ている。この服装のわたしは、髪がのびていても、少年っぽく見える。身につけたつもりでいたしとやかさや女らしさは、昨夜でいっぺんに消し飛んでしまった。カドウィには、わたしの正体がわからないようだ。

それから、ベッドにつれていってくれた。わたしは日が暮れかかるころまで、眠った。

ミルディンがもどってきたとき、目がさめた。外でカドウィにしゃべっている声が聞こえ、出てみると、かれが黒い老馬からすべりおりるところだった。わたしのポニーのデューイが厩《うまや》を横切って鼻面をすりつけにきたので、わたしは相手を抱きかえし、鼻面に顔を押しつけながら、この子くらいわたしを愛してくれる人間がいたらいいのに、と思った。

ミルディンは立っているわたしを見て、奇妙な顔をした。かれのことをあまりよく知らなかったら、照れているのかと思っただろう。かれはわたしの顔を見つめながら、慎重な足取りで近づいてきた。

「アーサー殿に知らせたんですね」わたしは言った。

ミルディンは手をのばしたが、わたしにさわりはしなかった。「話はもう広まっていた。グウェニファー殿に愛人がいるという話は。おれは、そいつにけりをつけなきゃならなかった。アーサー殿の評判に傷がつくから」

「奥方さまがきのうの晩、ベドウィルのところへ行くのをご存じだったのでしょう？　だから、アーサー殿にことづてを送って、早く家へ帰って、あの場所へ行けって教えた」

「何か手を打たねばならなかったんだ。ブリテンの王たちがアーサーのことを、妻を寝取られたまま何もしない男だと鼻で笑っているかぎり、あいつは決してサクソン人と戦う盟主として認められない」ミルディンは老けこんで、ぐあいが悪そうに見えた。腕がしびれてしまったかのように、いつまでも揉んでいる。「きのうの晩、おれといっしょに来ればよかったのに」

「奥方さまがお呼びだったんです」自分がもう、ミルディンの従者ではないことをわかってもらいたかった。かれにはそれがわかっていたのかどうか。奥方さまの名前が出て、かれの気がそちらにそれた。「グウェニファーさまはどこか、知ってるのか」

「亡くなられました」

かれはちっと言った。もちろんグウェニファーさまのことが心配だったからではない。「アーサー殿には、奥方を生かしておくように言ったんだが」

「アーサー殿じゃないです。みずから入水なさいました」

ミルディンの目がわたしを通りこして、丘のほうへ、霧につつまれた森のほうへさまよっていった。どんな物語に仕組もうかと考えている目だ。「それはいいかもしれんな。奥方がベドウィルを誘惑し、アーサー殿を裏切った。そして後悔と罪の苛責《かしやく》で――というのじゃ、アーサー殿が軟弱に見える。それにメールワス王が信じるかどうか」

カドウィが馬を引いて去り、デューイもそのあとについて行った。わたしはミルディンについて家の中に入った。


ミルディンの家の火のそばで、スリスでのできごとを聞かされた。メドロートが嵐の混乱にまぎれて逃げ去ったこと、残された奴隷が、主人はアニス・ウィドリンに向かい、メールワス王に剣を捧げるつもりでいると告げたこと。アーサーがベドウィルをいけにえにして、その首を古き神々の聖なる泉に捧げた、という物語がすでに広まりはじめている。ベドウィン司教は広場で群衆に向かって、嵐はアーサー殿の罪に対する神のお怒りで、神がさらにわざわいを下したもう前に、この暴君を打ち倒すべきだ、と説いて聞かせた。アーサー殿はかれを打擲させ、戦士らに教会の中の宝物を勝手に略奪させた。

「おかげで、アーサー殿を憎んでいたものは、なおいっそう憎むようになってしまったというわけだ」ミルディンは、わたしに語るというよりも、考えを言葉にして吐き出しているかのようだった。「それにカイがいる。ふたりのあいだの信頼関係にひびが入った。カイはアーサー殿の義兄かもしれないが、ベドウィルとメドロートの伯父でもあるし、ベドウィン司教とは仲がよく、グウェニファーさまのことも気に入っていた。まだアーサー殿に従ってはいるが、その忠誠心には亀裂《きれつ》が入っている。アーサー殿は自分の配下にも、自分を打ち倒し、カイを後釜に据えたいと思っているものがいることをご存じだ」

「カイは決してアーサー殿を裏切りません」わたしは言った。

ミルディンは耳を貸さず、ぐっと宙をにらんだ。「それにカイは、おれが裏で糸を引いたからくりを全部知っている。カリバーンの真相や、それ以外にも、おれがアーサー殿の権力を認めさせるためにこしらえたあれやこれやの話を、あいつがみなに話したら？　もしもおまえのことをみなに話したら？」

「カイに手を貸して、アーサー殿を倒したらどうですか。カイのほうがいいご領主さまになりますよ。それもわからないほど、アーサー殿をそんなにお好きなんですか」

「カイはたしかにいい領主になるだろうさ」ミルディンは苦い口調で、「アクエ・スリスを富ませ、平和にし、繁栄させ、ちゃんと維持するだろうよ。サクソン軍が西にやってきて、そこを燃やしにかかる日まではな。カイでは意味がない。アーサーには意味がある。あるはずなんだ。おれがこの世に送り出した物語は全部意味がある——ああいう物語は、おれが口笛を吹いたら、いそいそと猟犬みたいに飛んで帰ってきて、ちゃらになるわけじゃない。アーサー殿こそわれらの希望だ。ブリテン全土の希望だ。いつかほかの王たちもあいつのもとに馳せ参じ、それを率いて戦えば……」

「この島からサクソン人を永久に追いはらえる」わたしは疲れた声で言った。前にもかれのそんな口ぶりは聞いたことがあった。昔は信じていた。いまでは、聞くたびに陳腐に思える。

ミルディンはわたしの言ったことなど聞いていない。「カイは問題だ。信用できん。あいつをおれの秘密に一枚噛ませてしまったのが馬鹿だった。敵よりたちが悪いのは、寝返った味方だからな」かれは飲んでいた杯をおろし、腕をさする。「これ以上血が流れる前に、あいつをやっかいばらいする道を考える。あいつを追い出せば、この波紋がおさまるまでの時間がかせげる。そうだ。それがいい。でもどうやって？　どんな理由がつけられる？」

かれは、わたしに答えを求めるかのように、こっちを見たが、実際はそうではなかった。わたしがいなければ、そこにあったはずの壁に向かって、答えを求めていたのだ。

翌日目がさめると、かれはまた出かけていた。わたしとカドウィのふたりだけになり、カドウィはわたしがいるとよほどおちつかないのか、わたしを放っておいてくれ、わたしも考える時間ができた。メドロートとその家族がアニス・ウィドリンにたどりつけたら、老メールルワス王からどんなふうに歓待されるだろうかと考えた。嵐のおかげで、たくさんのことが洗いながされたが、それ以外の物事はより鮮明になってきた。メールワス王はこれまでも、アーサーに自軍を指揮させようなどと、本気で考えてはいなかったのだろう。いまならわかる。ただ、自分の領地の辺境に野営しているこの図々しい山賊たちを恐れて、時間かせぎにそう言っていただけなのだ。だからメドロートが持ってくる知らせを聞いて、きっと喜ぶだろう。アーサー軍の仲間割れに神のご不興。いまこそアーサー討伐軍を起こし、アクエ・スリスをもっとましな者の手にゆだねるときだと思うかもしれない。

ミルディンは夜遅く、わたしが厩でデューイの世話をしているときに、帰ってきた。メールワス王のことを考えていたとしても、それを顔には出さなかった。カドウィにてつだわせて馬から下りると、何年も前、わたしにカリバーンを見せたときに初めて浮かべた、あのなつかしくずるがしこい笑みを顔にのぼせた。おのれの利発さに対する、会心の喜びの笑み。「さあて、ミルディンさまがうまくけりをつけてやったぞ。これまでと同じようにな。アーサー殿に言って、教会の外の階段に、全軍を集めてもらった。そして、盟友のあのアイルランド人が、いかにクノモラスどもに侮辱されてきたかを演説させた。カルクヴァニスをたたいたいま、アイルランド人に援軍を送ってやって、クノモラスをやっつけるのに手を貸す。敵がさらに野望をつのらせ、土地を奪おうと必死になる前にな」

わたしはまばたいた。この数日のあいだにあまりにたくさんのことが起きたので、アイルランド人がアーサーの援助を求めに乗りつけてきてから、たいそう長い時間がたったような気がしていた。「クノモラスのことなんて忘れていました……」

ミルディンがくすりと笑う。「あいつらもだ。アーサー殿もだ。でもおれは覚えていた。人の上に立つものは、いつでも予備の敵をいく人か抱えておくべきだぜ。すぐそばの問題から目をそらさせるために、遠くのうまそうな戦いが必要になることもある。クノモラスが、アイルランド人の牛をかっぱらうのを今日このままにしておけば、明日はどうなる？　これ以上つけあがる前にこらしめてやるんだ。こっちの戦士をすぐに何人か、西へ送ってアイルランド人を援護する。もちろん、その指揮を取るのはアーサー殿ではない。アーサー殿と直属軍は戦争で疲れ、旅で疲労している。カイとその信奉者が、代わりに行く。そいつらがもどってきたころには、こんないざこざはすっかりかたがついているさ。そしてもどってこないものも何人かいる、ってわけだ」

「もしもカイたちが行かなかったら？」

ミルディンはわたしに顔をしかめてみせた。「男の生きかたのことは、おまえも十分学んだと思うのに、忘れちまったのか。もちろんあいつらは行くさ。でないと臆病者に見られる。おまけに、アーサー殿は、戦いは楽勝だし、略奪はたっぷりできると言われた。自分も行きたいのはやまやまだが、残って、裏切り者のメドロートからこのふるさとを守らねばならんからな、と。そしておれは、クノモラスの館から取れる莫大な財宝のことを言ってやった。赤い牛の群れ。黄金の楯《たて》。決して空にならない奇跡の大釜。飲めばどんな傷でも治る飲み物……」

「で、クノモラスはほんとうにそんなものを持ってるんですか」

ミルディンは肩をすくめた。「だれにわかる？　持ってるかもしれん。おれがでっちあげたのよ。だが、そんなうまい話があると知れば、カイの部下も、西へ行く気持ちにはずみがつくってもんだ。夜明けに出発だな」

ミルディンがなぜこんなにご満悦なのか、わかった。カイの部下とは、アーサー殿がこの夏戦いに出ているあいだ、アクエ・スリスに残っていた者たちだ。その大半は、アーサー殿が完全には信頼していない将兵だ。ヴァレリウスの昔の朋輩《ほうばい》とか、昔のオルドの子息たち、アーサー殿の血縁でもなければ、長くつきあってきたわけでもない輩。アーサー殿の義兄をむしろ統率者にいただきたいと思っている男たち。ミルディンの狡猾《こうかつ》さのおかげで、かれらは一ヶ月かそこら留守になる。かれらは略奪のおかげで、貨幣だの、牛だの、魔法の大釜だので、肥えふとってもどってくるだろう。そして、アーサー殿により好意を抱くようになるというわけだ。

食事がすんで、従者の少年が皿洗いに外へ出ていき、わたしがまた自分の寝床のことを考えているとき、ふと別のことが浮かんできた。

「ペレドゥルは。かれは行かないんですか?」

「〈長ナイフ〉のせがれか。もちろん行くさ。言ったろう。カイはこの夏、アーサー殿に従っていかなかった者を全員、つれていく」

「でも、ペレドゥルを戦にはやれないです! だってあんまり……」

「まぬけだからか。グウィナよ、それはしかたがないな。アーサーの部下ではないのだ。メドロートに告げ口しにいったのはかれだと聞いたぞ。見かけほどまぬけではないかもしれん」

「でも、そうなんです！　信じられないかもしれませんが、あの人はほんとうに馬鹿で」

「それはおまえの意見だ。おれが知っているのは、あいつをアクエ・スリスに残しておいて、アーサー転覆のたくらみをさせるわけにはいかん、ということだな」

わたしは、ペレドゥルにメドロートに警告するよう、言ってやったのが自分だということを告白すべきかどうか迷った。でも言ったところで大した違いはあるまい。

わたしは寝にいったが、眠れなかった。消えかかる火の光が屋根のたるきにサフラン色にちらちらするのを見ていた。ベドウィルとグウェニファーさまのことばかり考えていたので、ペレドゥルのことをすっかり忘れていたっけ。あのあけっぴろげで愚かな顔が、かつてはわたしの心をつかんだこともあったっけ。最初に会ったとき、乙女みたいなドレスを着ていたっけ。わたしを鏡に映したような少年。かれがあの戦いに出てゆくなんて、思いたくなかった。本物の戦ではなく、アーサー殿の目的のためにでっちあげられた戦い、うそからつむぎだされた不必要で意味のない戦いだ。かれは帰ってこないか、あるいはまったく別人になって帰ってくるかだ。ベドウィルと同じように変わってしまうかもしれない。女の子らしさの最後の名残も消えてしまい、ほかの男と同じになってしまうかもしれない。

わたしは眠って、グウェニファーさまが湖の中へ歩んでゆく夢を見た。木の錨を赤子のようにゆすり、水面に映る自分の像の中へと沈んでゆく。

目がさめると、せねばならないことははっきりしていた。こわかったが、尻込みするほどではない。

ミルディンは自分の寝床でいびきをかいていた。カドウィは火のそばにまるくなっている。わたしがそろそろとそばを縫ってゆくとき、少し身じろぎしたが、「シーッ、シーッ」と声をかけると、眠たい犬のようにまた眠りに落ちていった。

ベドウィルのマントはまだ持っていた。雨に色がさめて、くたびれた茶色になっており、グウェニファーさまがすその部分を裂きとったため、わたしにちょうどよい長さになっていた。カドウィのチュニックとズボンを身につけ、ミルディンのオークのチェストの中には、少年だったとき使っていた自分の古いベルトがあった。ベルトの革が白かびをふきかけていて、チョークの粉のようにぼろぼろとれてくるのを、親指でぬぐった。傷んだ編みあげ長靴しかはくものがなかったので、ミルディンの長靴を失敬した。それからナイフと革袋を盗んだ。

外の闇の中では、なつかしいデューイが頭を垂れて眠っていた。片方の後ろ足の蹄《ひづめ》を芝土にあずけて。わたしが鞍布を背中に投げかけると、やわらかな低い声をあげて目をさました。首をめぐらし、わたしの与えたパンをもぐもぐやり、またふたりいっしょに、旅に出ていけるのを喜んでいるように見えた。

38

スリス街道近くの、ぽたぽた水の滴る森へ入って、わたしは足を止め、夜明けを待った。明るくなってくるにつれ、水たまりが木々のあいだにガラスのように浮かびあがる。わたしはとある水たまりのそばにしゃがみこみ、自分の姿を見おろし、ナイフで長い髪を切った。短くなりすぎないようにした。ベドウィルがやっていたように肩の長さで止め、ポケットにあったひもで後ろでくくる。ちゃんと日焼けして黒くなるまでは、と思い、泥水で顔を洗って黒っぽくした。それからナイフをベルトにさし、またデューイの背中に乗った。

ミルディンは援軍が夜明けに出発すると教えてくれたが、街道でそれを待っているのはいやだった。軍勢の出立には、なにかと、さしさわりや遅れがつきものだということを思いだしたのだ。馬が足を痛めたとか、鞍帯が切れたとか、忘れ物を探さねばならない、とか。男たちは、前夜の蜜酒やワインの飲みすぎで、寝坊している。別れの挨拶はだらだら長い。とにかく、かれらに会うのはもっとさきでいい。わたしが若者だということを疑えないような状況になってからで。

わたしは森を西のほうへ向かい、カムラン浅瀬のところで増水した川を渡り、午後になってやっとディーン・ブラノックという場所にたどりついた。いくつかの夏をさかのぼったころ、ミルディンといっしょにここに来た。〈夏の国〉へ向かうとちゅう、泊まった場所だが、帰路はそのまま通りすぎてしまった。ここの人たちは、アーサー殿の魔術師といっしょに西へ向かった少年のことは覚えていても、魔術師がつれてもどった少女に見覚えはない。

嵐の被害は甚大のようだ。館は水びたしの野からわずかに頭を出した起伏の上にぺちゃんこになっていて、アララテ山上に漂着したノアの方舟のようだった。館の人間たちは、柳細工の舟に乗ってこまめに原をこぎまわり、洪水をのがれようと丘や小山にのぼったまま立ち往生した羊を救出して回っていた。デューイをせきたてて、膝までの深さに水没した径を進んでいたとき、おなかに恐れのかたまりがふくらんでいった。ここの人たちは、よそものに宿を貸す気持ちの余裕などないだろう、と。

けれど、わたしを見て、かれらは喜んでくれた。こわい経験を打ちあける相手ができたのがよかったようだ。かれらは奇跡でも見たかのように、地くずれを起こして亀裂の入った丘や、引き裂かれた木々を指さして、嵐の話をしながら、わたしの驚きを見のがさないようにじっと顔を見つめてきた。

わたしはその期待を裏切らないようがんばった。ミルディンと長くいっしょにいたおかげで、なかなかの演技力が身についていた。ふるえおののいてみせ、相手がこうまで誇らしげにしている災厄が、同じかそれ以上にひどい形でアクエ・スリスやおそらくはほかのすべての地域を襲ったことは、毛ほども顔に出すまいとした。わたしの知るかぎり、あの人たちはいまでもディーン・ブラノックの大嵐のことを語りつたえていることだろう。

おまえはだれだ、ときかれたとき、わたしは言った。「ミルディンの従者のグウィンです。覚えてませんか」するとかれらはうなずいて、またわたしを歓待してくれて、大きくなったねえ、と言った。わたしが娘になったとは夢にも思わないようすだった。

「スリスではどうしてるかね」ときかれた。

最初は、どう答えたらよいか、迷った。それから心が決まった。その夜は、泥水にひたされた館の、小高い壇上にみなといっしょに腰をおろし、そこらじゅうでぬれた衣類や寝具が火にあたって盛大に湯気をたてている中、わたしはベドウィルとグウェニファーさまの話をした。

話はわたしが意図したようには進んでいかなかった。わたしは善意から話を始め、なるべく真相を曲げないように話していたが、そのうちどこかで話がずれていってしまった。ミルディンのやりかたに染まりすぎていたのかもしれない。わたしはベドウィルを実際より年長の立派な男にし、戦では獅子奮迅《ししふんじん》の働きを見せ、死体あさりのカラスどもを飽食させ、九百人の敵を倒したうんぬんの決まりきった武勇伝を話して聞かせた。そしてグウェニファーさまをもっと若く美しくし、身勝手さをへらした。別に悪いことはないだろう。この人たちは奥方さまに会ったこともないのだ。それにけっきょく最後は、奥方さまはわたしにはよくしてくださった。ご自分が水に入ってゆく前に、ベドウィルのマントでわたしをくるんでくださった。奥方さまをまた若返らせるくらい、ほんのささいな感謝のしるしにすぎない。

でも、物語の結末は語ることができなかった。聞き手たちが知っているアーサー殿は、ミルディンの作ったアーサー像だ。気高く聡明で勇敢な男。それでわたしはアーサー殿が恋人たちを発見したとき、怒り狂うのではなく、悲しむことにした。そしてふたりを無事に逃がした。稲妻《いなずま》に照らされた道を、アニス・ウィドリンへと逃げたのだ。わたしのベドウィルとグウェニファーさまは。

そのあとでは自分でも、ふたりが死んでいるところを見たことのほうが、むしろ信じられなくなった。ふたりとも無事で〈夏の国〉にいることのほうが真実に思えたのだ。

朝になると、カイに率いられた小軍がやってきた。背中に楯《たて》を負い、腰に剣を下げた二十人が街道を歩いてくると、水びたしの原っぱに同じだけの人数の影が映った。それを勘定に入れても、多い数ではないが、アイルランド人は感謝するだろうし、その部隊に合流すれば、クノモラスに多大な損害を与えられる。

ディーン・ブラノックの頭領が、かれらを迎えに出てきた。「おのおのがた！」と呼びかけ、デューイのさきに立って、水の中をばしゃばしゃ歩いていった。「ようこそ、ようこそ、ご入来！」例の嵐の話をくわしく語り聞かせるつもりかと思ったが、そうではなく、わたしをさしてこう言ったのだ。「ミルディン殿の従者が、あなたがたに合流しようとここに」

カイが手綱を引き、まじまじとわたしを見た。

「グウィンです。ミルディンの身内の」わたしは言った。

カイはうなずいた。目の裏のどこかに、笑みが隠れている。「覚えているとも。二度とおまえに会えるとは思わなんだが。グウェニファーさまの館にいた妹御はどうされた？」

「グウィナですか、わたしの義妹の」


またかれはうなずいた。「この事件のいっさいから、うまくのがれられたのか」

「きのうミルディンの屋敷で、義妹と別れました。ミルディンがわたしをあなたがたのもとへさしむけました。イスカの西のあの国はよく知っています。ご案内できます」

「では歓迎するぞ。それにおまえの主人にも感謝する。老バン卿の館を落として以来、あの丘陵地帯には足を向けたことがないのでな。水の中から剣が上がってきたあのときだ」かすかな、それとわからぬほどの目くばせ。それからカイは、痛い過去を思いだしたかのように、けわしい表情になった。わたしの向こう、水没した建物や水びたしの畑に目をやった。「われらは急いで行く。ここの人たちにこれ以上迷惑をかけたくはない。それに、アイルランド人の丘陵地帯に早く着ければ、それだけ早くかたがつくというものだ」


男たちの列はまた動きだした。だれかが歌を歌っている。馬のしっぽが揺れて、古い糞の甘い臭いをまきちらす。わたしはデューイを小径に乗り入れ、かれらに合流し、ペレドゥルを探した。

39

秋の終わりに向けて、わたしたちは西へ馬を駆っていった。この旅についてわたしが覚えているのは次のようなことだ。荷物用のラバの積み荷にぶらさがった金属の鍋のぶつかりあう音。小径のみぞにたまった赤い泥がべちゃべちゃはねたこと。一日の終わりに馬をこすってやり、寒さにそなえて毛布をかけ、かいばをやってから、自分たちの食べ物の用意をしたこと。馬の世話の一連の手順が、ずっと変わらず少年でありつづけたかのように、なつかしくよみがえってきた。ぬれた丘の径を行く蹄《ひづめ》のやわらかく食いこむ音。軽駆けするときの音のない歌。リンゴとキイチゴの実。たき火で焼いた灰の味のする固いパンの塊。水びたしの谷、水びたしの街道、流された橋を避けての大回り。

男たちは文句を言っている。なぜ、アーサー殿は春までクノモラスを放っておけないんだ？　アーサー殿はツキをなくした。奥方さえおさえておけない。そう言って、もっとましな人間の下につきたいものだと言った。そして期待ありげにカイに目をやった。カイの砂色の頭は太陽のもとではむきだしで、雨のときは頭巾におおわれていたが、かれの考えはそこに秘められたままだった。

わたしはほかのものたちのあとからようやくついていった。老いたポニーのデューイは頑健ではあったが、足がのろい。ともあれ、わたしはみなにあまりあれこれ質問されたくなかった。ほとんどのものはスリス出身で、オルドの身内や地方の大地主の縁者の、わたしにはなじみのない若者ばかりだった。けれども、グウィンのことを覚えているものがごくわずかいて、アーサー殿の少年隊を出て以来、ここ数年どうしていたのかを知りたがった。

ひとりで馬を進め、かれらの軽口の応酬がそよ風に乗って流れてくるのに耳を傾けているうち、娘たちにまじっての暮らしが恋しくなった。そんなふうになろうとは夢にも思わなかったし、屋内に閉じこめられている代わりに馬に乗ってどこかに行く生活がほしいと思わない日は一日もなかったのだが、ここにセレモンがいてくれて、心の秘め事を打ちあけることができたら、と思った。夜が近づいてくると、娘たちは真剣に小声で、あれこれと話しあう。少年は虚勢を張りあうだけだ。

ペレドゥルだけがわたしの話したい相手だったが、かれはわたしを避けていた。わたしのことを覚えているのはたしかだったが、自分に気づかないでほしいという顔をしていた。女の子として育ったことを人に言いたくないのは当然だし、わたしがそれを人に言うかもしれないと心配だったのだろう。

夜になると、たき火を囲んで、あるいは夜を明かす小さなみすぼらしい館で、わたしは物語をして聞かせた。カイに頼まれたのだ。「おまえはミルディンの従者だ。憂《う》さ晴らしのため、あわれな冷たい足指を忘れるために、ご主人のしていた話を何か語ってくれないか」と。

ほんとうのところを言えば、ひどく寒くて、わたしもほかのものと同じくらい慰めがほしかった。それでできるだけ低く声を作って、たき火の端で見回りをしている歩哨《ほしよう》の足取りに調子を合わせ、物語をして聞かせた。まずは古い物語からだ。『緑の男』の話、それから『巨人の長《おさ》』の話。でもしだいしだいにわたしは大胆になっていった。みんなベドウィルがどうなったかは知っていたが、嵐が始まってからグウェニファーさまがどうなったかは聞いていない。それでわたしは、奥方さまがメドロートとともにアニス・ウィドリンへ向かった話をした。奥方さまを知らないものを相手にしているわけではないので、さすがに若かったとは言えないが、優しくて、無実の罪を負わされたのだ、ということにしたので、かれらもしだいに、奥方は美しくて、思っていたほどの年ではなかったのだ、と考えはじめた。ときに、火明《ほあ》かりの中に浮かぶいくつかの顔が、涙を流しているのが見てとれた。

その涙もろいひとりがペレドゥルだった。かれはほかのみなとは違って、決して感情を隠そうとしなかった。ある物語のあとで、かれはわたしのもとへやってきて、わたしを抱きしめ、よかった、と礼を言ってくれた。そのときに、ちょっと奇妙な目つきでわたしを見て、おずおずと言った。「昔、ぼくの家に来てくれたよね」

「そうだよ。きみとぼくとで、老ポロックをだましてやった。きみは、すごくきれいな天使さまだったね」

かれの顔に笑みがともる。「やっぱり、きみだと思ってたんだ！　でも自信がなくて……あんまりあのグウィナって娘に似てるからさ……」

「義妹なんだ」わたしはすぐに言った。なじんだうそだがあまりにもしっくりきたので、いまでは真実だと思われるほどだ。「妹から、きみに会ったって聞いた」

「ぼくがアクエ・スリスに来た日、グウィナは川ぞいの草地にいたよ。この剣、彼女からもらったんだ、赤い男を殺したあとで……」かれの笑みがかげる。「あの娘には、ぼくが昔どうしてたか、話してないよね」

「ドレスのこと？　髪のこと？」

「一生の恥だし」

「ぜったいしゃべらない」わたしは言った。

かれは笑った。「あの日のこと、忘れられないよ。あのとき初めて、ぼくは男の人を見たんだ。本物の男をね。アーサー殿の供回りなんてしてるきみがうらやましくてさ……」

「それにあのときのポロックの顔ったら……」

「あいつにはどっかあやしいところがあると思ってた。でもきみが来るまでは、あいつがあんなうそつきの詐欺師だなんてわからなかったな……」

そしてかれはわたしといっしょに消えかかった火のそばに腰をおろし、ほかのものが眠っているあいだに、あれ以来、自分の身の上に何が起こったかを話してくれた。それはもうわたしが書いたとおりだ。読者も想像がつくと思うが、あの天使ごっこの結末を聞かされて、わたしは恥じ入った。座って耳を傾けているうち、ペレドゥルの面長の顔を両手にはさんでみたらどんな気持ちだろうという思い、そしてグウェニファーさまがベドウィルに語っていたようなことを言ってみたい、という思いがどうしようもなくこみあげてきた。かれを愛したい。でも少年にもどることによってしか、かれに近づけないなんて、なんて運が悪いんだろう。

イスカが近くなるまでは古い街道を通ってゆき、それから北方に折れた。イスカはメールワス王に忠誠を誓っているし、メールワス王はもはやアーサーの一団に好意的な目を向けることはないだろう。

「メールワス王は、アクエ・スリスをゆだねるのに別の人間を求めておられますぞ」カイの隊長のひとり、ダノカタスが言った。丘陵の斜面を通る道でやすんでいるときだ。数マイル南の、しめっぽい谷を満たしているのは、そこに位置するイスカの街の煮炊きの煙で、その向こうに太い銀の川が流れている。馬たちは規則正しいしゃりしゃりという音をたてて、草を食いちぎっていた。カイは西のかた、アイルランド人の石ころだらけの荒れ地に目を放って、何も言わない。

「もしもよきキリスト教徒がアーサー殿に挑み、打ちまかして、跡を襲うなら、メールワス王はさだめしそれを喜びなさるでしょうな」ダノカタスは言いつのる。同じような気持ちでいながら、言いだせずにいたほかの男たちは、カイの反応をむさぼるような目で待っていた。

「なぜ、われらが、アイルランド人に味方して、クノモラスと戦わねばならんのです?」ダノカタスが声を荒らげる。「なぜ、スリスにとって返し、カイ殿をいただき、アーサー殿に一戦を挑んではいかんのですか」

カイはふりかえり、かれを草地になぐりたおし、何度かひどく蹴りつけて、うめくかれをそのままにして、すたすた歩みさった。「アーサー殿はわが弟だ！」馬にまたがろうとしながら、肩ごしにそう叫んだ。「アイルランド人を助ける、とかれに約束した。おぬしらは、息子や孫に、戦におじけづいた腰ぬけと言われたいのか」

われわれは、けわしく切り立ち、こんもりと緑におおわれた谷を、馬を進めていった。荒れ地の高い岩場にのぼりきると、道は泥炭の小径となって、木々や下草のもつれあう森の中を縫ってゆく。苔《こけ》むした大石が木々のあいだにごろごろしており、そのさまはぶあつい緑の毛皮をまとった獣《けもの》が眠っているかのようだった。ようやく木立を出はずれると、そこにあるのはひだを重ねた丘陵ばかりで、すべては霧とドラゴンの煙におおわれていた。

カイはわたしについてこさせて、丘のてっぺんにのぼった。大石がいくつも立って、風がまわりを吹きまくるにつれて、ひゅうひゅうと激しい音をたてていた。「このあたりを知っているな」とカイは言った。

西のほうのいくつかの高い丘は見覚えがあった。いや、あるような気がした。わたしはせいいっぱいの答えをした。「アイルランド人の屋敷はあっちのほうの、荒れ地の斜面がカーニューのほうへ落ちこんでいる方角です。ここのすぐ北にバン卿の館があります。川は……」

「おまえの水底の故郷だな、湖の精よ」カイは苦い顔でわたしを見ていた。「あの日のことをよく思いかえすよ。ミルディンがおまえにさせたことを。あいつはおまえをとんでもない道に引きずりこんだな」

わたしは風がデューイのたてがみを揺り動かすのを見つめていた。カイに秘密を知られていることは、ずっとわかっていたものの、それでも実際にその話が出ると、裸でいるような心持ちになった。「ときどき、放っておいてもらえたらよかったのに、と思うんです。なぜ、そうしてくれなかったんでしょう。あの滝でのできごとのあとでです」

「おまえを愛していたのさ。血を分けた子どもがいなかったから。だからおまえを引き取った」

「違います！　わたしを追いはらいましたよ。わたしをまた娘にもどして、グウェニファーさまに渡してしまった」

「おまえに居心地のよい住みかを見つけてくれたんだ。わたしがセレモンに対してそうしたように、おまえをいつれ合いが見つかるような環境においてやった。おまえを愛していたからだ。おまえだってそれはわかっているだろう」

かれは馬を回して、待っている一団のところへ下りていってこう叫んだ。「今夜はここで野営する。明日は、アイルランド人との宴会だな！」わたしはもの思いとともに丘の上に残された。カイはミルディンの友人で、ミルディンの考えをよく知っていたはずだ。でも、ミルディンがわたしを娘として愛していたとは思えない。ミルディンがだれかを愛するなんて信じられない。おそらくは自分自身すら愛していなかった男が。

そんな身も蓋もない思いを抱きながら、わたしは丘をくだっていった。だれかに見られているような気がしはじめた。岩や茂みのあいだから。けれどここに敵はいないはずだ。クノモラスの土地までは馬であと二日。ここはアイルランド人の国で、明日にはかれの館について、カーニューに攻めこむ算段をする。わたしはその不吉な感じをふりはらおうとし、戦の前には男はだれでもそんなふうに感じるものだ、と自分に言い聞かせた。

その夜はたき火のまわりで、ほかのものは勝ち戦と敵の敗北の物語を聞きたがった。クノモラスの城砦《じょうさい》で待ちうけている財宝の話を、また聞きたがった。

わたしは何を話していいのかわからなかった。黄金の杯や宝石ずくめの玉座を約束したとして、実際にクノモラスの館を襲撃してそんなものがなかったら、なんと言われるだろう。そのとき、わたしがつむぎだした物語は、蛇のように身を転じて、今度はわたしに食らいついてくるのだ。

「魔法の大釜は？」ボドファンという男が言った。「ミルディンは一度、決してからっぽにならない大釜の話をしてくれたぞ。その釜の中には、だれでも自分の一番食いたいもの、飲みたいものが見つけられるんだと」

わたしは慎重にうなずいた。ボドファンが物語の外でも、そんなお宝を見つけたいと望んでいるのなら、失望の憂き目を見るだけだ。けれどミルディンはたしかに大釜の話をしていた。それでわたしは言った。「クノモラスの大釜はそんなものじゃありません」

「じゃあ、どんなもんだ」だれかがきいた。

「そのお話をしましょうか」

「やってくれ、やってくれ」とみんなは言った。

わたしはちょっとためらった。物語の記憶を呼びさましているかのような顔で。実際は、前に聞いたあれこれの話の断片から新しい話をひとつ、ひねりだしている最中だったのだ。

「大昔のこと、クノモラスの祖父は、ブリテン島の最高の戦士でした。その名はテュードリック。この男は手勢を率いて、ここいら一帯の丘陵を荒らしまわっていました」

(聞き手たちはうなずき、このテュードリックの武勇について、そのとおりだというようにうなずきあった。ふたりがあたりを見回した。あたかもその手勢の幽霊がいまだに荒れ地をさまよっているかのように。おめでたい人たちだ。わたしがたったいまその男をでっちあげたのに)

「いまやこの丘陵地帯にはたくさんの湖があり、たくさんの川があり、しんと澄みきった池がいくつもあり、水の精、そうです、湖の精その人が、ある日のこと、その池のひとつから顔をのぞかせ、テュードリックが馬で通りかかるのを目にとめ、なんと見目よく、りりしく、若く、力強い男かと思い、その心に強い憧れの気持ちが生まれたのです。

そしてある日、テュードリック勢は敵に押しまくられ、テュードリックは傷ついて、軍から離脱しました。ひとりはぐれて、森の迷路をさまよい、そのうち望みも消えうせて、湖畔の太いオークの根かたに横になって死を待つばかりとなりました。けれどテュードリックの傷から滴る血が湖に落ちると、澄みきった水が赤く染まり、湖の精その人が湖底の館の窓からそれを見て、浮かびあがり、テュードリックが倒れているのを見つけました。

そうして、こんなりりしい若者がひとりぼっちで、まだ若く美しいさかりに死んでゆくのは、あまりにあわれだと思いました。それで水の底の館から、この大釜を取ってきたのです……」

（わたしは両手を広げ、宙を抱くようにした。器の曲面を支えているかのように）

「それは打ちのばした黄金でできており、浮き彫りや渦巻きや、また魚や人や蛇が上に彫りこまれた、実にみごとな細工物でした。湖の精は、倒れているテュードリックのかたわらにひざまずき、この器から飲みなさい、そうすれば癒される、と告げました。そこでかれが飲むと、傷の痛みは去り、裂けた肉は新たにふさがって、目の前が明るくなって、かれははねおきました。けれど湖の精は、すでに水中にもどってしまい、大釜をいっしょに持っていったのか、残していって、それをテュードリックがわが館に持って帰ったのか、そこのところはわたしにはわかりません」

聞き手たちはさかしげにうなずいた。だれもかれも、これから数日のあいだに負う手傷のことを心配していた。でもこれで、癒しの大釜という希望が生まれた。「水の精には何人か寵愛《ちょうあい》の相手がいる」だれかが言った。「そのひとりがベドウィルだった。かれはかつて古い温泉で彼女を見た。そして贈り物を捧げた。アーサー殿がかれを殺したので、われらの運が傾いてしまったのだ」

かれらはマントを体に巻きつけ、草の上に身をおちつけて眠ろうとした。歩哨たちが火明かりの及ばぬ向こうを歩きまわっている。ラバが馬の列の端でいないないた。わたしも、自分の作りだした物語に満足して横になりながら、次に話すときにはここととあそこを直そう、とすでに計らいをめぐらしていた。

野営地のまわりの闇の中、あちこちのハリエニシダの茂みはどれも、武装した男がうずくまっているように見えた。

40

曙光《しょこう》とともに、まわりから「襲撃だ！」「クノモラスだ」とわめかれて、わたしは目をさました。立ちあがりざま、マントに足をからませて転んだ。それが幸いした。その瞬間、丘の中腹のハリエニシダの中から矢がいっせいに飛んできて、頭上をシャクシギよろしくひゅうっとかすめていったのだ。ダノカタスが喉に矢を受け、身をまるめてごろごろ喉を鳴らした。たき火のおきの上にくずおれ、火花と灰が舞いあがった。ほかの男たちは立ちあがり、逃げまどっている。あたりがうす暗いので、だれが味方でだれが敵かよくわからない。みんな大声でわめき、矢がそのあいだをぶんぶんかすめ飛び、ときにだれかが倒れる。「馬だ！　馬だ！」だれかが叫ぶ。髪が燃える匂いがする。わたしはまた起きあがり、ベルトからナイフを抜こうとした。歩哨《ほしょう》の死骸のそばを駆けぬけて、馬の列のほうへ向かう。おびえてはづなを噛みきり、足を踏みならす馬たちのあいだに、黒い人影がいくつも、幽霊のようににじみ出る。何頭かはすでに逃げてしまった。カイが何もかぶらぬまま、自分のまわりに楯《たて》の壁を作れ、と大声に下知している。それからがくりと膝をつき、前のめりに倒れた。肩のあいだに槍の柄が突き立っていて、下手人はそれをぐいと引き抜き、バターをかきまぜるように、また何度も何度も突き刺した。

槍を握っている男には見覚えがあった。この乏しい光の中でも、そのとがった黒い顎ひげが見えた。アイルランド人だ。

裏切りに茫然として、わたしは突き進んだ。「ペレドゥル！　ペレドゥル！」叫んでいるうち、だれかにつまずいて転んだ。それがかれだった。

かれはわきを下にして、身をまるめ、恐怖と苦痛にうめいていた。さきほどの矢の一本が肩を貫通していた。かれは真っ青な顔をこちらに向けた。恐怖でいっぱいの目。「痛い」としか言えなかった。

まわりでは、十いくつのすさまじい小さな戦いがくりひろげられていた。悲鳴とかなてこを打つような音。アイルランド人の部下はつんざくように荒々しい鬨の声をあげている。馬たちがそばを走って逃げ、蹄《ひづめ》が地べたをふるわし、土くれがばらばらとふりかかった。何も考えられない。息さえできない。それから、こんなときにも、ともかくできることがあるのを思いだした。ペレドゥルのわきの下に腕を入れて抱えあげ、丘の下へと引きずっていった。

野営地からそれほど遠くないところに、ハリエニシダの群落がひときわこんもりと茂っていた。ペレドゥルの体は重かったが、丘は幸いくだりだったし、かれも半ば正気づいて足を動かそうとしていた。ハリエニシダが鋭いくしのように、髪にひっかかる。戦いの音は遠くなったが、十分遠いというほどではない。わたしは四つん這いになって進んだ。ハリエニシダはてっぺんはちくちくするが、下のほうは木の幹と同じで、むきだしの地面には茶色の棘《とげ》が散りしいていた。わたしはペレドゥルを押したり引いたりして、ねじれた幹がからみあっている中につれこんだ。風が頭上の針のあいだをひゅうひゅう吹きすぎる。骨を砕かれた男の悲鳴が、丘の上に響く。闇に没した下のほうからは瀬音がした。

わたしはペレドゥルにおおいかぶさっていた。かれの心臓の鼓動がわたしの胸骨《きょうこつ》にどきどきと響く。かれのひと息ひと息に、苦鳴がこもっていた。わたしはかれの口を手でふさいで、耳を澄ました。丘のけわしい斜面の数ヤードさきの、枯れたワラビの中を何かがもがくように通ってゆく。はぐれた馬か、味方か、あるいはわたしが這うように逃げたのを見かけた敵が、あとを追ってきたのか。わたしはじっと動かずにいた。腰骨がペレドゥルの腰にぐっと押しつけられる。かれの血がわたしのチュニックにしみてきた。わたしはかれの頭のそばに頭を落として、耳もとで「シーッ、シーッ」とささやいた。

何も動かない。あたりはしんとしずかだ。ワラビの中にいたものは行ってしまった。わたしたちは生きのびた。

そうしてそこに長いあいだ横たわっていた。そのうちにハリエニシダの上の空が陰気な灰色になってきた。そこでふたりして半ば歩き、半ばすべり落ちながら、せせらぎまでくだり、ハンノキのそばの淵《ふち》に行って、わたしはなんとかかれの汚れたチュニックを脱がせた。矢羽根を折りとり、背中から突き出ている、ぬらぬらと光るさきをつかんだ。引き抜いたとき、かれは失神してしまった。鎖骨《さこつ》の下に穴が残り、肩胛骨《けんこうこつ》の後ろに真っ赤な傷口があらわれた。わたしはせせらぎの水で傷を洗った。ふっくらした苔《こけ》の塊をあてがい、自分のシャツを引き裂いて、苔をそこに縛りつけた。

かれの面倒を見なければならないのは、うれしいことではなかった。ついさきごろまで、グウェニファーさまの面倒を見なければならなかったし、それは実に「幸せな」結末を迎えたのだったから。

「こわいよ」ペレドゥルは目がさめるとずっと言っていた。青い顔をしてふるえている。恥ずかしくてわたしに目を合わせられないのだ。「グウィン、ぼくら逃げたんだ。逃げだすなんて。女みたいに」

「あれは当然じゃないか」わたしは言い聞かせた。「どうせかないっこなかった。敵の数が多すぎた。不意打ちだったし」

もちろんかれはわたしの言うことなど信じない。勇者とか戦いとかの物語にどっぷりつかりすぎてしまっている。物語の中では、逃げるのは最低の不名誉だ。もし今朝の戦闘をだれかが物語に仕立てるとすれば、ペレドゥルとグウィンは女みたいに逃げた臆病者ということになるだろう。そして臆病者になるのは、死ぬよりひどいことだ。

「あれ、だれだったんだ。クノモラスの手勢か」

「アイルランド人だよ。裏切られたんだ。待ち伏せされた」

「でも、なんで」

わたしにはわからなかった。想像もつかなかった。カイを殺して、アイルランド人になんの得がある？　「もしかしたらアーサー殿を亡き者にするつもりだったのかもしれない。クノモラスとのいざこざの話は、こっちをおびきよせるための罠だったのかも。もしかしたら、自分がクノモラスのがわに寝返ったのかも。それともメールワス王が、アーサー殿の勢力をそごうとして、あいつをけしかけたのかも」

「ほかのみんなは？　生き残ったのはふたりだけ？」

「そんなはずはない。どこか近くにいると思うけど。探しにいって……」

「いやだ。われわれが臆病者だとみんなに知られちまう。逃げたんだから」

わたしは包帯をぎゅっと縛ったが、少年時代、ミルディンが仲間の傷の手当てをしているときに教えてくれたように、きつすぎないように気をつけた。かれの出血はそれほどひどくないから、助かるだろうとわたしは思った。でも、ミルディンがそのとき言った別の言葉がずっと頭から離れなかった。だれかがもう生きていたくないと思ったら、どんな医者でも命を救うことはできないのだと。

41

下流のほうに古い建物が見つかった。建物というより石を積みあげた程度の代物だ。低い石壁がふたつ建っていて、そのあいだには草が楔のように生え、ヒイラギが屋根をなしていた。あまりよい隠れ場所ではない。すぐ近くでせせらぎが、せまい黒い淵《ふち》へと白くたぎり落ちていて、これでは敵が近づく音も水音にまぎれてしまう。でもそこよりましな場所が見つからなかったので、その夕方わたしはペレドゥルをそこへ移した。少なくとも、戦場のカラスの声が聞こえないくらいには離れている。

ペレドゥルは衰弱して熱を出し、うとうとしていた。それでも悪夢のせいで眠りこめず、何度もぱちっと目を開けて言うのだ。「こわかった。女の子のままでいたほうがよかった」

わたしだってそうだ、と思った。わたしはかれをなだめ、自分が首に巻いていた布をせせらぎにひたして、顔をぬぐってやった。朝にはさらに容態が悪くなっていた。体内になんらかの病変が起きているようで、もちこたえられるかどうか、わたしは不安だった。傷はもちろんだが、ショックが大きい。ミルディンがペレドゥルの館を訪れてからというもの、かれは物語の中に生きていた。戦いとは物語にあるとおりのものだと思いこんでいた。旗さしものに栄光、武勲。敗北や苦痛や恐怖のことは、かけらも考えていなかった。

わたしは一日じゅうかれのそばについていた。きみの物語にはほかの結末があるかもしれないよ、と説いた。これはほんのちょっとした後退にすぎない。聞き手にかたずを呑ませ、語り手につめよって「そんな終わりかたになるはずがない」と言わせるためのしかけで、やがて勇者は立ち直り、最後には勝利をおさめることになるのさ。「じきに元気になるよ。そしたら、いっしょにクノモラスと戦おう。なんならこのふたりだけでもいい。でなけりゃ、トロイ戦争でオデュッセウスがしたみたいに、こっそりあいつの館にしのびこんで、お宝をぶんどって、アーサー殿への貢ぎ物として持って帰るとかね」

ペレドゥルは微笑した。「湖の精の大釜とか。それがあれば、ぼくも治るな」

「もちろんそうさ」

そのとき、わたしは思った。そうだ、なぜそうなって悪いことがある? アーサー殿のもとに持ちかえるべき、そういうお宝があれば、かれだって生きる張りあいが出る。お宝というか、何かすばらしいもの。別世界からの新たな贈り物。

「眠って、元気をつけろよ。ほかのみんながどこにいるのか、今晩、ぼくが探してくるよ。つまり、ここがどこかってことになるけどね」

昼間は寒かった。危険を冒して少々火をたいた。煙が、荒れ地の霧にまぎれてくれればいいと思った。流れが淵になっているところにはぶちのある茶色の魚がいたので、水面に身をかがめ、一匹が上がってきたところをすばやくつかみとった。ナイフでその腹を裂いて、たき火の端の熱い灰の中で焼いた。夕空がピンクに染まった下で、ペレドゥルに焼き魚とキイチゴを食べさせた。そのあとかれは眠り、わたしは体が冷えないようにワラビをかぶせてやって、しめった土を火の上にまきちらした。

それからかれをそこに残して、丘をまたのぼっていった。わたしがもどったときに、かれが生きているか死んでいるかはわからないけれど。

42

　わたしは戦場を通りこしてのぼっていった。味方の死者の山がうずたかくなっていて、ペレドゥルの言ったとおりで、ほかにはだれひとり逃げられなかったのだ、と思わざるをえなかった。おちつけ、と自分に言い聞かせたが、幽霊がいるという思いが頭の中に入りこんでしまい、わたしがまだ生きているのを恨んで死者が追いかけてくるのではないかと、こわくなって駆けだした。冷たい手がのびてきて、髪をひっつかまれそうな気がした。物語を語る人生の問題点はこれだ。物語が勝手に頭の中に侵入してくる。そしてそのすべてが心地よい物語とはかぎらないのだ。

　ようやく踏みとどまったときには、傾いた月が雲間から姿をあらわしていた。きのう馬を駆ってきた道が照らしだされる。よく知った丘陵の形が、月光に染まった雲を背景に黒く浮かびあがる。道をたどり、木立のあいだを抜けてゆき、荒れ地のはずれに出た。ぽつんとした灯がひとつ、わたしに向かってまたたく。バン卿の館だ。枝がむきだしの森がハリネズミの背中のように棘《とげ》を立てて、眼下の斜面に広がっている。その下、川ぞいの木々のあいだのどこかに、わたしの昔の家がある。わたしは道をそれて、若いブナの群落を抜け、川の匂いのするほうへ向かった。

道のりの半ばあたりで、下草の中で音がして、立ちすくむ。ふるふると波打つような、たとえていえばドラゴンが身をほどくときの、金属がこすれあうような音。ドラゴンが襲ってくる。

わたしは月光のささぬかげに飛びおりた。森のブナの木々のあいだの地面は、岩と水でできている。大きな丸石がごろごろしているあいだに、小さな池が点在する。小枝や風で落ちた大枝が散りしいているが、しめっているおかげで、踏みしめてもばりっとはいわないのをありがたく思いながら、わたしはカニのように横歩きして、枝のあいだに空がのぞける場所へたどりついた。

いびきの音。闇の中に煙が白くくすぶり、巨大な頭がもたげられる。月光の空にふりあげられた真っ黒なハンマーのように。心臓が止まりかけ、膀胱《ぼうこう》が空になって、温かい尿が足をつたって、いましゃがみこんでいるぬかるみの中に落ちた。だが、そのものがこちらへ向かってきて、もそもそとした足取りで月光のすじの中に入ってくると、わたしは止めていた息を吐き出した。ひきつった笑いさえ出た。

それはわたしのデューイだった。当たり前といえば当たり前だが、わたしたちの馬を持って逃げたアイルランド人の従者の少年たちが、デューイのようなずんぐりした鈍足をほしがるわけはない。ぶらぶら下がった馬具が、また別の岩をかすって、三十秒前にはあれほど恐ろしく聞こえた、ドラゴンの鱗《うろこ》がかりかりと鳴る音をたてた。でももうこわくはない。「デューイ」と言って、おだやかに近づいていき、声をかけ、なだめ、手をのばして長い頭をつかまえ、鼻面をこすり、顔を相手の顔にすりつけた。これは、偶然の素朴な幸運だったが、すくみあがっていたわたしには、どうしてもそれ以上のものと感じられた。おそらく神さまか湖の精かが、わたしを見守っていて、デューイをこちらへよこしてくれたのだろう、と。

　わたしはポニーを、木々が密に茂っているところへつれていった。ブナの幹に裂けた手綱をくくりつける。さよなら、でもすぐにまたもどってくるから、と小さくささやいた。それから、勇気も出て、幸運を信じる気持ちになったわたしは、できるだけ早く川に急いだ。ブナのからみあう中からなんとか抜けだすと、そこからわたしの生を受けた家までは四分の一マイル弱だった。

　ペレドゥルをおいて出てきたときには、丘のいただきの館までのぼってゆくつもりだった。ノニタ奥さまがそこに浴槽を置いていて、わたしは奥さまのために何度も泉から水を汲んできてそこをいっぱいにし、湯浴みのために薔薇《ばら》の花びらをまいたものだ。ローマかシリアか、そういう立派なところから持ってきた古い金色の浴槽で、まわりにはヒョウとウサギが追いかけっこをするさまが刻まれていた。ペレドゥルなら、これこそ湖の精の大釜だと信じるだろう。そして、信じないにしても、アーサー殿への貢ぎ物に持って帰るにはぴったりの品だ。

　でもここに来て、気持ちが変わった。丘をのぼるときの恐怖と、デューイとの邂逅のおかげで、そうとう体力を消耗していた。斜面はまだまだけわしそうだし、いただきには溝や胸壁や丸太を積んだ壁があって、まずそれを突破しないと、館にしのびこんで浴槽を探すわけにいかない。わたしはオデュッセウスではない。確実に手に入れられそうなものに、狙いを定めるこ

とにした。

最初の広い畑を横切った。牛たちが立ったまま眠っている。毛深い背中は、冷たい夜気の中にほかほか湯気をあげ、息は甘い草の匂いがした。芝土でできた塀を乗りこえて、前庭に入る。豚が囲いの中でふんふんやっていた。こんもりとした前足を、草葺《ぶ》き屋根の下の住居部分はしんとしている。月光が、戸口の犬小屋で眠る犬の交差した前足を、青白く染めていた。わたしは裏手のほうの、泉の湧いている場所に回っていった。泉を囲む石の上には幸運を願う捧げものが並べてあり、ここの人間はまだ古い神々を忘れ去るほど、キリストに深く帰依してはいないことを示していた。そして泉のそばには、子ども時代に見たのと同じように、飲みたい人がだれでも使えるよう木製の水飲みが置いてあった。わたしはそれを取りあげた。サクラの木でできていて、多くの手にすりへらされて、すべすべになっている。

それをチュニックの中に突っこんだ。家の玄関ではわたしのたてた小さな物音に、犬が目をさまして吠えだした。でもわたしはもう塀を乗りこえ、畑の畦《あぜ》にそって走り、煤《すす》色の黒い影がそれぞれの木の下に、あたかも杭を打って干してある毛皮のように横たわっている、森の中へと飛びこんでいった。

43

ペレドゥルは眠っていた。熱にうかされて故郷の夢が煙のように、頭の中に漂いこんできた。肩の矢傷はずきずき痛む。ときにはグウィンがいっしょにいるような気がし、ときにはグウィンが行ってしまったことを思いだした。早く帰ってきてほしい。ここにひとりぼっちでいるのはこわい。ワラビがさわさわ鳴り、渓流はとどろいている。夜風は、かれには聞きとれない言葉をささやきかけてくる。

やがて早朝の灰色の光の中で、うっすらと目がさめた。かれはひとりではなかった。

昨夜グウィンがたいてくれた小さな火の向こうがわに、女が立っていた。ほとんど裸で、手足も胴体も、秋のワラビのくすんだ色合いを背景に、ミルクのように白く見えた。その後ろには、霧につつまれた丘が幽霊じみて浮かび、女自身の輪郭《りんかく》も、くすぶる火からたちのぼる熱のかげろうの中で、ゆらめいて見えた。ときには煙が薄く上がって、その姿を完全におおってしまう。

ペレドゥルは体を動かし、起きあがろうとした。祈りの文句を思いだそうとしたが、頭の中はからっぽだった。苦痛が、新たな矢のごとく肩と胸をつらぬいた。

女は近づいてきた。白い体からはぽたぽたと川水が滴っている。顔はぬれた髪のふさに半ば隠れているが、ふいに、知った相手だという気がして、こわくなくなった。

彼女は両手に小さな鉢のようなものを持っていた。実際には小さな杯くらいの大きさだ。木でできている。黒っぽくて、よく使いこまれている。きれいな水がふちまでなみなみとたたえられていた。目の前にかがみこまれて、かれは息を呑んだ。杯の水は光の楕円をなしてふるえている。かれの視線はそれを通りこして、彼女の白い乳房を、そして、その白い中に古い貨幣のように黒くわだかまる乳首を見た。さらに目をあげて、顔を見ようとしたが、彼女が杯を突き出して、「この杯からお飲みなさい。そうすれば癒されますよ」と言った。

それでかれは飲んだ。水は冷たく体内をくだっていった。杯のふちが歯に当たる。それを持っている両手のたえまないふるえとともに、杯もふるえていた。

「目を閉じて」彼女は言った。

そうはしたくなかった。もっと彼女を見ていたかった。けれどあまたの物語から、異界の存在は気まぐれだということを知っていた。言われたとおりにしないと、魔法でフクロウや丸太に変えられてしまうかもしれない。それでかれはきつく目を閉じた。

女のぬれた髪が顔をくすぐる。冷たい口が口にふれてきた。ふるえる息遣いが聞こえた。息吹が顔に感じられた。

それだけだった。ワラビがざわっと鳴った。かれは片目を開けた。女の姿はない。かれのわきの草の上には、からの杯があった。

ペレドゥルは立ちあがった。まだふらつき、傷はひどく痛んだが、かまわなかった。ワラビの中をよろめくように歩いていって、流れの中を見おろした。木々がさかさに映った深い水。彼女は水のへりの苔《こけ》むした岩のあいだにうずくまっていて、声をかけてもこちらを見ようとしなかった。すっと身を曲げて、しぶきとともに飛びこんだ。白い体が平たくなり、おぼろにかすんで、深みに消えてゆく。秋の葉が水面に散りしいた。葉っぱは、彼女の作りだした波紋の上に浮きつ沈みつしている。赤みを帯びた金色のブナの葉と、やや薄い色のオークの葉。ペレドゥルは待ちに待った。息継ぎのために彼女が上がってくるのを。でも彼女は上がってこなかった。

やがて、背後で物音がしたのでふりかえった。グウィンが古い小屋の背後の小径を、デューイを引いて下りてくるところだった。

「グウィン！」かれは叫んだ。「グウィン！」ワラビを踏みしだきながら、痛みをものともせずに突進した。手をふった。「グウィン！　あの人がここにきた！　湖の精だ！　きれいだった！　あの人は……」

「夢でも見たんじゃないのか」グウィンが妙な顔でかれを見ていた。その平たい誠実な顔に、血の色がのぼっている。露にぬれた髪がひとふさ、フェルトの帽子の下からはみ出ていた。

「違う、違うよ」ペレドゥルはこの吉報をなんとか伝えようとした。杯をつかみあげた。「ほら！　見てくれ！　これを置いてったんだ！　グウィン、中に水が入ってて、ワインよりおいしかった。グウィン、ずっと調子がよくなったよ。元気が出てきた！」

頭がぼうっとなって、ふらついた。グウィンはポニーの手綱を放して駆けつけてくると、倒れかかるかれを抱きとめた。ペレドゥルは湖の精のキスのことをグウィンに話すつもりでいたのだが、倒れかかりながら、やっぱりやめようと思いなおした。あれは自分だけの秘密にしておこう。かれは笑いながら、ぬれた草に腰をおろした。「グウィン、きみが言ったのとは違ってた。黄金の大釜なんかじゃない。ただの木の杯さ」

するとグウィンは肩をすくめて言った。「ほら、物語の中のことがなんでもほんとうなわけがないって、これでわかったろ」

44

それはほんとうはただの川水だった。

かれに悟られるのではないかと心配だった。かれが聖ポロックの奇跡のことを思いかえし、あのいかさまに照らしてみれば、今度の湖の精もわたしが化けたものにすぎないと、思いつくかもしれないと。最初、わたしは杯を川の石の上にのせておいて、なんとか口実をもうけて、かれにそれを見つけさせるつもりでいた。

でも夜明け前の廃墟にもどって、まだ熱が下がりきらないかれが眠っているのを見たとき、この衰弱と夢うつつの状態なら、目ざめたときにわたしがどんなことをしかけても信じてしまうだろうと思った。それでわたしはデューイを丘の上のヒイラギの群落のところにつないで、服もそこで脱いだ。這うように流れのところへ行って、水中にもぐる。ぬれれば髪の毛も、もっと長くまっすぐに、そして色も濃く見える。髪を指で梳いて、前に垂らして顔を隠すようにした。後ろまで隠れるほど、髪があるわけではなかったが、男の子たちと接していた期間が長いわたしは、ペレドゥルが目を向けるであろう場所は顔なんかでないことを知っていた。

夜明けの空気が、ぬれた肌に冷たい。わたしはブナの樹皮と、太い枝のさきから出ている赤くて細い小枝の部分を集めてくると、身をかがめて、消えかかった火の上に投げた。かれは目をさまさない。しめったオークの葉をもう少し入れて、くすぶらせる。火がわたしとかれのあいだに来るようにした。風にあおられた細い煙が顔にかかって、かれは目をさました。

「この杯からお飲みなさい。そうすれば癒されますよ」わたしは声の質を知られないように、小声でささやいた。かれが飲むと、わたしは目を閉じるように言い、大急ぎで退散した。かれが追いかけてくるのは予想外だったが、それだけ元気があるとわかって、うれしかった。おかげでわたしは、身も凍るような流れにまたも入るはめになってしまったが。水中から、かれの姿が見えた。空を背景に黒く、ふるふるとさざなみを打って。わたしは流れにまかせて、かれから遠ざかった。枝々のかげに身を隠して、別の淵《ふち》へ、また次の淵へとすべりこみ、それから外に出て、木々のあいだを突っ走って、服とデューイを置いてきた場所を探した。

キスについては、だれもわたしのことを責められないのではないだろうか。かれはとても愛らしくて、だましやすかったのだ。目を閉じて、すっかり驚き入って、座っていたかれ。唇が温かくふれあったのは、わずか鼓動ひとつ分のあいだだったが、そういう思い出を持てたことがうれしかった。

スリスにもどる道すがら、かれは湖の精の話しかしなかった。話のたびごとに、妖精はいよいよ美しくなり、その言葉は麗しくなっていった。かれはうそをついているわけではない。ほんとうに、濃青の目と、ナナカマドの実のように赤い唇を見たつもりでいるのだ。ときにかれは木の杯で泉やわき水を汲んだが、あの妖精が汲んでくれた水ほどおいしいことは決してなかった。

わたしのほうも、自分の驚くべき物語を語ろうとした。デューイが森の中をうろうろしていたところを見つけた顚末である。けれど、かれの奇跡譚にくらべれば、まったく影が薄かった。

わたしたちは裏道を通って帰った。獣《けもの》道や羊の通る径づたいにくだり、森の中の忘れられかけた道を通った。ほとんどはごくゆっくりとした足取りだった。道は悪いし、ペレドゥルはまだ弱っていたからだ。傷が痛み、熱は上がったり下がったりしたが、完全になくなることはなかった。わたしはかれをデューイにのせ、わきについて歩いたが、長靴の靴底ごしでも足がすりきれそうになった。たえずアイルランド人の追手に聞き耳を立てていたものの、だれも追ってはこなかった。たまに小さな集落を通ると、男たちが横目でにらんできたが、こっちもベルトにナイフをさしていたし、盗られるほどのものを持っていないので、襲われることもなかった。

初霜のころにアーサー殿の領内に入り、ディーン・ブラノックにたどりついた。みんな、わたしがたったひとりだけをつれて帰ってきたのを見て驚いた。カイの手勢のだれかがここを通りはしなかったか、とたずねると、かれらは目をまるくした。わたしとペレドゥル以外はだれも、アイルランド人の丘陵地帯からもどらなかったのだ。わたしが前に立ちよったあとで、ここの人たちが見かけたただひとりの旅人とは、アイルランド人からの使者で、アクエ・スリスへの道をきくやいなや、雷のごとく走りさっていったという。

「泊まってゆけと言うたがね」わたしたちを火のそばに通してくれた長《おさ》が言った。「足を止めることもなかった。アーサー殿が喜ばれる知らせがあると言うてよ。今夜はスリスでたっぷりごちそうになると」

わたしは茫然とした。アーサー殿が喜ぶ知らせなんて、アイルランド人はいったい何を言ってよこしたんだろう。カイが命びろいしていて、アイルランド人がかれの身代金を求めているのか、とちらと思った。でもわたしはこの目で、アイルランド人がカイを殺すところを見た。アーサー殿の火のそばで歓待されるはずだ、と使者が信じているほどの吉報が、「あなたの兄上と仲間は全滅した」であるわけがない。

でも、もしも、そうだったら？

わたしはミルディンと同じように考えてみた。かれは、カイとその腹心たちを西へ送るための理由をなんと言っていたっけ。何人かは帰ってこないかもしれない、と。あたかもそれがよいことでもあるかのように。

ということは、だれひとりもどらなかったら、それが一番よいことなのかもしれない。

ベドウィルの死後二日目に、使者がアクエ・スリスを発ったとしたら。西へ急行し、カイの手勢を追い抜く。アーサー殿の股肱の臣であるオーウェインかグウリかが、アーサー殿からアイルランド人にあてた親書を持って急ぐ。「そちの館に二十人の手勢が向かっている。道中で待ち伏せよ。全滅させせろ」という内容の。

そんなはずはない、と自分に言い聞かせようとした。わたしはミルディンと長くいっしょにいすぎたから、火のないところにも煙を見てしまうのだと。でも、アイルランド人の使者がアーサー殿の館に乗りつけてゆく理由といえば、これ以外思いつかない。

もしも、いま考えたとおり、カイとその仲間がアイルランド人の丘陵地帯で殺される手はずだったのなら、奇跡譚と木の杯をたずさえて、アーサー殿のもとへもどるわたしとペレドゥルは、いったいどうなる？　その日のうちに殺されるのではないか。他の者を襲った運命をわたしたちに知られているのではないかと思い、アーサー殿は、すぐさま口封じにかかるだろう。

こうしたことを思いめぐらしながら黙って立ちつくしているあいだに、ペレドゥルのほうは杯を取り出していた。ディーン・ブラノックの男たちは、ペレドゥルの口からそれを手に入れたいきさつを聞き、ありがたそうにその話をみなに伝えた。ペレドゥルは言った。「これが水の精霊からのおしるしです。アーサー殿にたまわった剣と同じですよ。水の精はまだアーサー殿の味方です。この杯をわたしにたまわったのだから、これをアーサー殿のところに持ってゆきます」

「それで、また運が向いてくればええだがね」長が首をふりふり、「アーサー殿は不運に見舞われとる。ご家来衆が二十人以上もこっそり抜けだして、メドロートに合流しにいったそうだよ」

「メドロートは〈夏の国〉で挙兵するんだと」と、別の男が、「メールルワス王はメドロートがアーサーを追い出せば、代わりにアクエ・スリスの殿さまにしてやると約束したらしい」

「ミルディンは？　あの人はどうしていますか」わたしはきいた。

男たちは苦い顔をした。ミルディンの名前を聞いて、ふたりが十字を切ったのを、わたしは見た。「あの老いぼれの異教徒か」とひとりが言った。

「ミルディンは病気になったのよ。一ヶ月かもっと前だ」長が言い、身を乗りだして火の中に唾を吐いた。

「家に女の子がひとりいたんだ」別の男だが、まだ聞いていない人間に、おもしろい噂話をするのがうれしそうだ。「あいつの身内で、グウェニファーさまの侍女だったそうだが、グウェニファーさまが逃げだしてから、ミルディンのとこに身を寄せてたらしい。あいつ、きっと、その娘っ子に首ったけになってたんだな。そいつがいなくなってから、発作を起こして倒れ、いまじゃ歩くこともしゃべることもできねえ。自分の家にこもりっきりで、男の子がひとり面倒を見てるだけよ」

「いい年をして娘っ子に狂うなんて、愚かとしか言いようがないの」長はそう言った。

「おれの聞いた話じゃ、その子が魔法でたらしこんだんだそうだ」別の男が割って入った。「呪文で無理やりに自分を愛するように仕組んだ。そいでもって秘密を聞き出そうとしたと」

わたしは勝手にしゃべらせておいた。かれらの物語の主人公になっている自分に会うなんて、妙な感じだった。この人たちの言っていることの、どのくらいがほんとうなのだろう。ミルディンはほんとうに苦しんでいるのだろうか。もしそうなら自業自得というものだ。けれどかれが病気になり、面倒を見るのはあのカドウィという少年ひとりなのだと思うと、胸が痛んだ。

それでこう考えた。かれに会えたら、わたしが内心恐れていることがほんとうかどうか、ペレドゥルがスリスにもどってもだいじょうぶかどうかがわかる。

にぎやかな話し声や火のぬくもりにペレドゥルはうとうと眠りこみ、わたしにもたれかかって、肩口に頭を寄せた。わたしはかれをそっと、藁《わら》を敷いた板の上におろし、その天使みたいな顔に落ちかかったひとふさの髪をかきあげてやった。額が熱い。また熱が出たようだ。

「こいつの面倒を見てくれませんか」わたしは長に頼んだ。「食べ物とぬくもりと泊まるところがあれば、治ると思います」

長はうなずき、ほかのものも同意した。いい人たちなのだ。それまで黙って座っていた長の妻が言った。「あたしが看病しますよ。あんたはせいいっぱいやったけど、看病は女の仕事だからね」

「出かけるのかい、グウィン」わたしが立ちあがり、マントを体に巻きつけていると、ひとりがきいた。

わたしはうなずいて、一日かそこらで、ペレドゥルのための馬をつれてもどってくるから、もどるまで、かれをひきとめておいてくれ、と頼んだ。

「旅するには不向きな夜だよ。とちゅうで雪になるかもしんねえ」長が言った。

「ミルディンはわたしの身内です。病気なら、行ってやらねば」

もし病気でなかったら、と、外へ出て寒い中、デューイに鞍を置きながらわたしは思った。あの人には、ちょっときつい言葉を言ってやりたい。

45

日がのぼってほどなく、主人の家についた。ななめにさしこむオレンジ色の光の中、デューイを外につないだ。墓のようにしずまりかえったうちの中へ、ぶらさがる護符をかきわけて入る。死んだ鳥と、こぶこぶにからみあった茎。霜が甲冑《かっちゅう》のようにすべてをおおっていた。沈黙の中へ声を送りこんだとき、冷気の中で息が白くこごった。

「ご主人さま」

少年カドウィが、厨房《ちゅうぼう》の熾火《おきび》のそばの床にまるくなっていた。寝ているかれは放っておいて、ミルディンの寝棚のところへ行く。入り口の幕を持ちあげると、病室の臭いがつんときた。ディーン・ブラノックで聞いた話はほんとうなのだと、鼻が教えてくれた。カーテンをおろしたうす暗がりに徐々に目が慣れて、ミルディンがベッドに横たわっている姿が見えたのは、そのあとだった。

わたしがいなかったほんのわずかのあいだに、人間がこんなふうに縮み、老いしなびてしまうとは信じられなかった。自分があの物語の中の王子――〈祝福の島々〉を探しに船出して、一ヶ月の航海ののちにもどってみると、陸では百年が過ぎていて、知り合いはすべて骨と灰になっていたという――になったような気がした。

ミルディンはまだ死骸にはなっていなかった。しなびて、顔色が黄ばみ、口が横にゆがみ、目も落ちくぼんで、たしかにそれに近い状態になってはいたが。でもまだ息があり、わたしが身をかがめると、うめいて目を開けた。

かれにわたしがわかったとは思えない。わたしは帽子を脱ぎ、枯れたワラビ色の髪を垂らした。「わたしです、ご主人さま」

かれは眉をひそめた。荒い息がぜいぜい鳴っていた。運命がなまくらなナイフで、かれの生命の糸をぎしぎしこすっているような音だ。かれは口を開いたが、言葉にはならず、つぶやきとうめき声ばかりだった。しばらくたってようやく、わたしの名前を口に出そうとしていることがわかった。片手が毛布の上をたたき、わたしのほうにさしのばされようとしていた。かれに言ってやろうと、ひと晩じゅう考え、それで頭をいっぱいにしてきたなじるような問いのかずかずは、いっきょにどこかへ流れ出て、わたしはベッドの端に座り、その手を取って自分の顔に押しつけた。

「グウィナか」とかれはきいた。

カドウィが戸口に姿を見せた。火のそばの温かいタイルに押しつけていたがわの髪の毛がぺたんと側頭部にはりついている。

「わたしですよ。グウィナです。もどってきました」わたしは言った。

わたしはミルディンの毛布を洗い、マットレスの中の藁《わら》をとりかえた。カドウィの手を借りて、部屋の壁をごしごしこすり、すえたような病室の臭いを消そうとした。山羊のミルクにひたしてやわらかくしたパンを、ミルディンに食べさせた。日はしだいに暮れてゆき、大きな雪片がガチョウの羽毛のように窓の外をふわふわと舞い落ちてゆく。ミルディンが話しているのを聞いているうち、徐々に、そのアナグマめいたうなり声とフクロウめいた甲高い声の中から、言葉をひろいあげることができるようになっていった。

「あのまぬけのアーサーめがここに来た。スリスに来て、医者の世話になれと言いにな。血を抜いたり、毒を盛ったりするあの肉屋どもを、おれが信用するとでも思うのかね」

また「アーサーはメドロートをやっつける手品か何かをやってくれと言った。おれは、もうそんなことのできる年じゃないと言った。もう手品はなしだと。あんたもいざとなったら、昔ながらのやりかたでメドロートと戦え、と」

また「ああ、でもおまえは剣のことを覚えてるな、グウィナよ。水の中から来た剣だ。あれはでかしたな！　まさしく、のちの世までの語り草だ！」

また娘にもどるときなのか。わたしは早く出発したかった。ペレドゥルのところへ馬でもどりたかった。でもペレドゥルは、ディーン・ブラノックにいれば安全だし、だれかがこの老人の面倒を見なければならない。カドウィはせいいっぱいやっていたが、看病は女の仕事だ。

前に自分の男物の服が入っていたチェストをのぞいてみると、リネンのシーツのあいだに昔のドレスがたたんでしまわれていて、乾いたラヴェンダーが散らしてあった。

「ご主人さまがやっただよ」わたしがドレスを取りあげ、体にあててみているのを見て、カドウィがそう言った。「おいらたちが目をさまして、あんたがいなくなってるのがわかったとき、ご主人さまはスリスに飛んでって、あんたをつれもどそうとした。もどってきたときには十も老けこんでたよ。あんたがスリスにいなかったって言って。カイの部隊にくっついていったから、きっと殺されるって。追いかけて止めるって言ってた。あんたが死んだら、自分のせいだからって。おいら、馬に鞍を置けって言われて外に出て、ご主人はあんたの着物をきちんとたたみだした。うちの中に入ってみると、ご主人がチェストのそばの床に倒れてた。グウィナ、としか言えなかった。それも朦朧《もうろう》としてたけど」

わたしは夢を見ているような気分になった。ミルディンはほんとうにわたしのことをそれだけ愛してくれていて、だからわたしが逃げたのが痛手で、口がきけなくなり、体も不自由になったんだろうか。それともわたしが言うことをきかなかったから、怒り狂っただけだろうか。そっちのほうが信じやすかった。でもそばに座って顔を見ていると、怒っているようには見えなかった。わたしの手を握って「グウィナ」と言った。

その晩と次の晩、そしてその次の晩も、わたしはミルディンの病床についていた。かれはときどき眠ったが、たいていは話していた。かれが話し、わたしが耳を傾ける。最後にはかれの声だけが、かれに残されたものになっていった。

「グウィナ、おまえはあいつらといっしょに行っちゃいけなかったんだ。おまえがカイの部隊といっしょに行っちまって、あの丘陵地帯に死が待っている、と思ったとき、おれの中で何かが砕けた」

聞きたくなかった。かれはわたしに何を求めているんだろう。憐れみ？　わたしの憐れみはすべて、カイとグウェニファーさまとベドウィルに使いはたしてしまった。わたしはあとずさりかけた。かれの息の悪臭から。「死がわたしを待っているなんて、どうしてわかったんですか。あなたがアーサー殿に進言して、アイルランド人を使って裏切らせたんでしょ。だからじゃないですか」

ミルディンは首をわずかにめぐらして、わたしを見た。「グウィナ、おまえはいつも鋭いな」

「もっと鋭かったらよかった。そうしたら、あなたの計画に気づいて、どんな運命が待ちうけているか、カイに警告してあげられたのに！」ベッドの背後の壁に、わたしの影が大きく映っている。その影はこぶしをふりあげて、卵の殻のようにもろい相手の頭蓋骨を砕こうとしているように見えた。

「しかたなかったのさ。みな、カイがアーサー殿の好敵手だと噂していた。だからあいつをのぞかなければならなかった。少なくともアイルランド人がやってくれたから、アーサー殿はそれ以上身内の血で手を汚さずにすんだ。アーサー殿はわれらの希望だ、グウィナ。ブリテンの希望なんだ」

わたしはかれに唾を吐きかけてやった。背中を向けて、部屋の奥に駆けこみ、両手で壁をがんがん打ちたたいた。「希望?」わたしはわめいた。「アーサー殿が? あなたはあいつを高く持ちあげ、物語でくるみこむことで、一生を棒にふったんじゃない? なのにアーサー殿はいまだにサクソン人を追いはらっていない。サクソン人はいまだに盗んだ土地に居座って、どんどん力をつけていって、わたしたちの内輪もめを見て笑ってる。アーサー殿は自分自身が肥えふとることしか考えてなくて、それだってうまくやってきたとは言えない。そしてあなたのできるのは物語を作りあげ、うそをでっちあげて、あいつを実態とは違うものに見せかけることだけ。でも、あなたの物語だって、アーサー殿より長くはもたない。アーサー殿が死んだら、物語も死んで、アーサー殿は忘れられる。そしてあなたもよ。このいっさいがっさいも」

長い沈黙があった。風が屋根のタイルをかたかた鳴らす。わたしはしばらくのあいだ、ミルディンに目を向けなかった。向けたとき、かれの顔にはカタツムリの這い跡のような銀色の線が光っていた。わたしは近よって目をこらした。目はきつく閉じている。黄色っぽいまぶたは、古くなったリンゴの皮のようにしわが寄っていた。かれは泣いていたのだ。

「ご主人さま?」わたしはやや声をやわらげてきいた。「なぜ、わたしをそばにおいておいたのですか。あの滝でのできごとのあとずっと、です」

かれは答えなかった。眠ってしまったのか。目は閉じたままで、涙はそれでも流れていた。けれどほどなく、かれはまた口を開いた。それは正確には答えではなかった。また別の物語だった。けれど少なくとも、それはわたしがいままでに聞いたことのない物語だった。

46

東のどこか、モヴィオマグスの後ろのまるい緑の小さな丘の並ぶあたり。何年も昔、サクソン人はまだそこに根をおろしていなかった。けれどこの夏の夜、その戦船の一隻が、ヴェクティスの入り江の隠れ家からこっそり抜けだし、乗りこんでいた戦士らを川ぞいの森におろしていった。かれらは月光を浴びた白い道を急いだ。火を放たれた村々から火の手が上がる。

突然、ひとりの少年が、煙をあげて燃えるわが家をあとにして、いっさんに走りつづけた。その後ろには、さらに足の早い、サクソン人の乗り手が追いすがり、手をのばして、つかまえ、石灰岩の大地に投げつけた。

「おれは奴隷として育った。獣《けもの》みたいに育った。サクソン人の主人が奪ったブリテンの土地を鋤《すき》で耕《たがや》した。けれど仲間の奴隷が話してるのを聞いた。サクソン人たちがどんなふうにここへ来たか、その前はどんなふうだったか。ブリテン島にローマ人がいたころはどんなだったか。文明。平和」

大人になって体力がつくとすぐに、かれは脱走をもくろんだ。サクソン人も奴隷もふくめて、まわりの男女をよく観察し、その目や頭や心がどんなふうに働くかを観察し、出しぬく方法をつかんだ。季節を、空を、よく見て、天候にくわしくなった。ある夜、霧がたつとわかっていたので、かれは逃げだした。サクソン人の主人が自分を探すための手がかりは山ほどばらまいたが、実際に逃げた方角だけはわからないようにした。かれらは夜を日についでミルディンを探したが、見つからないので、あいつは魔術師で、水蒸気にでも身を変えて、風に乗って消えたのだと言って片づけた。

太古の森に守られて、かれは西へ、つねに西へと向かった。夕陽めざして進み、サクソン人のいない国にたどりついた。道中、出会った手品師から、いくつかかんたんな手品を習い、いままでに聞いた物語を思いだし、自分でもっとおもしろい話を考えだした。ほら話とちゃちな手品で金をかせぎながら、街から街へと歩き、最後にウルブス・レジオニス、つまりアンブロジウスがその年、本営を敷いていた街にたどりついた。戦うというのではないが、軍勢の周囲をうろうろしていた。アンブロジウスこそ、サクソン人を打倒し、昔のよい時代を取りもどしてくれるのだと信じていたからだ。それでアンブロジウスが死んで、ブリテン軍がサクソン人相手ではなく、内輪で争いを始めたとき、かれは自分が最強と見込んだ男、ウーサーの息子アーサーの甲冑《かっちゅう》騎馬隊を選んだ。そう、ミルディンは愚かではなかった。アーサーがほかの男と同じもの、つまり権力と土地をほしがっているにすぎないことは、お見通しだった。けれども、もしアーサーが十二分に力をつければ、そんなことは問題にはならない。ローマ人も権力と土地をほしがっていただけだったが、けっきょく世界の半分を統一した。それでミルディンは知恵と物語を駆使して、アーサーを偉大なものに高めようとした。アンブロジウスの始めたことを引き継いでもらいたかった。

そしてこの長の年月、かれは一度も妻帯しなかった。子どもも作らなかった。そんなものはほしくなかった。忙しすぎる、と言った。旅をしているときには足手まといになる。すでに一度、家族をなくしていた。またなれかをなくすのではないかという恐れから、のがれられなかった。襲撃隊のやってきた夜のこと、母と妹たちの悲鳴が暗い草地に響いたことは忘れない。神さま、と助けを呼んだのに、神さまは森の中のフクロウの鳴き声ほどにしか、御心にとめて下さらなかったらしい。

それからある冬の夜、西部の荒れた丘陵地帯に出たとき、アーサーの手勢が燃やした地所の下、川が淵《ふち》をなしているところから這いあがろうとしている少女を見て、かれは足を止めた。アーサーの戦のせいで家をなくした浮浪児に、憐れみをかけることはしないつもりで生きてきた。少女が自分のたき火のそばで体を乾かしているのを見ながら、自分がこの子を助けたのは、使い道があるからなのだ、と言い聞かせた。けれどもその子のどこかが心にふれてきた。おびえたひとりぼっちの子どものおかげで、自分の心に気づいた。

役割をはたさせたら、その子はおいてゆくつもりだった。けれどそのあとで、アーサー勢とともに川から馬を走らせてゆき、みなが水から出た剣の奇跡について話しあっているあいだに、さっきの少女が忘れられないのに気づいた。なんて利口な子なのだろう。それに勇敢で。サクソン人に捕らわれたときの自分と同じくらいの年だ。彼女を見捨てるのは、自分自身を見捨てていくのと同じだ。大急ぎで、かれはアーサーの勝利の宴から抜けだし、滝にもどって少女を見つけた。

最初、彼女は心配の種だった。男の子のかっこうをさせて、グウィンと呼んだが、いつかばれるのではないか、正体がわかって、アーサーが、自分のしたことに面目をつぶされたと感じるのではないか、と不安だった。けれど何ヶ月もたち、少女はかれの与えた役割をうまくこなしているようだった。

かれは少女と旅するのが楽しみになった。彼女が火を起こし、朝食のしたくをしながら、歌詞のない歌をくちずさんでいるのを聞くのが好きだった。彼女のきりもない問いに答えるのが好きだった。ものを教えるのが好きだった。彼女が学んで成長していくのを見ていた。黄色みを帯びた白い点々になっているハエの卵を、ポニーの皮膚からとりのぞくときの真剣さ。彼女のことを自慢に思うようになった。海岸で、自称聖者の詐欺の本性をあばいた、あの冴えたやり口！　そしてそのあとは、ぴたりと口をつぐんでいる。まさかミルディンが、修道僧たちのところへたずねていって、彼女のやったことを探りだすだけの才覚があるとは思っていないかのように。

かれはまた、カイのような剛胆で強気な男でさえ、子どものことを話すときには顔がなごむことにも気づきはじめた。

そして彼女が大きくなって、少年に化けていることがむずかしくなると、かれはまた彼女を少女にもどした。その年、彼女が女の手わざや生きかたを学べるようにするため、自分もいっしょにアーサー殿から離れていたのがまちがいだった。もしかれがアクエ・スリスにずっといて、アーサー殿から目を離さなかったなら、そのあとのことはもっとうまくいったろう。だがあのときは、少女のほうがずっと重要だった。アーサー殿を自分は買いかぶっていたのかもしれない、という不安も出てきていた。アーサー殿には、角突きあう欲深なブリトン人を統一することはできない。おそらくだれにもできないのだろう。だが、もしあの少女が幸福に大人になれるなら、それで十分だ。一生の仕事としては、十分な見返りだ。

かれはアーサー殿の奥方の館に居場所を見つけてやった。彼女が出てゆくのがあんなにつらいとは驚きだった。西の街道で彼女が泣きじゃくって、「お別れしたくないんです」と言ったとき、涙を見られるのがいやで、顔を隠さねばならなかった。彼女の言葉にはさからえず、ここにいてもよいと言ってしまいそうだった。けれど彼女は、一生を老人に仕えて終わるよりましな人生を送るべきだ。ほかの少女たちと交わり、いつかはよい結婚をし、子どもを持ってほしかった。そう思って、彼女の自尊心を傷つけないような、そしてときどき自分が会いにいく理由にもなる物語をこしらえた。グウェニファーさまの館で、自分の間者の役をはたしてほしいと。

ベドウィルがけがをしてからは、かれがグウィナと深い仲になってくれたらよい、と半ば望んでいた。これほどよい妻はいないだろうし、彼女の生い立ちからいって、定住した牝牛のようなふつうの女の生きかたではものたりないだろうということもわかっていた。自分の手助けを必要とする夫を持つほうが、幸せでいられるだろう。

そのとき、彼女がグウェニファーの裏切りを告げた。それはかれには二重の裏切りに思えた。

グウェニファーがアーサー殿をあざむいただけでなく、少女をその裏切りに巻きこんだからだ。アーサー殿がこのことを知ったらどうなる？　奥方が自分の面目をつぶす、その手助けをした娘をどうするだろう？

アーサーが自分で気づく前に、もちろんそれを告げてやらねばならない。アーサーの癇癪《かんしゃく》は、自分がなんとか操れると思っていた。癇癪に続く嵐から、娘をうまく救いだしてやれると思った。けれど彼女は気丈な娘になっていた。自分がそう仕込んだことを後悔した。おかげで彼女は危険な道へ乗り出していった。死に向かって突進していったのだ。

かれはふるえる両手で彼女の服をたたんだ。たたみ、なでつけ、リネンのあいだにはさみ、ラヴェンダーを散らして、蛾やかびがつかないようにした。そしてその後、病床にあった何週間かのあいだ、それまで信じてもいなかった神に向かって、あの娘を自分のもとへ返してくれ、と祈った。そしてついに、彼女は帰ってきて、自分のベッドにかがみこみ、自分がこうして話しているのを聞いている。眉間にかすかなしわを寄せ、自分の手を握って。

「グウィナ。おまえはおれにとっていい娘だった。そしていい息子でもあったよ」

47

そう言われてみても、自分がよい娘のような気はしなかった。かれに怒りを覚えた。そんなにわたしを愛していたのなら、なぜ一度もそう言ってくれなかったのだろう。なぜ、いまになるまで何も言わなかったのか。いまごろ言ってくれてももう遅い。父親と思えば別の接しようもあったのに、いつでもご主人さまとしか思ってこなかった。自分は召し使い、しかもできのよくない召し使いだと思ってきた。愛情が、その仕事の中にふくまれていたなんて気がつかなかった。

しかも、かれの話もうのみにはできなかった。もちろん信じたいとは思う。けれど、これもまたかれ流の物語、わたしをそばにとどめ、看病させるための物語なのだとしたら？　これが物語作者につきまとう問題だ。何がほんとうで、何が創作か、わからないのだ。物語作者は、かりにほんとうのことを話していても、それをもっとよいもの、もっと小ぎれいで、もっと形のととのったものへと織りあげなければ気がすまない。

そこに座ってそうしたことがらを思いめぐらしているうち、わたしは室内が妙にしんとなっていることに気づいた。ミルディンの耳ざわりな息遣いさえ聞こえない。かれのほうに目をやったとき、死がすでに、かれをわたしから盗みさったのがわかった。

潮が引いてゆくときの砂のように、わたしは淡々としずかな気持ちでいた。ミルディンのそばにひざまずいて、その手がすっかり冷えるまで握っていた。自分がさっき言ったひどい言葉を、なかったことにできたらいいのに。「本気じゃなかったんです。物語を悪く言ったこと。物語は残っていきます。ほかの何が残らなくても。物語は闇を照らす光になって、闇が続くかぎり燃えつづけ、闇をつらぬきとおして朝をもたらすでしょう」

その言葉を信じてはいなかったが、かれの霊がまだそばにとどまっているのだと思ったし、その霊にはもう、不快な気持ちの中にとどまっていてほしくなかったのだ。


朝が来た。丘陵のいただきには雪。わたしはカドウィを起こして、何があったかを話し、ふたりしてご主人の墓を掘ろうとした。ぼうぼうと生いしげった庭では、枯れ草が霜で灰色になり、長い毛のもつれた老アナグマのようだった。その下の地面は石のように固く凍りついている。わたしの鋤《すき》は折れてしまい、鍬《くわ》の柄を握った両手はひりひりと水ぶくれになり、それでも少しも掘ることができなかった。

それでミルディンを森へ運んでいった。毎年、家にどんどんせまってきている森だ。言葉が全部流れだしてしまったかれは、ムネアカヒワのように軽かった。わたしは年古りたオークの大木のところへかれを運んでいった。かれの家が家になる前からその外に立っていた木、おそらくはローマ人がブリテンに来る前から生えていた木のところへ。幹はうつろになり、中の深い黒土は冬の風から守られ、凍りついてはいなかった。わたしは両手と折れた鋤を使って中身をかきだした。カドウィに見守られながら、ミルディンを中に横たえ、自分のマントで体をくるみ、その上にもとのように黒土を重ね、両手で積みあげ、とりあえず知っているかぎりのお祈りの言葉を唱えた。

そしてわたしはかれを、そのオークのうつろの中に残していった。いまではもっと小さな木がまわりに生えて、イバラがびっしりと茂って、イラクサとギシギシがたけ高く緑にのびている。かれはそこにしずかに、そして永遠に眠っていることだろうと思う。

48

それがカドウィの姿を見た最後だった。かれは家族のところへ帰っていった。ご主人のなきがらを木の中に葬った娘のことを語るために。わたしはひとりになり、からっぽの家の中を幽霊のようにさまよった。もう日は暮れかけている。ディーン・ブラノックへ出発する気にはなれなかった。ミルディンの古い竪琴を見つけ、かびをふき取り、新しいペグを刻んで、壊れた古いペグととりかえ、できるだけうまく調弦して、喉の嗄れたようなあの音でまた歌わせた。その夜は長くさびしく、奇妙な小さな音でいっぱいになり、わたしはミルディンから聞いた歌や物語を語りなおした。それぞれが石塀の中の石のように、きっちりと記憶の中にはめこまれるまで。それはなさねばならぬことであり、わたしの声と竪琴の音の中で、この家の幽霊たちは引きしりぞき、わたしに手を出さずにいてくれた。

「ミルディン！」

声が頭の中に響いたような気がして目をさました。とどろき鳴る木々の音を使って、自分の夢が言葉をつむぎだしたような気がした。枝がきしむ音。真っ昼間だった。わたしは消えかかった火のそばで、竪琴を膝にのせたまま眠りこんでしまったのだ。

「ミルディン！」オークの梢《こずえ》を吹き抜ける風よりも大きな声が外で叫んでいる。ほかの音もする。馬具がじゃらじゃら鳴る音。蹄《ひづめ》のぱかぱかいう音は、大地という太鼓の皮をたたく指のようだ。わたしは目をこすって眠気を追いはらいながら、よろよろと門のところに行った。アーサー殿と数人の家来が白い馬に乗り、ミルディンが入り口にぶらさげた護符や呪具を警戒の目で見つめながら、家の外で待っていた。妙だ、とわたしは思った。楯《たて》でできた壁にさえ突っこんでゆく人たちなのに、だれひとり、ミルディンの護符が織りなすもろい結界を侵してこようとしないとは。

アーサー殿が馬を寄せてきて、わたしを見た。近づいて、馬の熱い息の湯気ごしに、わたしを見おろした。甲冑《かっちゅう》に身を固め、魚の鱗《うろこ》のようにきらきらした姿で、カリバーンを腰に下げている。その目が、兜《かぶと》の頬当てのすきまから、わたしをじっと見た。奥方の侍女だということがわからないのか、それでもいいと思っているのか。「娘よ、ミルディンはどこだ」

「ミルディンはもういません、殿」わたしは言った。

「いない？　用がある」

「亡くなりました」

アーサーはわたしを一瞬強く見つめ、それから鼻を鳴らして、馬首を転じた。「そうではないかと思った」

かれの向こうの街道を、騎馬隊が一列になって通りすぎてゆく。槍の穂先と楯の付属品が、太陽がすがれた森からあらわれると、蠟燭《ろうそく》の炎のようにまばゆく輝く。アーサー殿はかれらのほうにもどりはじめ、ついてきた家来たちも馬を返して、みなのところにもどっていった。けれどアーサー殿は、わたしが主人の魔力のいくぶんかを持っているのではないかと思ったのだろう、ちょっと馬を止め、おちつかずにはねおどる馬の上でふりかえった。

「メドロートがやってくる。昨夜、知らせを聞いた。やつと戦いにいく」

わたしは何も言わなかった。戦いをするには妙な季節だと思った。冬がせまってこようとしているときだ。ディーン・ブラノックの人たちは、メドロートが兵を集め、春になったら叔父を倒しにくるだろうと言っていた。けれどあのころのメドロートはいつもせっかちだった。それなりの兵力がととのうまで何ヶ月も待っていられなかったのだろう。集めただけの兵で、攻撃をかける。かれが兵をせきたてて、スリスに向かってくるさまを、わたしは思いえがいた。最初に会った夜、目のあたりにした、あのすさまじい執念の顔つきで。

アーサー殿がわたしに占いやら、援護の魔法やらを望んでいたのだとしても、わたしはそれにこたえてやれなかった。かれはまた鼻を鳴らし——風邪をひいていたのだろうと思う——馬の腹を蹴って、勢いよく街道に向かってゆき、動いてゆく列の先頭へと走っていった。

わたしは一隊が去ってゆくのを見送った。旗さしものが朝の霧の中に揺れながら、西へ向かってゆくのを見た。それからわたしはうちの中に駆けもどり、旅の服をかき集めた。なぜなら、ひらめいたからだ。もしもメドロートの隊がスリスをめざしてきて、アーサーの隊がそれを迎えうちにいくのなら、どちらかの隊がさきにディーン・ブラノックを通ることになる。もしアーサーがそこでペレドゥルを見つけたら、かれの口からカイが裏切られた話が出る前に、アーサーはその口を封じるだろう。そしてもしメドロートがペレドゥルを見つけたら、自分の隊に加われとせまるだろうし、いずれにせよ、ペレドゥルには死が待っている。

わたしが面倒を見ようとした人たちには、いつもそんな結末が待っているのだ。

だから今度こそは、そんなことが起きないようにしなければ。

わたしはグウィナの服をこれをかぎりと片づけ、昔のすりきれたズボンとチュニックと主人のマントを引っぱり出し、あわれな辛抱《しんぼう》強いデューイに鞍を置き、アーサーの隊を追って駆けさせた。真昼だ。太陽はたくさんのなまり色の雲の背後に隠れてしまった。雪がさらに激しくなりはじめて、街道を白くし、冬の木々をさらに意固地に見せていた。戦うにはひどい天候だ。もしもアーサー殿がミルディンをつれてゆこうとしたら、ミルディンは空もようを読んで、雪が来るからと告げ、自分は行かないと言っただろう。

戦隊を出しぬこうと、わたしはデューイを泥まみれの街道からそらし、丘をいくつも越えていった。だが、ディーン・ブラノックまでの距離の半分も来ないうちに、大風のようなすさまじい音が、右手の街道のほうから聞こえた。その音は生涯に三度しか聞いたことがないが、それが何かはよくわかっていた。男たちのあげるウォーッという喚声と、武器がバリン、ガシンとぶつかりあう音だ。その上に鋭く響きわたった馬の悲鳴に、デューイの耳が二本のナイフのようにぴんと立つ。

わたしは手綱を引きしめ、丘のあいだを潮のように満干するその音に、馬上でじっと聞き耳を立てていた。何が起きているにせよ、それはわたしの見えないところ、緑の斜面ののびている向こうがわで起こっていた。この場所を、わたしは覚えていた。スリスからの街道が川にぶつかる地点、ハリエニシダが散らばる谷の中の浅瀬だ。メドロートの軍勢がここに到着していたとしたら、きのうディーン・ブラノックを過ぎているはずだ。ペレドゥルが分別を発揮して、身を隠していてくれたらよいのだが。けれど分別とペレドゥルは、水と油のようにあいいれない。自分は湖の精の杯に守られていると信じて、メドロート軍に加わるところが目に見えるようだ。

わたしは西へ向かった。秋雨で増水した川が行く手をさえぎる。そこで北へ行った。ぬかって通れないような湿地が道をまたいで広がっていた。渡れそうな場所を探して、少し時間をむだにした。むずがゆいようなあせり。戦いの物音はかすかになり、また起こっては消えてゆく。こうなったらあえて浅瀬を渡るしかない。戦いがもう終わっているか、少なくとも別の場所に移動していてくれるとよいが。

わたしは川すじにそうようにして、枯れたワラビとハンノキの中に突っこみ、ハリエニシダの群落の中に小径を探しながら走っていった。やがて、負傷者が戦場から身を引きずって逃げていくのとすれちがうようになった。ぴくりともせず横たわっているのは死にかかっているのか、もう死んでいるのか。座ったままうなだれているのは、傷が重いのか、または通りすぎるわたしを見あげる力もないのか。ひとりが何か叫んできた。挑戦の声か、助けを求めているのかわからなかったが、わたしはデューイの腹を蹴って走らせ、そこを通りすぎた。やがてあたりはしずかになり、自分の荒い息遣いとデューイの馬蹄《ばてい》の音しか響かなくなった。雪がまたちらつきはじめた。ハリエニシダのあいだの黄褐色にもつれた冬草が、点々と白く染められてゆく。赤い空には、カラスたちが輪を描いていた。

疲れたポニーに乗ったわたしはようやく丘陵地帯の肩をまわって、カムランの戦場に出た。

49

　川がそこで向きを変え、浅瀬を見おろして立つ低い小丘をぐるりと抱きこむように回っている。川からその丘のいただきまでの土地は、槍と剣と倒れた馬と死骸で埋めつくされていた。頭上をカラスが飛び、翼という黒い指が、空中からかすかな風をかきだしている。死骸のあいだをぴょんぴょん跳ぶもの、そろそろと神経質に歩いてゆくものもいる。草の中からありとあらゆる角度で矢が突き出しているさまは、去年のアザミのようだ。丘の斜面では、一頭の馬がもがきながら立ちあがろうとしては倒れ、また立ちあがろうとしては倒れていた……

　わたしはデューイの足を止めて、下りた。なぜかはきかないでほしい。ここは、どれだけ見たくなくても、見なければならない場所なのだ。わたしは川にそって歩き、それから長靴の足を、死骸のあいだのむきだしの地面におろすよう気をつけながら、丘をのぼっていった。進めば進むほど、血でぬらぬらになっていない地面、積み重なった死骸や落ちた楯《たて》におおわれていない場所を見つけるのはむずかしくなっていった。そこかしこで人が身じろぎし、あるいはうめき、神を呼び、母親を呼んでいた。裂かれた体から、糞便の臭いがしていた。二羽のコクマルガラスがはみ出た腸を必死に取りあっていて、わたしがごくそばに近づくまで気づかず、あわてて鋭い羽音と怒りの声をあげて飛びたった。アーサーのドラゴンの旗さしものが棒をぱたぱた打ちつけていたが、その棒は、白馬の死骸が何頭も雪の吹き溜まりのようにうち重なっているところから、ななめに突き出していた。

「ミルディン！」

丘のてっぺんにかれがいた。まさしくアーサー殿だ。わたしはそちらを見た瞬間、自分はここへかれを探しにきたのだということがわかった。かれの死骸を見たかったのだ。けれどかれは死んでいなかった。血に汚れた草の中を体を引きずりながら、片手をわたしのほうにさしのばし、嗄れてひびわれた声でわたしに向かって叫んだ。

「ミルディン！」

マントのせいだろう。わたしは黒いフードを、風除けのために引きおろしていた。それに、アーサー殿にはわたしの姿がよく見えなかったのだ。かれの片目はなくなり、もう片目は、頭の裂傷から噴きだす血にまみれていた。かれ自身の、そして他人の血にぬれていない部分は一インチもなく、鱗《うろこ》をつづったみごとな甲冑《かっちゅう》のまだくもっていない部分も、霧と西方の氾濫《はんらん》した水面に沈んでゆく真っ赤に太った太陽を反射して、真っ赤に輝いていた。その甲冑には、大きなぎざぎざの穴が開いていた。ふつうの人間ならとうの昔に絶命しているはずで、さすがの〈熊〉の力も体内から草の中へと流れだし、体は倒れかけていた。

わたしは近よった。

「あの娘。あれが、おまえは死んだと言ったが」

わたしはごくりと息を呑み、ここから、丘のふもとのデューイのところまで走って逃げようかと思った。アーサーはもう死にかけているようだが、かれのような人間の場合には、何事も断定できない。わたしがかれを見捨てていったら、あるいは自分はミルディンではないと釈明したら、それをどう取るかわかったものではない。かれが最後の力をふりしぼってふりあげ、わたしに投げつけないともかぎらないとがったものが、あたりには散乱している。

それでわたしは言った。「もどってきました」

かれが手招きしたので、わたしはさらに近よって、食いしばった歯のあいだからもれるかすれた言葉を聞きとった。「カリバーンを取れ。水に投げこめ」

剣はかれの手にあった。わたしはそれを取った。なんといっても、男たちの後始末をするのは女の仕事なのだ。カリバーンは覚えているよりも小作りに思えた。それにずっとねばついていた。アーサーは、早くしろ、とうめいた。

わたしはずっと後悔している。この剣に使われた黄金があれば、一年は暮らせた。けれど薄《はく》暮《ぼ》の中、霧がまわりにたちこめてきたあのとき、わたしは物語のうずきを感じた。アーサーはこのときばかりは正しかった。物事には幕引きが必要なのだ。

足をすべらせ、もつれさせながら、丘のけわしい西がわの斜面を下りてゆくと、腐肉をくらう鳥たちがまわりから飛びたった。ふもとには葦とハンノキとそして暗く渦巻く川があった。太陽は向こう岸の木立のむきだしの枝のあいだにかかっている。わたしは足を止め、自分をおちつかせ、腕をふりかぶり、輝く水のかなたをめがけて、カリバーンを力いっぱい投げた。

それほど遠くへ飛んだわけではなかった。剣は重いものだ。岸から数フィート手前に落ちた。ぱしゃんと水を打った平凡な音は、牛の尻から糞が落ちるときの音のようだった。ほとんどさざなみひとつたてずに沈んでゆき、川がその上を流れすぎた。

わたしはまた丘のけわしさを呪いながら、固い草の茂みを手がかりにしてのぼっていった。アーサー殿は、わたしが、死骸の満ちた戦場を通りぬけ、こちらへやってくるのを見ていた。もう身動きはしないが、まだ死んでもいなかった。

「あの女を見たか」わたしがそばに腰をおろすと、たずねてきた。

うそを言うこともできたが、もううそはたくさんだった。それでわたしはかぶりをふって言った。「何も見えませんでした。ただ水面を風が吹いていただけで」

人はアーサー殿は死んではいないと言うだろう。かれは魔法の眠りにつつまれて丘の下に横たわっているか、またはガラスの島に眠っているのだと。けれどそれを信じないでほしい。わたしはかれの断末魔の息が喉でかすれる音を聞いた。太い指が土にぐっとめりこむのを見た。最後の力でこの世にしがみつこうとするかのように。そして死の瞬間が終わったとき、その指輪とベルトと長靴と、首にかけていた古い黄金の十字架を外したのは、このわたしの手だ。わたしはそれをもらうだけの働きをしたと思う。

50

わたしはその場所を去って、馬を駆りたて、白いされこうべのような月の下、ディーン・ブラノックへついた。扉がひとつ、風にばんと閉まった。ぬかるんだ小径にデューイを歩かせながら、またもやたくさんの死骸を目にするのにちがいないと思った。だが、男たちの姿はまったくない。館では女たちが息を殺すように、あたりに聞き耳を立てながら、男たちを待っていた。夫や息子たちが出陣するときの、昔ながらの女のやりかただ。メドロートはきのうここを通りすぎ、戦える年齢の男たちはその隊に加わった。いまごろその男たちは、カムランの浅瀬で死んでいるか、あるいはアクエ・スリスでアーサーのものだった財宝を奪っているか、どちらかだろう。

「まさか、ペレドゥルも？」

いや、ペレドゥルはそこに加わってはいなかった。メドロートの軍勢が来ると聞いた長《おさ》は、ペレドゥルに向かって、森の奥深くに逃げて隠れよと勧めた。アーサーの配下だと知られたら、害を受けるかもしれないからだ。でもペレドゥルは衰弱がひどくて逃げるどころではなかったので、長の妻が自分の火のそばに、女たちにまぜてかくまった。熱が長く下がらなくてやせほそり、顔色も青白く、目ばかり大きくなったかれは、可憐な娘に見えた。

そこに案内されたわたしに、ペレドゥルは目を合わせようとしなかった。頭を垂れ、顔を伏せ、気後れした若い娘のようだった。かれは恥ずかしかったのだ。わたしに笑われたと思って。けれど、わたしが笑ったとしたら、それは、かれがちゃんと生きているのを見とどけた安堵の笑いだった。女たちがふたりきりにしてくれたとき、わたしはかれのもとへ行って、抱きしめ、自分の秘密をささやいた。

話して聞かせるのは快《こころよ》かった。ごくたまにわたしの正体を見抜く人——メールワス王やグウェニファーさまのような人——がいるのだが、これまでだれにも自分から話したことはなかった。「グウィンとグウィナ、わたしたちはひとつであり、同じものだ」と。

わたしの言葉が呑みこめたとき、かれは信じられないように目をみはった。それを呑みこんだついでに、川のそばで杯を自分に渡してくれたのもわたしだったのだと思い当たってくれるかもしれない、と考えた。でも、それはさすがに夢にも思わないようだった。かれの記憶の中の湖の精は美しいのに、わたしはほど遠いから。大麦のパンのような平たい丸顔で、少年のような服装をしたわたしは。だからその件も、説明しなければならなくなった。

「でも、あの人を見たんだよ」かれはわたしの顔を、記憶の中の顔となんとか一致させようとしながらも言った。

「あんたが見たのはわたし。あんたは熱があったから。夢うつつで……」

「ぼくにキスした」

「そう」わたしは言った。そのことについてはもっと恥ずかしがってもよかったと思う。娘らしく。でもわたしは娘らしい気分ではなかった。長い道を馬を飛ばし、いくつもの戦いと、悪路の土地を駆けぬけてきて、その旅路のはてに、愛する娘が待っていてくれた、むしろそんな気分だったのだ。「そう。そのとおり」言ってわたしはまたかれにキスした。それからお互いに抱きあった。昔なじみのグウィンがけっきょくグウィナだったことを知って、かれも喜んでいるような気がした。

「もし湖の精がいないとしたら、ほんとうに魔法なんてものはないの？　手品しかないの？」かれはきいた。

「手品と物語ばかりかな、天使さん。でもその物語はもう終わり。これから新しい物語が始まるんだから」

冬が強烈に締めつけてきて、まったく進めなくなる前に、旅立たなければならなかった。街道はわざと外した。森やしずかな場所ばかりを通った。若い竪琴ひきと、その道づれは西をめざしながら、一頭のポニーに交替で乗った。ほどなくタマールを横切り、そこからはアーサー殿の知っていた土地を出はずれて、アーサー殿の名が物語にしかすぎない土地へ馬を進めていった。

その物語でもって、わたしは路銀をかせいだ。おかげで食べ物と暖かい寝床と、冬の雪から身を守る宿が手に入った。長い舌のようなカーニューをくだる。そこではブリテン島が灰色の海の中、南と西の方角に細長くのびており、そびえる館の中で、または家畜のぬくもりのある牛飼いの小屋で、わたしはアーサー殿の物語を語った。そう、わたしはミルディンの息子グウィンではなかったか。そして、わたしだけがアーサー殿の真実を知っているのではなかったか。それに美しい若いつれが、ひびわれた古い竪琴から甘い歌をつむぎだしてくれるおかげで、わたしの言葉も音楽に乗り、屋根のたるきの下をアマツバメのようにくるくると舞ったのではなかったか。

もちろんわたしは真実を語りはしなかった。初めは、生きるためにうそを語るのが恥ずかしかったし、真実を語れないことがつらかった。けれどその年もたけてゆき、そろそろ西へ向かうべき季節になると、真実がどうであったかはすでに問題ではないのだ、ということがわかってきた。本物のアーサー殿は、暴君の時代に生きた小物の暴君にすぎなかった。かれに関して重要なのは、物語のほうなのだ。

それでわたしは、アーサー殿の武勲を語り、裏切り者メドロートと相打ちになって倒れた、最後の大いなる戦いのことを語った。その戦いにはカイもいて、アーサーのかたわらを守っていることにした。それから、倒れ伏した瀕死のアーサーが、家来の中でただひとり生き残った、もっとも勇敢なベドウィルに向かって、カリバーンの剣をしずかな澄んだ水に投じてくれ、と命じたしだいを語った。しかしベドウィルは水辺にたどりついたとき、どうしても剣を投げすてることができず、葦のあいだにそれを隠して、アーサーのもとにもどった。するとアーサーは「何を見た?」とたずねた。そこでベドウィルは、「何も見ませんでした。水面を風が吹いているだけで」と答えた。

そうするとアーサーは、ベドウィルがうそをついていることを悟り、いまわのきわの力をふりしぼって身を起こしてこう言った。「ベドウィル、わたしの言ったとおりにしろ」

そこでベドウィルはふたたび水辺にもどり、カリバーンを取って、はるかかなたの水面に投げすてた。すると水のしずくの宝石に飾られた白い手が、水中にその鏡像を結びながら、するするとのびてきて、剣を取り、つかのまかかげてから、水中に引きこんでいった。

いつでも最後にだれかがたずねる。「アーサーが死んでいないというのはまことか。まことは死んでいないのか。アーサーはまたもどってくるのか」そのとき、わたしは内心ではこう思う。「まさか、それだけはごめんこうむりたいものだ」と。

けれどもかれらが思いえがいているのは、わたしの知っているアーサー殿ではない。かれらがもどってきてもらいたがっているのはミルディンのアーサー、物語の中の、いまだかつて聞いたことがないほど賢く正しい、王の中の王だ。そんな人間がかつて存在し、またいつかもどってきてくれる、と、だれもが信じたがるのを責めることはできないだろう。

それでわたしは言う。「カムランの野に横たわっているアーサーを、一隻の船が迎えにきました。船はかれをのせて流れをくだり、そして海へ出ていきました。そして西方のある島で、かれはすべての傷を癒され、いまも眠りつづけています。いつの日か、われわれが万策つきて、どうしようもなくその力を求めるときが来れば、王は目ざめて、もどってこられるのです」

それから、その館が豊かであって、聞き手が友好的であれば、わたしは荷物の中から取り出した包みをほどいて中身を見せて、こう言う。「ごらんください。この指輪はアーサーのもの。この十字架はすべての戦いを通して首にかけていたものです」そして、こうした聖遺物の見返りに、十分なものを受け取り、春にディーン・タジールに向かうころには、わたしのペリとわたしは、商船にのせてもらえるだけの金をためており、もっとよい土地へ旅立つことにしていた。

51

それではこの物語も、アーサーの物語がいつも終わるような形で、閉じることにしよう。小さな船が夕潮にのって海へ出てゆく。陸地から遠くはるかなかなたへと、砕ける波濤《はとう》のさき、断崖の風下へと、ベニハシガラスの声からも、濃くなりまさる陸地の影からものがれて、西海に銀色に横たわる太陽のもとへと。そうして遠ざかるにつれて、小さく小さくなってゆき、ついには、その四角い帆の形も薄くなり、水と空が出合うところに霧めいて輝く光のうちへと溶けこんでゆく。

そしてその船の名前、その船の名前は、「希望」と呼ばれているのだ。

著者後書き

『アーサー王ここに眠る』は歴史小説ではないし、わたしはこれによって「アーサー王の実像」を描きだすつもりもなかった。ただ、アーサー王をめぐる物語群という広大な海に、自分なりのささやかな、指ぬき一杯分の水をつけくわえようとしたまでだ。

五、六世紀のブリテン島については、歴史的記録がほとんど残っていない。最後のローマ軍が撤退したのが紀元四一〇年ごろだが、そのあとどのくらいこのローマ帝国の支配様式が持続したのか、またそれが崩壊したときにだれが権力を得たのかは、知られていない。ダムノニアとかカルクヴァニスとかの国々の名前は残っているものの、その国境がどこで、だれが支配していたのかは確定できない。サクソン人ともともとこの地にいたブリトン人のあいだに大戦争があったのかどうか、そうではなくサクソン人の移住はもっと漸進《ぜんしん》的で平和的なものであったのかどうかも、わかっていない。

アーサーについていえば、それから何世紀かのちに編纂された記録に、手勢を率いていたひとりの武人として名前が残されているだけだ。かれの名は、バース近くのそれなりに由緒ある場所（ただし、ここ以外の候補地も十以上ある）であるバドン山の戦いにおけるブリトン人の勝利と関連づけられている。歴史学者の中には、かれのことをサクソン人と戦った、ローマ帝国のブリトン人将軍だという説を唱えるものもいる。つまりブリテンの皇帝のような存在だ。ローマ帝また、もっと早い時代の人間だという説もある。まったく架空の存在だという説を唱える者も多い。

ベドウィルとカイの名前は、かなり初期のアーサー関連の物語から取った。ベドウィルは一般にはサー・ベディヴァーとして知られているが、その力や武勲は後世の物語ではランスロットのものとされた。カイはサー・ケイ、アーサーの兄あるいは義兄で、たいていはがさつな田夫野人として描かれている。

ペレドゥルは、ウェールズの神話や伝説の集大成である『マビノギオン』中のひとつの物語の主人公だ。中世後期のロマンス小説では、かれはパーシヴァルとなる。アーサー王の騎士たちの中でもっとも人間味があり、聖杯を見つけだす（いくつかの異版では、かれは子ども時代、実際に少女の身なりをしていたことになっている）。

のちの物語のマーリンの原型であるミルディンは、実在の人物らしい。六世紀後半にはミルディンと呼ばれる詩人がふたり存在したようだ。

グウィナは、聖ポロックと同じように、わたしの創作である。

歴史的背景やアーサー王伝説の発展についてもっと知りたいなら、それらに関する文献は山ほどある。まずはポール・ホワイトの『アーサー王——人間か神話か?』(*King Arthur: Man or Myth?* www.bossineybooks.com で入手できる)を手にとってみられるとよい。見方が公正で、全体を網羅し、よく書けていて、四十ページしかない! オリオン社から出ているケヴィン・クロスリー=ホーランド著のアーサー王三部作は、中世のアーサー王ロマンスを、みごとに現代に再話したものである。

いつもながら、スコラスティック社の編集のかたがた——カーステン・スタンスフィールド、アマンダ・パンター、そしてケイティ・モラン(題名も彼女の発案だ)——に感謝を申しあげたい。またティム・ライト氏はこの問題(だけではなくほかの多くの問題)に関してわたしよりはるかに該博《がいはく》な知識を持ち、有益な情報をいろいろ与えてくださった。その点ではジョージ・サウスコム氏も同様である。ルー・パルムスとティジー・パルムスの両氏には、馬についてご教示いただいた。言わずもがなであるが、どこかにまちがいがあれば、それはわたしがうっかり犯したものである。

アーサー王に対するわたしの興味は、一九八一年七月五日の午後二時、ブライトンにあるABCシネマに、ジョン・ブアマン監督の映画『エクスカリバー』をぶらりと観に入ったときに始まった。それは輝かしく、美しく、無法な狂気に満ちた映画で、アーサー王伝説の現代における再話としては、いまでもわたしのお気に入りの一本である。

二〇〇六年　ダートムアにて

フィリップ・リーヴ

訳者《やくしゃ》あとがき

『アーサー王ここに眠る』をお届けします。このタイトルは、ご存じの方も多いと思いますが、アーサー王の墓碑銘とされるHIC IACET ARTHURUS, REX QUONDAM, REX FUTURUS（ここにアーサー王眠る。かつての王にして、来たるべき王）の言葉からとられています。

国家の危急存亡のときには、再びよみがえってひとびとを救いにあらわれるとされるアーサー王。夢と魔法の騎士道ロマンスの担い手である人物です。このアーサー王伝説は六世紀ごろの英国に発し、ヨーロッパ各地にヴァリエーションを生みながら、聖杯伝説ともからみあいつつ、千年あまりにわたって広がってゆきます。理想の都キャメロットで、仁慈《じんじ》あつきアーサー王のもとに集結する、騎士道の華と謳われる円卓の騎士たちの物語です。

たとえば「ガーウェインと緑の騎士」の話（これは本書中にも出てきます）、パーシヴァルあるいはガラハッドの聖杯探索の道行き、そしてアーサー王の股肱《ここう》の臣、最強の戦士たる湖の騎士ランスロットと王の妃グイネヴィアとの道ならぬ恋、ランスロットに報われぬ愛をささげたシャロットの乙女の死など、数々のエピソードは、近代においてもテニソンの詩やラファエロ前派の絵画のみならず、ワーグナーのオペラやコクトーの演劇など、ヨーロッパ文化圏において広くとりあげられつづけ、さらに新しいところではミュージカル『キャメロット』や数々の映画作品ともなって、私たちを魅了しつづけています。

これに対して、当然ですが、一方では、アーサーの実像はどうだったのか、歴史的背景はどうなっていたのか、という観点からの研究書や、SF、女性学の視点からの大胆な見直しによる再話も発表されています。有名なところではT・H・ホワイトの『永遠の王』(創元推理文庫)やマリオン・ジマー・ブラッドリーの〈アヴァロンの霧〉四部作(ハヤカワ文庫FT)、短編ではロジャー・ゼラズニイの「キャメロット最後の守護者」(ハヤカワ文庫SF『キャメロット最後の守護者』所収)なども味わい深い佳品です。

わが国でも漱石が「薤露行《かいろこう》」や「幻影の盾」を書いていますし、近作ではひかわ玲子の〈アーサー王宮廷物語〉三部作(筑摩書房)が、子供の視点から語りなおした優しい物語です。

おそらく、「アーサー王」をめぐる物語群は、ひとつぶの史実から根を出し、葉をしげらせ、ゆたかな夢の花と実をつけるにいたった希有な大木とみなすことができるのでしょう。

そして、物語を本来の騎士道ロマンスに寄りそって語るか、その裏の歴史的実像をえぐりだすか。これまでのアーサー王関連作品は大別すれば、そのどちらかのスタンスであったように思われます。ところが今回ご紹介するフィリップ・リーヴの作品はそのどちらでもなく、お互いの橋わたしをする作品、その上をゆく作品といえるような気がします。

フィクションとは何か、物語とは何か、について、『はてしない物語』(岩波書店)の作者ミヒャエル・エンデは、歴史は（新事実が発見されたり、史観が変わったりすれば）変わるものだが、フィクションは永久に不変である、という逆説的な言葉を遺しています。いいかえれば、歴史的事実が「ほんとう」になり、人々の心をとらえるのは、人々が求める物語に合致したときであり、たましいの真実をそこに見いだせる形におちついたときだ、ということになるでしょう。

『アーサー王ここに眠る』は、魔法使いマーリンにあたる吟遊詩人ミルディンという男が、アーサーという小族長の人生を、夢と魔法にまぶしてゆく過程を描いたものです。それを目のあたりに見て体験してゆくのが、ミルディンにひろわれたみなしごの少女グウィナです。

わたしがほんとうに感心したのは、アーサー本人を知っていて、ただの粗暴な男だと思っていた彼女やまわりの人間が、ミルディンの作りあげたアーサーの冒険譚をきいたあとでは、現実のアーサーに、「あの奇跡的な偉業をなしとげた勇者」の面影を重ねあわせてみてしまうというくだりでした。また、人間は、事実よりも、ミルディンが想像力で脚色した話のほうを信じるのだというエピソードも強烈でした。

そんなふうにして、事実と想像力の分かちがたくからみあう錬金術の中で、物語という奇跡が生み落とされるのだな、と思います。事実と想像力は相反するものではなく、両者があわさって、ゆるぎない真実を生み出してゆくのだと。

さらにこの物語の奥行きを深める仕掛けとして、多感なグウィナは事実と想像力の間のみならず、少年と少女というふたつのジェンダーを行き来します。だから彼女は男の子がどんなふうに現実の少女を見ているかを知り、そのうえでどんなふうに夢の女性を思い描いているかも知っていますし、女の子のがわの憧れも理解できます。双方が相手に夢を投げかけているなかから、無惨な誤解も、そして愛の奇跡も生まれてきます。

この物語のメインのエピソードは、そういう意味ではランスロットとグイネヴィアの恋（の原型）でしょう。実際の事実が、ミルディンやグウィナの語りによって、どのように変貌し、人々を感動させるロマンスになってゆくかには胸を打たれます。しかも、そのもととなった卑小な事実もたまらなく愛おしいと感じさせられるのです。物語化の作用をあますところなく描きだしながら、現実の哀切さをも浮かび上がらせる、それがリーヴの類まれな手腕だと思います。

フィリップ・リーヴは一九六六年生まれ、イラストレーターとして出発し、英国の多くの児童文学賞を受賞した『移動都市』（*MORTAL ENGINES*, 2001）（創元SF文庫）とその三冊の続巻で、一躍人気作家になりました。巨大な層をなす都市が動いてゆくというイメージは、D・W・ジョーンズの『魔法使いハウルと火の悪魔』（徳間書店）のあの城をも思わせて、私もすっかり気に入ってしまいました。そして思ったのは、この作家の想像力の及ぶ範囲のものは、すべて生き生きと動いているのだな、ということでした。都市のように大きく無機的なものが動くだけでなく、いろいろな骨董や魔法めいた機械、飛行船などすべてが想像力のしみわたった命をもって、生物のように躍動しています。

『アーサー王ここに眠る』も、イラストレーターらしい視界のクリアさだけではなく、土の匂いや風の気配や水しぶきのひとつひとつの冷たさなどが感じ取れます。言いようもなく迫真的にせまってくる世界です。ファンタジーは（SFは）絵だ、という言葉もありますが、見るだけではない、五感すべてを（そしてそこを支配する宿命の重さを）もって読者のまわりにたちあげられる世界、それこそがファンタジー小説の醍醐味ではないでしょうか。

本書は二〇〇八年度のカーネギー賞を受賞し、児童文学として高い評価を得たわけですが、年齢を問わず読まれてよい、そしてアーサー王伝説の物語群の中でも、記念碑的な一冊だと思います。（グウィナが最後に選んだ伴侶もふくめて、素敵な少女小説の一面も含まれています。ぜひお楽しみに）

最後になりますが、編集の小林甘奈さんには大変お世話になりました。この場を借りてあつく御礼申し上げます。

本書は二〇〇九年、小社より刊行されたものの文庫化です。

検印
廃止

訳者紹介　東京生まれ。東京大学大学院人文系研究科比較文学比較文化専攻修了。白百合女子大学教授。著書に『ファンタジー万華鏡』、訳書にヴァレンテ〈孤児の物語〉シリーズ、ムアコック『メルニボネの皇子』、ハモンド&スカル『トールキンによる「指輪物語」の図像世界』など多数。

アーサー王ここに眠る

2021年8月11日　初版

著者　フィリップ・リーヴ

訳者　井《い》辻《つじ》朱《あけ》美《み》

発行所（株）東京創元社
代表者　渋谷健太郎

162-0814／東京都新宿区新小川町1-5
電話　03・3268・8231-営業部
03・3268・8204-編集部
URL　http://www.tsogen.co.jp
モリモト印刷・本間製本

ISBN978-4-488-51602-4　C0197

〈オーリエラントの魔道師〉シリーズ

SWORD TO BREAK CURSE◆Tomoko Inuishi

〈紐結びの魔道師〉三部作

赤《あか》銅《がね》の魔女

乾石智子

創元推理文庫

◆

凋落久しいコンスル大帝国の領地ローランディアで暮らしていた魔道師リクエンシスの平穏を破ったのは、
隣国イスリル軍の襲来だった。
イスリル軍の先発隊といえば、黒衣の魔道師軍団。
下手に逆らわぬほうがいいと、
リクエンシスは相棒のリコらと共に、
慣れ親しんだ湖館を捨てて逃げだした。
ほとぼりが冷めるまで、
どこかに身を寄せていればいい。
だが、悪意に満ちたイスリル軍の魔道師が、
館の裏手に眠る邪悪な魂を呼び覚ましてしまう……。

招福の魔道師リクエンシスが自らの内なる闇と対決する、
〈オーリエラントの魔道師〉シリーズ初の三部作開幕。

ヒューゴー賞シリーズ部門受賞

PENRIC'S DEMON, AND OTHER NOVELLAS

◆Lois McMaster Bujold

魔術師ペンリック

ロイス・マクマスター・ビジョルド

鍛治靖子 訳

創元推理文庫

◆

ペンリック・キン・ジュラルド19歳。兄が決めた婚約式のために町へ行く途中、病で倒れている老女の最期を看取ったのが、すべての始まりだった。亡くなった神殿魔術師の老女に宿っていた庶子神の魔が、あろうことかペンリックに飛び移ってしまったのだ。おかげで婚約は破棄され、ペンリックは10人の人間とライオンと馬を経てきた年古りた魔を自分の内に棲まわせる羽目に。魔はすべて庶子神に属する。魔を受け継いだペンリックは魔を制御すべく訓練をはじめるが……。

中編３本を収録。ヒューゴー賞など５賞受賞の〈五神教シリーズ〉最新作登場。